W0219574

De notre mieux

DU MÊME AUTEUR
AUX ÉDITIONS DENOËL

Napoli mon amour, 2021
Crier son nom, 2022

Alessio Forgione

De notre mieux

roman

Traduit de l'italien
par Lise Caillat

DENOËL
& D'AILLEURS

Titre original :
Il nostro meglio

À ma mère, d'abord et par-dessus tout,
et de même à mon père ;
puis à mes tantes, mon oncle, mon frère et son fils ;
à Lorenzina Ciasullo et Gaetano Attanasio,
mes grands-parents.

« On ne pourra jamais plus
nous séparer en ce monde. »

Elsa Morante, *La Storia*[1]

1. Traduction de Michel Arnaud, Gallimard, 1977. *(Toutes les notes sont de la traductrice.)*

Dix

D'habitude, après le déjeuner, quand il n'y a plus rien à faire, la vaisselle lavée et le balai passé, grand-mère dit que nous devons aller faire dormir les yeux.

« On y va ? » lance-t-elle, et je sais ce qu'elle a en tête.

Je prends un jouet ou un livre. Je la rejoins dans sa chambre, les fenêtres sont occultées et elle déjà allongée ; ses pieds dépassent de la couverture et ses yeux sont fermés. Je m'installe près d'elle, sur le lit, et je joue en silence ou je lis, mais pas longtemps, parce qu'elle me voit, à travers ses paupières closes.

« Eh, Chiccù, il faut faire dormir les yeux », me glisse-t-elle dans un filet de voix, alors j'arrête, sans protester : elle a de grandes mains et mieux vaut éviter qu'elle les utilise.

Aujourd'hui elle ne m'a rien dit et je ne l'ai pas rejointe, parce qu'on est fâchés.

Mon grand-père est venu me chercher à l'école, il m'attendait devant l'entrée, comme tous les jours. Et comme tous les jours, je suis sorti et lui ai donné mon cartable. Puis nous sommes rentrés à la maison, j'ai sonné alors qu'il était encore en train de monter l'escalier. Grand-mère a ouvert la porte et s'est tout de suite aperçue que ma blouse n'était pas simplement déboutonnée, à cause de la chaleur, mais que les boutons avaient sauté.

« Tu t'es battu, hein ! Avec qui tu t'es battu ? elle a dit, et elle m'a donné une gifle.

— Bordel de merde ! » lui a hurlé grand-père ; pour le faire bien il avait attendu d'arriver sur le palier, devant notre porte. Moi, vexé, j'ai croisé les bras et tapé des pieds par terre, le long du couloir, puis je me suis assis dans le fauteuil du salon.

« Tu vois rien, toi, hein ? » lui a lancé grand-mère ; et je les ai entendus de loin. J'ai retiré mes chaussures, sans défaire les lacets, et grand-père a juré à haute voix.

Pendant que grand-mère finissait de cuisiner, je suis resté dans le fauteuil à méditer ma vengeance. Sur Salvatore, celui qui a abîmé ma blouse et mis ma grand-mère en colère ; demain je lui fais sauter une autre dent. Il lui en manque déjà une, devant. Puis j'ai pensé que j'avais de la chance parce qu'il ne restait qu'un jour d'école, comme ça, je le cognerais et il ne pourrait pas se venger de ma vengeance.

J'ai pensé encore un peu, et on a mangé.

Des pâtes à la sauce tomate, puis grand-père s'est fait un panini jambon-fromage, grand-mère a fait la vaisselle et balayé, et moi je suis retourné dans le salon en attendant qu'elle me dise d'aller là-bas, dans sa chambre, faire dormir les yeux. Mais elle n'a rien dit, elle y est allée seule et m'a laissé dans le fauteuil.

Elle est sur son lit, elle dort, et grand-père lit le journal dans ma chambre près de l'entrée, de la première à la dernière ligne. L'après-midi ma chambre, qui est aussi celle de ma mère, devient la sienne ; quand dans le journal c'est écrit qu'il y a eu plein de morts, il le lit même deux fois, et pendant ce temps, Descartes et moi, on reste seuls dans le salon.

Descartes a un pelage blanc et gris foncé, c'est un chat énorme.

Il est tellement gros qu'il est paresseux, car le moindre mouvement le fatigue, et quand j'y pense, je trouve ça étrange : Descartes grossit, ne peut pas bouger et ne fait que grossir. Par certains côtés il me rappelle grand-mère et moi quand on rentre des courses avec nos sacs très lourds, alors j'imagine Descartes avec un sac de commissions attaché aux pattes arrière et j'ai envie de rire ; je suis encore dans le fauteuil et lui par terre, près de moi. Descartes est toujours près de moi, été comme hiver, qu'il fasse chaud ou froid. Il est là, il ne dit rien, et parfois je pense aux nouvelles blagues que je pourrais lui faire.

Une fois je lui ai coupé les moustaches, il errait en zigzag dans l'appartement. Une autre fois je l'ai enfermé dans la machine à laver, il m'a fallu beaucoup de temps pour réussir à le soulever ; c'est grand-mère qui l'a trouvé en train de gratter et miauler derrière le hublot. Un jour, j'ai dit un gros mot et grand-mère a passé un bout de piment sur mes lèvres. Puis elle l'a jeté à la poubelle et je suis allé le récupérer pour le passer sur le trou du cul de Descartes.

C'est rose et sans poils, le trou du cul d'un chat, mais c'est quand même un peu dégoûtant. Je l'ai touché avec le piment, il s'est tout de suite contracté, et Descartes s'est mis à courir partout avant de sauter sur la table de la cuisine qui est dans le couloir.

Malgré tout ça, Descartes et moi, on ne se bagarre jamais. Il ne me griffe pas et l'hiver, la nuit, il se couche sur mes pieds pour les réchauffer ; chaque fois, je trouve ça vraiment chouette, et pas seulement parce que chez nous il fait froid la nuit. C'est un bon chat, oui, mais c'est aussi un grand tueur de mouches et de lézards ; ma grand-mère ne supporte pas les lézards, elle en a peur parce que petite, elle vivait à la campagne et a été mordue par un serpent. Alors elle aime bien Descartes, parce qu'il la protège, et je décide de me lever du fauteuil. Je prends une feuille de journal et les lunettes de grand-mère, celles qu'elle ne met que quand elle lit ses livres qui parlent des vies des saints. Puis j'ouvre la porte-fenêtre du balcon, le soleil cogne.

Je m'allonge par terre et incline les lunettes de manière à leur faire projeter une lumière étrange, un rayon de plus en plus petit et de plus en plus puissant.

J'attends : d'abord la fumée, puis la flamme. Sur le balcon il y a une mouche morte, je la place sous le rayon, et le temps passe et le feu n'arrive pas, même pas un peu de fumée. Je n'ai pas envie de dessiner, je n'ai pas de nouveaux livres à lire, le ballon c'est interdit, parce que grand-mère dort et il y a les vitres, les meubles et la voisine du dessous qui se plaint, le ballon dans la maison c'est interdit, point ; c'est une chose très grave, et demain je finis mon année de CE1. Je travaille bien à l'école, même si je cherche toujours la bagarre.

Alors je me dis que je vais embêter grand-père.

J'enlève mes chaussettes et les mets en boule, l'une dans l'autre. Je sors du salon, traverse la cuisine et longe le couloir. La chambre de grand-mère est ouverte, elle dort sans ronfler. Je me baisse et rampe, parce que ma tante Jaja est policière et elle dit que c'est comme ça qu'on avance sans être vu. Je dépasse la porte et continue jusqu'au portemanteau. Je me relève, ma boule de chaussettes toujours en main, la porte de ma chambre est entrebâillée.

À l'intérieur, grand-père dort assis sur le divan, les jambes tendues et les pieds croisés, en short et débardeur. La tête en arrière et la bouche ouverte, le four, comme dit grand-mère, parce qu'il n'a presque plus de dents. Il a encore le journal dans ses mains et je me retiens de rire.

Je cale mon dos contre le mur et je sens, à travers mon tee-shirt, les photographies et les cartes postales fixées par Jaja avant de se marier.

Je vise. Je fais aller et venir mon bras, pour ajuster le tir. Je bloque ma respiration, comme les tireurs d'élite : ils se calment, leur cœur bat plus lentement et le viseur bouge moins, il devient presque immobile. Puis ils retiennent leur souffle, comptent jusqu'à trois et tirent ; je le sais parce que quand je serai grand, je veux être tireur d'élite aussi.

Je lance ma boule de chaussettes. Je touche le journal. Les pages font du bruit et mon grand-père se réveille en sursaut. Il le replie et essaie de me dire quelque chose mais il n'y arrive pas et je ris, justement parce qu'il n'y arrive pas. Il fait mine de se lever pour m'attraper.

« Maudite crapule ! lâche-t-il, alors je m'enfuis en courant et mes talons résonnent sur le carrelage blanc.

— Chiccù, fiche-lui la paix à ce vieux croûton », me dit grand-mère quand je passe devant sa chambre, et je comprends qu'on est réconciliés parce qu'elle adore quand j'embête mon grand-père.

Je regagne le fauteuil du salon en riant intérieurement, et quelques secondes après Descartes grimpe sur mes genoux, sans doute pour se faire pardonner de ne pas m'avoir accompagné.

Je lui dis que non, je ne suis pas fâché, et qu'il fait chaud. Je le pousse mais il devient tout dur et ne bouge pas d'un millimètre.

On reste là, il se rendort, et moi aussi je m'endors presque, car je suis bien et je sais déjà ce qui va se passer ensuite.

Grand-mère finira de faire dormir ses yeux et nous regarderons un dessin animé, même si je le regarderai tout seul, la tête dans la télévision, pendant qu'elle lira un de ses livres et ça, quand je fais une chose et elle une autre, quand on fait des choses différentes mais ensemble, côté à côte, ça me plaît énormément, ça me donne l'impression qu'on est obligés de rester proches, que c'est pas possible autrement. Puis, après le dessin animé, nous descendrons nous promener, bavarder avec les gens de Bagnoli, notre quartier, et jouer au ballon sur la place, ou nous nous assiérons sur un banc de l'avenue et elle me racontera une histoire. Quand j'aurai faim, parce que l'après-midi j'ai toujours faim, grand-mère m'achètera une glace ou du maïs chaud.

Elle dit que le maïs bouilli n'est pas mauvais, parce que l'eau chaude tue toutes les petites bêtes et les produits toxiques qu'on ne voit pas mais qui sont là, alors je n'ai pas peur. Je dirai grillé, et elle restera un moment silencieuse, pour mesurer à quel point je lui désobéis, et on fera ça tout l'été sans école, tout le temps ensemble, grand-mère et moi, du matin au soir, jusqu'à l'heure d'aller dormir et pareil le lendemain, mais pas tout à fait, jusqu'à ce que mon père rentre de la France, où il travaille, parce qu'après, lui, maman et moi, on partira à la mer, et je suis content, tellement content qu'on ne peut pas être plus content.

Descartes respire et me donne chaud. Je passe ma main sur son dos : il bouge, il est surpris et se durcit. Je le caresse à nouveau, il redevient mou et respire lentement.

Tant pis, je ne ferai rien à Salvatore, grand-mère n'est plus fâchée pour ma blouse, je pense, puis je ferme les yeux, tranquille, car je me rappelle que moi aussi je dois les faire dormir, de temps en temps.

C'est le mois de juin et je ne sais pas pourquoi, ma mère n'est pas au travail. Elle a nettoyé toute la maison, notre appartement de Soccavo, de fond en comble. Et elle a parlé au téléphone avec quelqu'un, de moi, en disant qu'il faisait chaud et que je révisais, malgré la température excessive. Elle a répété cette idée avant de raccrocher.

Je suis assis à la table du salon et je révise pour mon examen d'économie. Je suis inscrit en sciences politiques et les partiels commencent dans douze jours; j'ai étudié tout le programme et sur une feuille blanche, je refais les mêmes graphiques des dizaines de fois.

Sous mon cul, sur la chaise, il y a une serviette bleue, pour éviter les traces de sueur possibles, parce que ma mère dit qu'elle a travaillé une vie entière pour acheter ces chaises. Sous ma feuille blanche et mon livre il y a une autre serviette, jaune, parce que pour la table en verre, elle a mis au moins deux vies, peut-être même trois, à réunir l'argent.

Je serre mon stylo entre mes doigts, la feuille est presque remplie. Je sens la sueur s'insinuer entre mes cheveux et dégouliner vers mon front. Dans mon dos, par-delà la fenêtre, des enfants jouent au football et ne peuvent s'empêcher de crier.

J'entends le téléphone. J'entends ma mère dire allô puis rien d'autre, et les enfants crient et je continue à réviser en perdant le sens de ce que je fais.

Je m'en fiche. Je me fiche complètement de l'université : j'ai à peine commencé et j'ai hâte que ça se termine. Quand je pense à ces quatre années d'études et au fait que je n'en suis qu'à la première, je me dis que si j'avais commis un vol je sortirais certainement de prison avant. Cependant il est vrai aussi que je n'avais pas de meilleur plan et ma famille est fière, alors j'arrête et m'aperçois que je divague.

Je m'étire sur ma chaise, émets un grognement étrange et reprends.

Les enfants crient et ma mère reste muette. Je suppose qu'elle écoute, je ne sais pas ce qu'ils se disent et je ne peux pas imaginer qu'il s'agit d'un silence, un silence pur et simple, celui qui sort des bouches quand il n'y a plus de mots.

« Mais comment ça ? » Sa voix me semble normale. Je suis rassuré, puis je m'inquiète à nouveau parce qu'elle recommence à ne rien dire. « Mon Dieu… », me parvient de la cuisine où elle se trouve, après une autre bonne minute de rien. Je n'interprète pas son mon Dieu parce que mes réflexes ne sont pas prêts, parce que je ne suis pas prêt moi-même. Je ne comprends pas si c'est une invocation ou le début d'un blasphème. Je n'ai jamais entendu ma mère blasphémer alors je catalogue ses termes comme une expression de stupéfaction.

OK, je me dis, et j'écris, et je retourne ma feuille.

Je l'entends se moucher, fort, comme si elle pleurait.

Le silence, encore. Je l'épie et ma tête est là et je cesse d'écrire. Elle ne dit plus rien puis elle demande qu'on la tienne au courant. « Appelle-moi, oui, appelle-moi », répète-t-elle, et j'entends le son de la touche qui met fin à la communication. Je l'entends se moucher à nouveau, ouvrir et fermer le placard où se trouve la poubelle. J'écris, pour faire comme si je n'avais rien perçu, comme si je n'étais pas inquiet. Comme si je n'avais pas agi seulement parce que je n'avais pas compris qu'il se passait quelque chose.

La tête basse, je regarde la table. Maman apparaît dans mon champ de vision. Elle est appuyée contre le montant de la porte, son téléphone dans une main et dans l'autre un mouchoir en boule. Sans chaussettes ni pantoufles, ce n'est pas son style. Elle émet un reniflement sonore et je suis sûr qu'elle a pleuré ; je ne lève pas la tête, parce que je suis un lâche. Je pense au travail, qu'elle a des problèmes au travail, ce genre de choses, des choses qui à mes yeux n'ont aucune importance, que je trouve ridicules, et j'ai envie de m'énerver, de redéfinir au moins pour moi-même la distance entre nous, entre ma mère et moi, et de me jurer que je ne pleurerai jamais à cause du travail.

Je pense à cela parce que je ne peux pas penser que les jours, tels qu'on les connaît, deviendront autre chose et que ceux d'avant n'existeront plus.

« Eh, dit-elle.

— Eh », je réponds. Je lève la tête. Je l'observe. Les larmes courent sur son visage, dans son cou et mouillent son pyjama. La tache semble grandir à vue d'œil.

On se regarde, juste un instant.

« Grand-mère a un cancer. Du pancréas. Il lui reste sept mois de vie. »

Elle renifle et je baisse à nouveau la tête et je sens ma gorge se nouer et remonter droit dans mon cerveau. Je fixe mon livre et ma feuille. J'essaie d'écrire quelque chose, mais mes doigts ne serrent pas suffisamment le stylo et les enfants dehors continuent à crier et il fait chaud et je n'ai pas encore vingt ans, vingt ans d'impétuosité, de tentatives mal avisées, et c'est comme si quelqu'un éteignait la lumière devant mes yeux. Et je pense. Je pense que ce silence que je crée est immense, hostile et vide comme le monde.

Elle tente de le briser. « Tu as compris ? » Alors les larmes arrivent dans mon nez et ma bouche.

Je me noie.

Je me noie en moi-même.

C'est une douleur qui prend et engloutit, en faisant disparaître tout le reste.

Ma grand-mère avait mal au dos et ma tante Jaja l'a accompagnée chez le médecin qui a dit qu'il fallait faire d'autres examens. Nous ne nous sommes pas inquiétés : nous avons continué comme si de rien n'était : innocents et coupables. Et maintenant ça ne me semble pas être une chose vraie, une chose possible. On a plutôt l'impression de jouer la scène d'un film ; d'être devenus, au pied levé, les personnages du film de quelqu'un d'autre.

La vie s'arrête et reprend.

Je veux demander à ma mère s'ils sont sûrs, s'ils ont vraiment dit ça, si cette chose est vraiment en train de nous arriver.

Et puis je voudrais parler, poser des questions, savoir si elle se sent comme je me sens. Si elle aussi a la sensation d'être comme piétinée, soudainement, par un géant. La sensation qu'un gratte-ciel lui est tombé dessus.

Je voudrais me lever de la chaise où je suis assis et lui dire que tout passe, mais je ne suis qu'un gamin et pas ce type de gamin.

J'ai honte.

Je ne dis rien. Je dis juste oui.

Sont arrivés des jours convulsés par les crises de larmes et les sanglots, et en même temps l'espoir de traitements possibles.

Les avis ont louvoyé et cherché du réconfort, puis un médecin a prononcé le mot opération alors toute l'agitation s'est concentrée, est devenue un objet. Une poussière exactement, comme si une violente tempête de sable, après s'être calmée, sans disparaître, avait pris une forme nouvelle, dense et pesante, se déposant et se fixant sur les choses, les colorant d'une teinte différente. Et maintenant tout a la couleur d'avant, mais également celle de la poussière, apparaissant de fait plus terne, gris ; et tout, au contact, résonne autrement. Les mots ont une sonorité et une signification nouvelles depuis quelques jours : le monde est sens dessus dessous, et un mot aussi laid et effrayant qu'opération est désormais porteur d'espoir.

« On ne dit rien à grand-mère », a demandé ma mère pendant le dîner, mon père était assis à côté d'elle. « Tu ne dis rien », m'a-t-elle intimé, durement, en regardant ses mains et en devinant mon désaccord, qui me faisait dire à cet instant que cacher la vérité était une erreur, d'ailleurs je l'ai toujours pensé, par inertie, pour tout.

Puis j'y ai réfléchi à la lumière de ce que nous vivions, si longuement que je me suis perdu, et dans le doute j'ai accepté. De faire confiance, de mentir et de devenir un complice. J'ai décidé de ne pas ouvrir la bouche, du tout. De ne rien dire à ma grand-mère ni à personne d'autre, parce que je n'ai pas envie de parler, parce que personne ne parviendrait à imaginer et parce que le dire serait informer or une information ne suffit pas à rendre les choses réelles. Renoncer à en parler avec le monde derrière notre porte sera le plus simple, car vu de l'extérieur, je suis ou semble une personne seule, et c'est là le grand problème des solitaires, qu'il faut éviter à tout prix : tôt ou tard, ils cèdent et finissent par parler, pensant créer une relation privilégiée avec leur interlocuteur, oubliant que ce dernier n'est pas forcément un solitaire et que par conséquent rien ne se crée. Que pour l'interlocuteur, pour le non-solitaire, il s'agit simplement d'une relation parmi tant d'autres. Et je ne veux pas mêler ma grand-mère à tout ça. Je ne veux pas en faire une vérité à élaborer ni un instrument de mesure. D'ailleurs j'ai très peu d'amis, que j'appelle amis pour ne pas trop m'interroger sur la substance de notre familiarité, et une fiancée, nominale, qui me considère probablement comme un résidu d'une saison précédente de sa vie, à peine terminée mais avec encore quelques persistances, et dont les déchets partiront tout seuls, avec le temps, sans efforts, comme elle est partie seule étudier ailleurs, dans une ville que je n'habite pas.

Dans le monde réel il s'apprête à pleuvoir.

Ma mère me dit de descendre les poubelles et je temporise, comme effrayé par quelque chose. Quand je sors il fait presque nuit, les nuages ont recouvert le ciel et, avec les lumières de la ville, le colorent d'un rose tendre. Je fume en regardant les feux d'un avion qui apparaissent et disparaissent, lents et constants. J'éteins ma cigarette, je referme la porte de la maison derrière nous et la pluie commence.

Une pluie insistante, étrange pour le mois de juin.

Elle tombe et mouille la poussière que nous avons semée à la ronde, en la chassant de là où elle s'était posée, en la changeant en boue et la collant au sol. Nous la piétinons et la dispersons, souillant et infestant le reste du monde.

Il pleut pendant des jours et mes parents vont et viennent entre notre appartement, le travail et Bagnoli, chez ma grand-mère, en trimballant de nouveaux diagnostics possibles et les dates de l'opération. Tandis que je reste cloîtré, à faire semblant de redessiner les mêmes graphiques, eux reviennent avec des pièces détachées de réalité, des vies de leurs collègues, et nous apprenons que tous ont eu dans leur famille au moins un cas de maladie grave ou quelqu'un qui en est mort.

J'écoute et, entre la peur et l'angoisse, émergent le dégoût et la rage, car cette douleur que nous éprouvons n'a, peut-être, rien de spécial.

Ma mère insiste. « Appelle grand-mère, va la voir », et moi je me demande où se cachent les forces qui aident à regarder la mort, la vie et les personnes en face. Elle continue, en disant justement ce que je ne suis pas suffisamment fort pour écouter. « Vas-y maintenant, sinon après tu le regretteras », je reste immobile, paralysé, stupéfait, des heures et des jours. Observateur de sa force aveugle, la force aveugle d'elle et de mes tantes, une force qui n'accepte aucun compromis ou hésitation, celle du taureau blessé qui continue à charger la cape rouge.

Quel courage, je pense.

Je les envie pour mieux disparaître. « Après on y va et tu viens avec nous », m'annonce-t-elle au déjeuner; c'est dimanche. « Elle se porte encore bien, ne t'inquiète pas. »

J'encaisse le choc.

Elle se porte encore bien, ne t'inquiète pas, je me répète, et je me rends compte que ma mère s'est trahie, elle m'a révélé ce qu'elle pense et sait que j'ai peur. L'onde du choc se propage et soulève une vague dix fois supérieure en puissance à l'impact initial. Je me mets à pleurer. D'abord les sanglots, puis les larmes et je n'arrive plus à me retenir ni à m'arrêter ou à respirer et mes parents me regardent. Je vais dans la salle de bains, je sors et j'entends mon père qui parle à ma mère. « L'ami fragile », dit-il en se référant à moi et je ne retourne pas dans le salon.

Je mets mes chaussures et descends. Il ne pleut plus. L'asphalte est mouillé et odorant. Je m'assieds sous l'abribus, fume un joint et le bus arrive, ouvre ses portes, je reste assis. Le chauffeur me fixe avec une grimace de dégoût et repart, en faisant gronder le moteur dans la rue pratiquement déserte.

Je rentre quand la voiture de mon père disparaît de l'endroit où elle était garée. Le temps passe et mes parents rentrent à leur tour. Avant d'aller dormir ma mère entre dans ma chambre. Debout, elle me regarde sans parler, jusqu'à ce que je la regarde aussi. « Elle va encore bien. Elle a demandé de tes nouvelles », me dit-elle.

Nous éteignons toutes les lumières, je ne dors pas. Aujourd'hui je me réveille alors qu'ils sont déjà partis travailler. Je me lève et fume à la fenêtre, ma mère ne voudrait pas mais je le fais quand même. Puis je m'assieds à mon bureau, j'essaie de réviser et n'y arrive pas. Je change de place. Je m'installe dans le salon mais ma tête et mes yeux s'intéressent à tout sauf au livre et aux notes devant eux. Je décide de jouer un peu de guitare, sans la brancher à l'amplificateur, car ma mère dit que la distorsion, à plein volume, ne plaît pas aux vieux et que notre immeuble est un repaire de vieux de la pire espèce, tatillons et agressifs.

Je mets dix minutes à l'accorder.

Je commence.

Je joue trois minutes et j'en ai marre.

Je sors et m'efforce d'arrêter de penser, je me roule un joint avec un peu de shit qu'il me reste. La via Giustiniano grouille de soleil et de gens qui vont et viennent. Le gardien du parking du supermarché hurle, les poubelles puent, les pavés gris de la chaussée flottent sur la pluie des jours passés, quand j'y pose mes pieds l'eau jaillit autour, créant des flaques minuscules ; et tout m'importe si peu que j'allume mon joint et le fume au milieu de la foule composée de voisins, d'amis de mes parents, des marchands de journaux, des commerçants, des personnes dont autrefois, sans doute, je connaissais le nom ou le visage.

Je fume et pas à pas tout se dissout.

J'arrive à l'angle de la via Epomeo et l'unique chose que le monde me procure est une sensation de chaleur ancrée entre les omoplates, qui se diffuse jusqu'à ma nuque.

Je ne vais pas bien, mais pas mal non plus, je me dis.

Je m'assieds en pensant que je ne me suis jamais assis sur ce banc avant et que quand je l'aurai quitté je ne m'y assiérai jamais plus. Une vieille passe avec en laisse un chien glissé dans un sac en plastique bleu. Le chien est petit et blanc. Je regarde le ciel où il n'y a toujours aucun nuage et le chien s'arrête pour pisser, mais la vieille le tire, parce qu'elle n'a fait que les trous pour ses pattes et le chien résiste. Il se bloque, la vieille tire plus fort, le chien repart et la vieille marche, avec en laisse un chien glissé dans un sac en plastique bleu, au bord de l'explosion, alors j'imagine la scène, en m'y incluant, j'assemble tous les détails qui la composent et j'ai envie de rire. De rire aux larmes, et je voudrais m'allonger là, sur ce banc, via Epomeo, entre les gens et les voitures qui passent, mais on me prendrait pour un fou, et si un ami de mes parents me voyait, quelle image je donnerais d'eux ?

Je réfléchis : ils ont déjà assez de problèmes à affronter.

Je m'allonge, juste un instant, pour vibrer un peu, et je me lève.

Je rentre et me mets sur mon lit.

Quand j'ouvre les yeux il est 16 heures passées. Mon tee-shirt est moite de sueur et je sens un incendie sur ma langue. Je bois et cherche mes cigarettes. Je cherche mes cigarettes partout et commence à m'énerver. Je ne les trouve pas et m'énerve pour de bon. Je vais en acheter. Je marche sous les pins, sur les aiguilles qui sont tombées, je vois de loin que le bureau de tabac est ouvert. Je me prépare, mentalement, à l'image que je trouverai à l'intérieur. Maria Rosaria, dont je connais le nom bien que je ne l'utilise jamais. Tout le monde l'appelle la Chatte, parce qu'elle est toujours sérieuse et ne confie rien à personne, mais je ne l'appelle pas comme ça non plus, parce que la Chatte a quelque chose de sexuel et implique un jugement insultant. C'est pourtant vrai, je pense, Maria Rosaria a parfois une allure féline, quand elle tourne la tête d'un coup pour servir un client, sans sourire, sans sympathie, en le regardant droit dans les yeux sévèrement, on dirait vraiment une chatte prête à attaquer.

J'entre. Je m'arrête devant la caisse et la barrière de bonbons à la réglisse. Derrière il y a les cigarettes et les feuilles. Je suis le seul client. Ça sent le détergent et l'air est plus frais que dehors. Elle est au bout du comptoir, courbée, en train de lire une revue. Elle lève les yeux et me voit. Elle continue à lire, redresse son dos et s'en allume une. Dans son pantalon noir et son débardeur bleu, moulant, elle est belle, elle arrive. Elle ne parle pas. Elle fait un signe de tête, en pointant le menton vers le haut. Elle me regarde droit dans les yeux. Je fais pareil.

« Des Camel light, s'il te plaît », dis-je, alors elle se tourne pour les prendre et continue à me regarder.

Ses yeux sont marron et ronds, je ne baisse pas les miens. Elle me tend une main avec les cigarettes et l'autre pour l'argent. Elle ne dit rien, moi non plus. Elle me rend la monnaie, je reste immobile et elle ouvre la bouche. « Il a un problème, lui, ou quoi ? » Elle parle de moi, non à moi.

Je compte jusqu'à cinq et le dis pour la première fois à haute voix. Pour la première fois à quelqu'un qui n'est pas moi.

« Ma grand-mère a cancer, il lui reste sept mois à vivre. Ciao Maria Rosa'. Merci. »

Je sors, sur le seuil de la boutique j'ouvre mon paquet. J'allume ma cigarette, fais un pas pour descendre la marche et me diriger vers chez moi, puis je me bloque car je sens de la chaleur sur mon épaule.

Je me tourne et aperçois un bras, avec des bracelets argentés au poignet, relié à une épaule où court la bretelle d'un débardeur bleu. Sous son pantalon noir, aux pieds, elle porte des sabots en cuir blanc et à semelles en bois. C'est la cigarette entre ses lèvres qui semble parler.

« Fume-la ici », me dit Maria Rosaria.

Pas très loin de chez nous, à Bagnoli, sur le mur qui sépare l'avenue de la station de la Cumana, des gars font des tags et j'adore les regarder.

J'aime l'odeur et le bruit des bombes de peinture, parce qu'à l'intérieur il y a quelque chose qui cogne contre le métal en faisant des sons très beaux. Les gars les agitent avant de projeter les couleurs sur le mur. Ils ont une minichaîne stéréo, grise, comme celle que le mari de ma tante Mery lui a offerte quand ils se sont fiancés, mais la musique ne couvre pas le bruit des dessins. Une fois, avec grand-mère, on avait déjà acheté le pain et on se dirigeait vers le marché, pour continuer les courses. On avançait, je me suis planté sur le trottoir, et grand-mère, qui tenait ma main, l'a tirée.

Nous nous sommes arrêtés, elle aussi s'est mise à regarder ces deux gars qui dessinaient des lettres et un autre qui dessinait un visage ; ils faisaient d'abord les contours puis ils coloriaient l'intérieur et les choses prenaient forme peu à peu.

C'était étonnant, il y avait la musique et c'était la première fois qu'on les voyait.

Alors, grand-mère et moi, on a laissé tomber les courses et on est restés un moment sur le trottoir d'en face. Grand-mère a fumé et après on a grignoté du pain, sans parler.

Quand on est partis, je lui ai tout de suite demandé : « C'est trop beau, tu ne trouves pas ?

— Si », elle a dit.

J'ai réfléchi. « Et pourquoi ?

— Parce qu'ils prennent une chose moche, comme un mur, et ils la rendent belle », elle a répondu et j'en ai déduit que je pouvais le faire aussi. Je lui ai demandé de m'acheter des couleurs comme celles des gars, et elle a dit oui. Mais en marchant j'ai pensé qu'elle m'avait peut-être répondu trop vite, qu'elle faisait semblant, et qu'en vrai elle espérait que j'allais oublier.

Alors je lui ai demandé mieux. « Quand, grand-mère ?

— Demain.

— Et où on les achète ?

— À la papeterie. »

Le lendemain nous avons acheté une boîte de crayons de cire et des grandes feuilles ; son plan aurait pu fonctionner sauf que nous avons revu ces gars. Chaque fois nous nous sommes arrêtés pour les regarder, et ils ont fini par nous saluer. À force de les observer, de les entendre parler, j'ai compris que leurs étranges instruments étaient des bombes de peinture, et puis un jour je les ai vus en rentrant de l'école avec mon grand-père. Il a crié des gros mots. Les gars se sont arrêtés un instant et ils ont continué à dessiner, alors mon grand-père s'est vraiment énervé. Il a jeté mon cartable par terre et m'a laissé seul dans la rue. Il s'est approché d'eux en agitant les bras au ciel et en criant si fort que les gars ont rassemblé leurs affaires et ont filé.

Après, il est revenu vers moi et a ramassé mon cartable. Il s'est penché pour me parler et j'avais honte de ce qu'il avait fait. « Tu comprends pas ? Pourquoi ils font pas ça chez eux ? » m'a-t-il dit.

À la maison, je n'ai rien raconté à grand-mère, parce qu'ils se seraient disputés et parce que grand-père répète souvent qu'il fait ce qui lui plaît et que ce qu'on fait lui et moi doit rester entre nous. Au bout de quelque temps, j'ai usé tous mes crayons de cire et grand-mère m'en a acheté d'autres.

Je suis rentré de l'école, la boîte était sur la table de la cuisine.

« Grand-mère.

— Oui.

— Ce sont des bombes de peinture, qu'ils utilisent », je lui ai expliqué, et je n'ai pas ouvert la boîte, exprès, comme ça elle pouvait retourner à la papeterie pour se faire rembourser.

« Plus tard, Chiccù », m'a-t-elle répondu, et j'ai protesté.

Comme moi aussi je fais ce qui me plaît, et qu'avec les crayons de cire, si on veut, on peut dessiner sur les murs, ce même après-midi, pendant que grand-père n'était pas là et que grand-mère dormait, j'ai pris les crayons et j'ai fait un arc-en-ciel géant sur le mur de ma chambre.

Je l'ai un peu raté, parce que les crayons se sont usés trop vite et j'ai été obligé de finir la bande rouge avec du marron, la jaune avec le vert clair et la verte avec du bleu.

J'ai admiré mon arc-en-ciel sans penser aux gifles qui m'attendaient jusqu'à ce que grand-mère se réveille et m'appelle de la cuisine. « Chiccù », a-t-elle lancé, et je ne lui ai pas répondu.

Je suis resté dans la chambre. Je me suis approché du balcon, grand-mère est arrivée, elle a ouvert la porte. « Qu'est-ce que tu fais ? Viens au salon avec moi regarder un dessin animé. »

Je n'ai pas bougé. En se tournant, elle a vu l'arc-en-ciel. « Bravo. Entraîne-toi encore un peu sur le papier et on achètera la vraie peinture. Maintenant allons là-bas », et là-bas on a regardé la télévision, et entre-temps mon grand-père est rentré.

Grand-mère a entendu la clé dans la serrure et est allée à sa rencontre. Ils sont revenus, tout le reste de l'après-midi grand-père ne m'a plus parlé, il a fait semblant de m'ignorer. Il pleuvait, il y avait du tonnerre et l'eau passait sous la porte-fenêtre du balcon. Maman est arrivée après son travail et il lui a tout rapporté ; maman n'a pas les mains de grand-mère, mais elle est plus rapide et donc imprévisible. Grand-père se rassied et maman m'appelle.

« Viens ici tout de suite ! » hurle-t-elle, furieuse, et j'y vais.

Elle est sur le seuil. Le visage fatigué, elle enlève ses chaussures.

« Mais comment il faut te le dire que quand je ne suis pas là tu dois être sage ? » crie-t-elle, et puis plus rien, et maintenant j'y repense.

Parce que la deuxième boîte de crayons est vide aussi ; grand-mère a dit qu'on allait acheter les bombes de peinture, alors je me rappelle que c'est l'été et si elle m'en achète deux, une bleue et une jaune, je couvrirai l'arc-en-ciel avec la mer et le soleil.

Je suis content, mais un peu agité.

Je ne dois pas les rater, je me dis.

Je ne dois vraiment pas les rater, parce que cette maison n'est pas que la mienne.

Neuf

Ma petite amie et moi, nous nous téléphonions tous les jours, le soir, après le dîner, et même s'il n'y avait rien de spécial nous trouvions quelque chose à nous dire. Se posait bien sûr la question de ce que nous étions en train de faire, de là où nous allions, mais cela restait en arrière-fond, écrasé par l'idée qu'il n'y avait pas d'alternative.

Je pensais : un vieux bout de bois trouvé dans la mer après le naufrage du bateau, c'est au moins une chose à laquelle s'accrocher en attendant des jours meilleurs.

Puis je pensais encore et me demandais : mais si ce bout de bois est plein d'échardes qui nous blessent les mains, et qu'on ne parvient pas à le saisir ?

Nous avons maintenu le même rythme, le même horaire, les mêmes modalités, malgré tout.

Elle dînait avec ses colocataires et elle m'appelait. Je dînais avec mes parents et l'attendais. J'entendais le téléphone sonner, je le reliais à mes écouteurs et en avant, la tête basse et les doigts croisés.

Le premier avertissement de fin arriva un soir où elle activa le haut-parleur et, le téléphone sur son bureau, se mit à pianoter sur le clavier de son ordinateur. Elle se justifia en disant qu'elle avait un rapport à rendre et qu'elle était en retard.

« Ça t'ennuie ? » me demanda-t-elle en continuant à écrire, et je lui répondis non, dans la tentative de minimiser l'événement, tant pour moi que pour elle ; je ne lui dis pas oui, que je n'en avais rien à faire de son rapport, que je n'étais pas une tâche à supprimer de sa liste. Je ne lui dis pas oui et elle n'envisagea aucune autre réponse possible de ma part, et au fil des mois les rapports à rendre, les dîners prolongés et les rendez-vous incontournables se sont multipliés.

Par moments, j'ai cru que le monde entier complotait contre nous. Mensonge. La vérité est que tout choix implique une perte et qu'en choisissant d'aller étudier ailleurs, de ne plus vivre à Naples, où je vis, moi, derrière ce choix il y avait également ma sortie de scène. Et à ce point de ma réflexion, a commencé un voyage sans retour.

Je l'ai considérée comme une personne frivole, stupide et uniquement capable de sentiments stupides, à son image, et ses attentions me sont apparues insignifiantes, à la con, basses, presque insultantes. J'ai commencé à lui répondre par monosyllabes, à me demander pourquoi elle continuait à m'appeler, de moins en moins souvent et de plus en plus brièvement, pourquoi elle continuait, comme ça, dans ces conditions.

J'ai réfléchi et j'ai trouvé une réponse : elle est tellement persuadée que je suis à ses pieds qu'elle n'arrive pas à concevoir l'idée que nous ne soyons plus ensemble, et cette pensée me dégoûte, elle me dégoûte même maintenant, alors que je suis en train de réviser, mon volet baissé et la lumière allumée ; parce qu'il fait jour mais je ne suis pas motivé ; je ne fais que réviser ; mon téléphone s'illumine. Je contrôle.

Appelle-moi, c'est important, m'écrit-elle et j'arrête de travailler. Je m'interromps en me demandant depuis combien de temps nous ne nous sommes pas parlé.

Je compte autant de jours que ceux qui me séparent de celui où j'ai appris pour grand-mère, car de retour sur cette planète j'ai éteint mon téléphone, volontairement, je ne voulais pas lui parler, j'ai choisi pour elle le rôle de ceux qui ne comprendraient jamais. Carl Schmitt dit que l'empire romain n'est pas tombé sous les coups de ses ennemis, mais parce qu'il était tellement étendu que des ennemis, il n'en avait plus. Et il dit que pour exister nous avons toujours besoin de quelqu'un contre qui s'acharner, que concrètement la politique ne consiste qu'à chercher de nouveaux adversaires à affronter, et moi je n'approuve pas. Cette pensée me fait profondément horreur. Je n'approuve pas Carl Schmitt, je préfère la paix, personne ne doit envahir personne, et pourtant je suis tombé dans le piège en faisant d'elle mon ennemie, malgré tout.

Les stratégies de la survie, je pense.

Je pense encore : c'est un bon titre. Un bon titre, peu importe pour quoi.

Je déjeune et prends mon courage à deux mains. Je m'assieds près de la fenêtre de ma chambre, pour pouvoir regarder dehors en parlant. Je l'appelle.

« Mais où t'étais passé ? »

C'est la première chose qu'elle me dit.

« Nulle part, je suis là. »

Elle me demande quel temps il fait, comment je vais, ce que je fais, si je suis prêt pour mon examen; je lui demande juste si elle va bien, parce que sa voix me fatigue; sa voix m'ennuie; sa voix est la chose la plus éloignée de mes désirs qui, s'ils existaient, ne la comprendraient pas.

Sa voix appartient au passé : c'est un écho qui me parvient seulement après avoir ricoché des centaines et des centaines de fois, contre tout, et je le regrette. Je le regrette pour elle. Je ne l'écoute pas et elle me le fait remarquer. Puis elle recommence. Elle attaque avec la question des vacances.

« Cette année on pourrait aller à Munich », lance-t-elle, parce qu'elle étudie l'allemand, qu'elle doit apprendre la langue et qu'elle vit dans une autre ville pour mieux étudier l'allemand; alors elle a choisi pour nous deux, cet été comme le précédent, où nous sommes allés à Berlin.

Et ma grand-mère?

Et s'il lui arrivait quelque chose en mon absence?

Parler des vacances m'apparaît complètement dépassé et déplacé, presque autant que la publicité au milieu du journal télévisé qui annonce le début d'une nouvelle guerre.

Je me retiens. « On ne pourrait pas aller à la mer, par là autour?

— J'étudie l'allemand! répond-elle, et je compte jusqu'à dix.

— Va où tu veux, je ne viens pas.

— Ça veut dire quoi?

— Ça veut dire qu'on n'est plus ensemble, depuis un moment, et qu'il est temps de l'admettre. »

Elle se tait puis me dresse la liste de tous les efforts qu'elle a faits pour qu'on reste ensemble, et je voudrais me gifler ou me lacérer le visage plutôt que de l'écouter.

« J'en ai rien à foutre. J'en ai rien à foutre », je répète en scandant chaque mot, et elle raccroche sans me saluer.

Je respire.

Elle me rappelle.

« Tu ferais bien de t'excuser.

— Je m'excuse, je te jure que je m'excuse, mais j'en ai vraiment rien à foutre », et c'est moi qui raccroche.

Adieu, je pense, et aussitôt après j'ai envie de composer son numéro et de lui balancer toutes les erreurs que selon moi elle a faites ; de les lister, une par une, jusqu'à ce qu'elle devienne folle de culpabilité et de douleur, qu'elle ouvre sa fenêtre et saute.

Je me retiens. C'est la faute de personne. Tout finit, toujours, dans tous les cas.

Je m'allonge sur mon lit et j'attends. La mienne, de fin, ou que l'heure tourne. Je me lasse d'attendre et j'appelle Angelo. « Si je passais chez toi, avant la répète ? » Il me répond pas de problème.

Je prends ma guitare et je descends. La Cumana me dépose à Quarto Officina. Je sors, je vois Angelo.

Assis dans le salon de l'appartement de ses parents, nous regardons le clip d'un horrible groupe américain ; sur les murs il y a des tableaux énormes aux cadres dorés et sa mère est enfermée dans la cuisine.

« Notre façon de répéter et d'improviser », dit-il, et je fais oui de la tête, « pour ensuite en tirer un morceau… c'est trop long. Et ça coûte trop cher. Il faudrait écrire un peu chez nous et arriver au studio avec déjà quelque chose qui se tient, pour éviter de trop tourner en rond.

— Ouais. »

Le clip se termine et un autre commence.

« Ça va ?

— Très bien.

— On joue ? » enchaîne-t-il, et je lui propose d'aller boire des bières. « Non, on joue. Si on n'est pas productif on ne produit rien, c'est un cercle vicieux. On est trop tranquilles », insiste-t-il en se levant d'un bond, comme s'il y avait du courant dans ses jambes.

Il revient avec sa basse et je ne bouge pas un muscle ; je fixe la fenêtre qui est fermée, avec le store baissé. Angelo habite au rez-de-chaussée et je ne vois pas les voitures, mais je les entends et j'entends aussi le son muet et métallique des cordes qu'Angelo touche.

Il allume une cigarette et la tient entre l'index et le majeur de la main qui entoure le manche. Il s'arrête. « Vous vous êtes embrouillés, lâche-t-il.

— Non, je l'ai larguée.

— Tu as bien fait. Tu veux aller répéter ailleurs, sortir, faire ta vie ? Alors vas-y et va chier. Ça fait longtemps que je te le dis, ça fait des siècles. » Il se lève à nouveau et laisse sa basse sur le canapé. Il ajuste son tee-shirt noir en passant ses mains sur son torse, et il est prêt. « Bon, restons pas comme ça, allons acheter des bières. »

Nous sortons et décidons de rester dehors. Nous buvons nos pintes de Peroni à la petite table installée devant le bar à vin, dans la rue. Il y a Angelo et moi, le propriétaire, un vieux trapu aux joues rougies par le vin et deux types avec des chaussures barbouillées de peinture. Je cherche pourquoi j'ai dit oui à la proposition d'Angelo de monter un groupe, sans en avoir envie, sans le connaître vraiment.

Je suppose que c'est à cause de l'opinion que j'ai de lui, quelqu'un qui sait comment être au monde, du moins il me semble. Car son père est opticien et Angelo suivra le même chemin, sans que ce soit pour lui une tragédie ou une source infinie de problèmes. Car Angelo se préoccupe uniquement des choses qu'il peut résoudre, alors je dois rester près de lui, comme le gars qui observe le barbier avec ses clients, du matin au soir, pour apprendre.

« Allez, arrête d'y penser, dit-il.

— Je n'y pense pas.

— Ce qui m'ennuie le plus, c'est qu'on n'a même pas un nom. Sans nom on n'existe pas.

— Mais tu trouves pas ça ridicule de se choisir un nom, de se mettre là, de faire une liste, de le trouver et de sortir en disant "Salut, on est Les Trouducs" ? » je demande, et il rit en buvant.

Sa pomme d'Adam va et vient comme un flotteur happé par l'eau. De la bière s'échappe des coins de sa bouche et coule vers son menton. Il s'essuie du dos de sa main. « Salut, on est Les Trouducs et on vous emmerde ! » reprend-il et je ris à mon tour, parce qu'il crie en levant les bras au ciel pour simuler une ovation.

Il se calme et je commence à croire qu'Angelo me plaît parce que c'est un enthousiaste, a priori, même si en réalité son enthousiasme ne repose sur rien de spécial et qu'il en est conscient.

Il regarde l'heure et nous retournons chez lui. Nous prenons nos instruments et la voiture de sa mère. Nous nous asseyons dans la Panda rouge à la peinture écaillée, plus vieille que nous, et Angelo part puis s'arrête : nous sommes devant la ruelle qui mène à la station de la Cumana. Il décapsule une bière avec ses dents et nous observons Micio, notre batteur, qui approche.

« Et si on s'appelait Les Trouducs ? » lui demande Angelo en regardant Micio dans le rétroviseur, après qu'il s'est assis.

« Carrément, trop bien », est sa réponse.

Angelo tourne le volant et manœuvre. Son visage se ferme en une grimace, mais ses yeux restent ouverts et la voiture avance vers la grande route et le studio, et la batterie me semble trop rapide et je me sens trop lent. Et enthousiaste, éternel enthousiaste, Angelo joue tête baissée et jambes écartées, pour qui sait quel public imaginaire.

Nous répétons quelques couplets que nous croyons bons, mais en luttant, comme moi, qui comprends et décide que j'ai juste envie de rentrer chez moi.

Nous reprenons la voiture, avant toute chose, je baisse ma vitre. Je fume, les yeux fermés, Angelo me dit de rester et je ne veux plus rentrer sans raison. Micio nous laisse. Nous achetons d'autres bières, une pizza et nous roulons.

« Tu ne veux pas en parler, hein ? » dit-il, la voiture file sur une route de campagne aux lampadaires éteints, et nous ne voyons rien au-delà de la lumière des phares.

« De quoi ? je lui demande.

— De cette conne.

— Non, déjà oubliée. »

Il touche la radio, cherche une station, l'éteint. « Bon, si tu veux en parler, je suis là. Maintenant on va s'en fumer un petit et après, tu verras, toute cette histoire ne sera plus qu'un lointain souvenir », les plantes empiètent sur la route, heurtant le pare-brise.

« Fumeux, je lui réponds.
— Je ne comprends pas.
— Un souvenir fumeux, j'entends.
— Voilà, encore mieux », dit Angelo.

Arrivés chez moi, nous nous arrêtons aux abords de l'église. Il n'y a personne à part nous. Angelo prend le shit, j'avance sur mon siège pour étendre mon dos et il commence à me parler.

Il dit que ce n'est pas ma faute, que c'est la vie, point. Que nous ne devons penser qu'au succès du groupe ; sa voix s'apparente à un son émanant de la nature, le chuintement d'un fleuve ou du vent ; un son permanent, ininterrompu, auquel on ne fait pas particulièrement attention.

Il incline son dossier.

« On n'est pas bien, là ? », lâche-t-il, et il me donne une tape sur la cuisse. « Je vais t'aider », il ajoute et se rétracte, « t'épauler, car tu es le seul à pouvoir t'aider. »

Je pense.

Je l'interpelle.

« Si on devait faire un disque, que penses-tu du titre *Stratégies de la survie* ? »

Angelo se tourne vers moi et ouvre les yeux autant qu'il peut. « Vraiment ?
— Non ?
— C'est parfait. *Les Stratégies*, par contre, avec l'article. »

Nous restons silencieux et je crois que *Les Stratégies de la survie* est nul, parce qu'exagéré, mais peu importe, je me concentre sur autre chose : Angelo dit que je devrais aller avec lui dans les Abruzzes, qu'il a une grande maison là-bas, où jamais personne ne va. « D'accord », je réponds, et il remet le contact ; la voiture cahote sur les sanpietrini. Il regarde droit devant, vers une destination qui ne semble pas être mon immeuble.

Nous prenons de la vitesse dans la rue en pente, tournons au croisement sans ralentir, je serre la poignée de ma portière, la peur me rend toute ma lucidité. Je descends devant chez moi et me sens plus lourd, comme si je sortais de l'eau après m'être immergé sans me déshabiller.

Je me penche pour le regarder dans les yeux. « Merci, je glisse, et il me fait un clin d'œil.

— Pas de quoi », et il lève une main au-dessus du volant pour me saluer.

Il part. Ses feux rouges deviennent minuscules et se perdent. J'ouvre la porte de l'appartement. J'entre dans ma chambre et allume la lumière. Je pense à Angelo, à la personne qu'il est. Je retire mes chaussures et j'entends ses pas sur le carrelage, j'écoute leur son et leur vibration, elle apparaît devant moi.

Maman a les cheveux en désordre, ébouriffés. Des petits yeux, ensommeillés, presque fermés mais encore ouverts.

« Qu'est-ce que tu fais debout ? je lui demande.

— J'étais inquiète. Tu vas bien ?

— Oui. Bonne nuit.

— Bonne nuit », et elle s'en va. « Tu pues le shit. »

Quand j'arrive au bureau de tabac, Maria Rosaria regarde encore les voitures qui passent derrière les arbres de l'avenue. Assise sur un tabouret bas et blanc, en plastique, le dos contre le mur, près de l'entrée de sa boutique. Puis elle tourne les yeux vers moi. « Quel bon vent », lance-t-elle d'un ton surpris, bien qu'elle m'ait vu approcher et qu'elle m'ait souri avant de fixer à nouveau l'avenue.

Je m'assieds à côté d'elle, sur la marche qui sépare la boutique de la rue. Il fait chaud, mon examen est dans deux jours et c'est la troisième fois en tout que nous parlons.

Je sors mes cigarettes de ma poche. J'en prends une pour moi et une pour elle. Je les allume et lui raconte.

« Vous étiez ensemble depuis combien de temps ? me demande-t-elle.

— Depuis le lycée. De la première année de lycée à la première année d'université. »

Maria Rosaria renifle et respire, profondément, à pleins poumons. Puis vient ce soupir, qui a quelque chose de plaintif ; sur le trou de la plaque d'égout à nos pieds il y a du ruban isolant.

« C'est quoi ça ? » je hasarde. « Je me suis toujours demandé qui fait ça », alors elle passe une main dans ses cheveux et remue le cou, sans doute pour détendre ses muscles.

Elle rouvre les yeux.

« Moi. C'est moi qui l'ai mis. Les blattes sortent de là et c'est pas beau à voir. »

Je ferme les yeux à mon tour et tente de l'imaginer sortant de sa boutique avec cette bande adhésive qu'elle tient du bout des doigts. Elle se baisse et la colle, sans toucher la plaque. Elle la presse avec ses poings, se relève et finit avec son pied, mais je n'y arrive pas : je n'ai pas beaucoup d'imagination et elle m'interrompt avant même que j'aie commencé. « Ta grand-mère ?

— Pareil », je réponds, ce qui signifie que je ne l'ai pas encore vue et que je ne lui ai pas encore parlé et que ma mère en devient folle. « Tu sais ce qu'il nous faudrait ?

— Non.

— Des glaces.

— C'est à toi d'y aller, moi, je ne peux pas.

— J'ai dit qu'il nous faudrait, pas qu'il nous faut», et notre conversation s'arrête.

Nous observons les voitures en écoutant le bruit des moteurs et celui de l'air. «C'est toujours aussi calme? je demande.

— À cette heure-ci, oui. J'ai plus de travail le matin.

— Tu es seule, personne ne te donne un coup de main?

— Personne», dit-elle, et je cligne un œil en lui souriant parce que je ne la juge pas.

«Et toi… tu achèterais un disque qui s'intitule *Stratégies de la survie*, toi?

— Ça dépend de la musique qu'il y a dedans.

— De la musique triste.

— Je n'aime pas les choses tristes.»

Je réfléchis. «Moi non plus, mais les choses gaies me semblent inutiles.»

Nous fumons encore, ses cigarettes. «Et tu joues de quoi?

— De la guitare.»

Le vent se lève, elle porte ses mains à sa bouche et mordille quelque chose. «Moi, je ne sais rien faire», dit-elle, alors je voudrais tout arrêter et lui expliquer, précisément, que ce n'est pas vrai. Que je sais peu de choses d'elle, mais que je suis sûr que ce n'est pas vrai.

Je ne le fais pas. Nous nous taisons et ce silence me terrorise car, entre ses mains, il ressemble presque à une arme.

J'insiste. «C'est pas un titre exagéré pour un disque, ou prétentieux?

— Si, peut-être.

— Et pour un livre ?

— Pour un livre non. Pour un livre ça pourrait aller bien », elle tire la dernière bouffée et jette le reste dans le parterre en face de nous. « Tu écris ?

— Tôt ou tard…

— Tu veux devenir écrivain ? demande-t-elle et je cherche mes mots en éteignant la mienne sous ma semelle.

— Je ne sais pas. C'est qu'il faut bien faire quelque chose, je crois. »

Le vent poursuit sa course et chasse la chaleur.

Nous restons là, à nous raconter d'autres choses, je crois que nous sommes bien, et tandis que nous partageons ce que nous avons besoin de partager, à petites doses, je voudrais qu'on vive comme ça au moins un temps. Uniques passagers d'un avion qui voyage au-dessus de tout, calme, rapide et lent, suspendu, qui nous laisse l'illusion de nous accrocher à une chose simple et réelle, tangible, comme le siège et les accoudoirs qu'on peut serrer, mais c'est déjà fini.

Une cliente arrive, une dame avec une chemise rouge, puis une autre, Maria Rosaria rentre. Je me lève et la regarde travailler, impassible et distante. Elle serre les lèvres et sa bouche devient un point qui met fin à une phrase qui ne deviendra rien d'autre et qu'elle ne poursuivra en aucune façon. Un point inscrit si fermement qu'il a presque troué la feuille sur laquelle il s'est posé, les clientes s'en vont et Maria Rosaria reste à l'intérieur.

Je fais un pas. Je la salue. « Je retourne réviser. Ciao. »

Je me dirige vers chez moi et ne réfléchis pas à ce que je suis en train de faire. J'entre et sors du supermarché, j'ai une glace à la main. Je marche à nouveau vers le bureau de tabac, parce que je veux la lui donner et savoir ce qu'elle dira. Je me sens léger et peut-être même courageux. J'avance absorbé par ma curiosité, poussé par l'optimisme.

Je me fige, de but en blanc. Car je vois mon reflet dans la vitrine nue et noire qui précède celle de Maria Rosaria.

J'entre dans la salle encore vide et choisis le troisième rang. Je m'assieds au milieu, comme ça je n'aurai pas à me lever pour laisser passer.

Je regarde à droite et à gauche, je pense que je serai interrogé parmi les premiers et que c'est moi qui devrai demander aux autres de me laisser passer, pour rejoindre l'estrade, et je n'ai pas envie.

Je rassemble mes affaires. Je vais prendre une chaise au fond de la salle. Je la positionne près du mur, au niveau du troisième rang, mais sur l'extérieur. Je sors mon livre et mes notes pour commencer à réviser. Je suis concentré. Mon cerveau n'écoute que lui et rien d'autre n'existe au monde.

La salle se remplit, je lève la tête, on ouvre les balcons en se plaignant de la chaleur, on crie et on rit. Je sors fumer, avec moi il y a deux filles qui récitent les mêmes phrases en chœur, les yeux dans les yeux, en serrant leur livre sur leur poitrine et en se tenant mutuellement l'épaule.

Je m'accoude à la rambarde, en bas, devant l'entrée, je vois Felice, le gardien de la faculté qui marche lentement d'avant en arrière, son cigare en bouche et une main dans la poche.

Il s'arrête. Il me regarde. Je le salue d'un signe de tête, il me voit et ne dit rien. Il se tourne et se remet à marcher, indifférent. Il passe sa main de la poche antérieure à la postérieure, et je me demande ce qu'il manque encore aux gens pour comprendre que la gentillesse est un moyen de garder ses distances et qu'une fois l'équilibre trouvé on vivrait tous mieux.

Le professeur arrive et nous dit de rentrer.

Je tire la dernière taffe, Felice me tourne encore le dos. J'hésite à jeter mon mégot allumé sur lui, en visant l'arrière de sa tête. Je renonce et le laisse simplement tomber, de toute manière c'est lui qui devra balayer.

Je m'assieds, nous sommes une centaine, peut-être plus, le professeur se lève, commence à faire l'appel des inscrits. Il prononce le premier nom, la fille répond avec un filet de voix et le professeur lui sourit. Ses joues saillantes remontent vers ses yeux ; il incline la tête, laissant voir les cheveux qu'il n'a plus. « Contrairement aux apparences, si vous parlez un peu plus fort je ne vais pas vous manger », dit-il, puis il reprend sa liste et je compte combien de personne il y a avant moi pour estimer mon temps d'attente. « Amoresano.

— Présent. »

Ça commence, la première séance est interrompue deux fois par le professeur qui demande à la salle de se taire ; j'écoute les questions, je cherche les réponses dans mes notes et les cache pour mémoriser. Ou alors je réponds d'abord, puis je vérifie, et au fil des questions je me convaincs d'être assez préparé. Pendant ce temps dans le reste du monde les deux premiers sont recalés et le troisième décroche un vingt-deux sur trente.

« Amoresano, dit le professeur, et je ne garde avec moi que mon manuel.

— Bonjour.

— Bonjour », me répond-il, et l'examen commence. « Bien Amoresano, bien », dit-il quand j'ai fini de parler. « Il y a encore, ici et là, quelques confusions, mais on voit que vous avez travaillé et que la matière vous intéresse. Vingt-quatre, ça vous va ? »

Je le remercie et après, en remontant la via Mezzocannone, les façades sont tapissées d'inscriptions, de restes d'affiches, et rien n'est parfait, rien n'est comme cela devrait être.

J'achète une bouteille d'eau et la bois, piazzetta Nilo, où je m'arrête pour regarder l'obélisque de San Domenico blanc, pur et exceptionnel dans une enfilade lointaine de places, d'immeubles, de rues et de ruelles aux couleurs sombres. Puis je regarde une voiture qui n'arrive pas à tourner à cause d'une autre garée à distance du trottoir, et le type derrière klaxonne et crie des choses.

Je dis à ma mère pour l'examen et elle me répond une minute après. BRAVO APPELLE GRAND-MÈRE, m'écrit-elle, en majuscules, et dans ses mots je perçois l'effort. Sa volonté d'attraper et de faire tenir ensemble tous les fils et toutes les parcelles de notre vie, tels qu'ils ont toujours été, pour la conserver et l'amener vers un futur qui continue à nous ressembler.

Je repars. Je passe via Benedetto Croce et j'observe les habits et les visages des personnes qui viennent vers moi, me dépassent et poursuivent leur chemin. Je pense que ce que je préfère de Naples, c'est qu'elle me ressemble, Naples est comme moi : même fatiguée, elle bouge et avance encore, pour aller où, on ne sait pas, mais elle avance. Enfin je prends le train, j'arrive chez moi et ne fais rien : je lis juste un peu.

« Demain, promis, j'y vais », je réponds à ma mère, parce qu'elle et mon père sont rentrés du travail, c'est le soir, nous sommes assis à la table de la cuisine.

Elle m'a demandé pourquoi je n'ai rien dit à grand-mère au sujet de mon examen et je n'ajoute rien d'autre à ce qui est déjà sorti de ma bouche.

« D'accord, je la préviens », conclut-elle.

Le lendemain je me réveille, me douche et me rase. Je mets une chemise, car grand-mère trouve que ça me va bien. Je prends les trains, il y a une vieille assise devant moi, je l'observe, pour tenter de définir son âge, parce que si grand-mère a soixante-sept ans, elle non, bien qu'elle me semble beaucoup plus âgée. Elle extrait de son sac un mouchoir en papier et s'essuie les mains. Elle frotte soigneusement, vigoureusement, chacun de ses doigts gros et tordus, aux cals incrustés de noir.

Elle se lève, le jette par la fenêtre. Le mouchoir disparaît. Le train file, gare après gare, et je m'approche de la sortie avant d'avoir lu le panneau qui dit qu'on est à Bagnoli. En attendant je lis cette inscription, noire, sur le gris de la cloison du wagon, petite, réalisée avec la pointe d'un stylo, entre une déclaration d'amour et un slogan des supporters ultras du Curva B. Je la note sur mon téléphone. Je l'enregistre avec les messages que je n'enverrai jamais.

Je sors et il fait chaud. J'entends les oiseaux chanter, je vois les arbres de l'avenue et la façade de l'église, jaune, interrompue par les barrières vertes de la station. Je prends le passage souterrain, sur l'avenue, à gauche, il y a la rue qui mène au marché, devant moi les bancs et le muret du parterre et là, est assise ma grand-mère.

Elle est voûtée, elle fume et ressemble à une petite fille avec une cigarette à la main. Ses cheveux frisés, courts et encore plus courts sur les côtés, gonflent dans l'air et je me lance. Je m'approche d'elle, ses pieds ne touchent pas le sol. Devant elle, je souris. Grand-mère lève la tête. « Eh Chiccù, te v'là ? » et je ne lui demande pas depuis combien de temps elle attend, ni ce qui se serait passé si je ne l'avais pas vue et si j'étais allé jusque chez elle, pour ne trouver personne.

Je ne lui demande rien car des millions de pensées me traversent mais surtout, en moi, je sens monter la joie, la joie de la voir et de la trouver inchangée, égale à elle-même et comme je sais déjà qu'elle ne sera bientôt plus.

J'embrasse son front, ses joues, son cou. Nous nous étreignons et grand-mère rit, bruyamment. Elle porte un chemisier blanc, un pantalon noir et des sandales, qui découvrent ses pieds géants. Je glisse un bras sur ses épaules et nous partons.

« Qu'est-ce qu'on fait ? je lui demande.

— Ce que tu veux », et elle se ravise. « Allons faire des courses. »

Elle marche, et moi avec elle. Nous traversons, grand-mère extrait un bonbon de son papier, le met dans sa bouche. « Tu fumes toujours ?

— Oui, mais peu, je réponds.

— Bien. Un peu, ça va. »

Elle me fixe de ses yeux petits et attentifs. « T'as vu ? Je suis pas passée loin », enchaîne-t-elle, parce que nous lui avons dit qu'elle avait un vilain kyste, qu'il fallait l'opérer en urgence et qu'après elle irait mieux.

Je ne réponds rien. Je dépose un baiser dans ses cheveux pour cacher mon visage.

Ensuite, elle tourne dans les rayons et je la suis. Dans son panier elle met, entre autres choses, les ingrédients pour faire des pâtes à la ricotta, elle dit qu'ils n'en ont pas mangé depuis longtemps. Elle sort le sac en plastique qu'elle garde dans son sac à main et salue la caissière. « C'est mon petit-fils, dit-elle. Il est à l'université. Hier il a passé un examen et il a encore décroché un trente.

— Félicitations », réplique la caissière et dehors grand-mère cherche ses cigarettes et elle trouve d'abord son briquet.

« Maman n'a peut-être pas bien compris, mais j'ai eu vingt-quatre sur trente, je corrige, et les fines rides aux extrémités de ses yeux s'étirent vers ses oreilles.

— Je sais, souffle-t-elle. Mais les gens sont des ignorants, alors qu'est-ce que ça peut foutre si on dit que tu as eu trente avec les félicitations du jury ? »

Nous remontons l'avenue vers chez elle, je tiens le sac en plastique dans une main et dans l'autre la sienne. J'aperçois mon grand-père, assis sur un banc, qui lit le journal. « Le lion », commente grand-mère, mais il ne remarque pas notre présence.

Je tape sur les pages et il les replie d'un coup, prêt à en découdre, alors il me voit. Il prend mon visage dans ses mains, me donne une chiquenaude et je l'embrasse sur les deux joues.

« Le voleur est là aussi ! » lance-t-il à grand-mère en riant, car depuis que j'étudie les sciences politiques il m'appelle comme ça, le voleur, et grand-mère lui répond qu'il ne raconte que des conneries et ils commencent à se disputer, mais sans faire vraiment attention à ce qu'ils disent. Grand-père me prend le sac, pour le porter. Nous montons l'escalier, il est voûté et fatigué.

« Tu es sûr que tu ne veux pas me le donner ? je lui demande.

— Occupe-toi de tes affaires, toi, cornichon », me répond-il.

Une fois rentrés, ils se changent, grand-mère me prête un short de bain et un tee-shirt blanc. Je m'assieds à la table de la cuisine, grand-mère prépare le repas. Nous parlons de l'université, elle me demande si je suis content, si ça me plaît, si c'est intéressant, je lui réponds exactement ce que je pense et elle arrête de cuisiner. Elle pose sa cuillère en bois sur le bord de la casserole. Elle évoque ma petite amie et je fais juste non de la tête.

Elle reprend sa cuillère et remue la sauce. « Ne t'inquiète pas. Pose une pierre chaque jour et tu finiras par ériger une montagne », me dit-elle, et je vais fumer à la fenêtre de la salle de bains, porte fermée, au cas où grand-père nous rejoindrait, ce sont mes mots, mais en réalité je n'arrive pas à rester près d'elle alors qu'elle imagine un futur.

Nous passons à table, grand-père m'interroge également sur l'université. « Ils t'apprennent vraiment à voler, à extorquer des dessous-de-table, des pots-de-vin ? »

Je mâche en souriant à sa plaisanterie, et grand-mère est sans doute jalouse.

« On devrait faire comme Néron, lâche-t-elle en nous regardant. À tous les vieux, tous ceux de plus de cinquante ans, il leur coupait la tête. Tchac !, elle mime le geste avec son couteau, et grand-père part au quart de tour.

— Alors toi aussi, toi aussi, vu que t'as plus de cinquante ans », explose-t-il. Alors grand-mère calibre chacun de ses mouvements, elle attend le temps nécessaire pour que sa réponse devienne définitive, qu'elle n'admette aucune réplique.

« Peu importe qu'on me coupe la tête, du moment que la tienne tombe d'abord. »

Je ris et grand-père blasphème. Il mange et blasphème, une bouchée et un saint après l'autre. Il finit de manger et les jurons finissent aussi. « Basta, j'ai plus faim, vous m'avez écœuré, tous les deux. » Il quitte la table et longe le couloir vers sa chambre.

Il fait trois mètres et grand-mère continue. « Il n'a plus faim qu'après avoir vidé son assiette, jamais avant », elle parle fort, nous n'entendons pas de réponse, seulement la porte de sa chambre qui se ferme.

Je me lève. Je l'embrasse sur la joue et la mords, et elle me donne une gifle.

« Tu es terrible. Tu es devenue une terrible petite vieille », je lui dis et je me rassieds, et elle se masse à l'endroit où je l'ai mordue. Puis nous nous mettons sur son lit et je m'endors la tête posée sur son épaule.

Je me réveille et elle n'est plus là, je la trouve dans le salon en train de lire un magazine qu'elle approche le plus possible de son visage et qu'elle parcourt à travers ses lunettes.

« Bonjour, me dit-elle.

— Bonjour. »

Je me rhabille, elle se recoiffe devant le miroir et se met de la laque, parce qu'elle a décidé de m'accompagner au train et qu'il lui manque des choses pour le dîner. Nous descendons l'escalier ; passé la porte de l'immeuble, elle glisse son bras sous le mien et me parle de l'été, elle me demande ce que je vais faire ou ce que je voudrais faire, je lui réponds que je ne le sais pas encore, peut-être rien, passer un maximum de temps à Bagnoli, avec eux.

« Ce serait bien, opine-t-elle.

— *Très* bien.

— Mais tu dois rester avec tes amis, les gens de ton âge, que veux-tu faire avec deux vieux croûtons comme nous ?

— Je m'amuse avec vous.

— Tu t'es offert une virée au théâtre ? lance-t-elle en souriant.

— Oui. »

Devant la gare elle ouvre son sac à main et me tend cinquante euros. « Pour récompenser ton trente avec félicitations et pour qu'il y en ait d'autres. Prends un ticket et ne dépense pas tout en cigarettes. Achète-toi donc un de ces livres que tu aimes. »

J'accepte son billet.

« Tu es un beau jeune homme, mais tu dois manger des châtaignes. Les châtaignes agissent contre la chute des cheveux, et tu commences déjà à te dégarnir. Tu avais une si belle tignasse, comme moi, cela dit ton père, ton oncle et ton grand-père n'ont pas de cheveux et c'est la faute à personne. Les châtaignes, il faut les faire griller en les recouvrant d'une feuille de papier journal humide, pour éviter qu'elles durcissent. Et fais une entaille au milieu, sans les couper complètement, sinon elles brûlent.

— On les fera ensemble, c'est bientôt l'automne.

— Eh, l'automne !? Mais l'été vient de commencer. »

Grand-mère allume une cigarette et se gratte la joue que je lui ai mordue, avec l'ongle du pouce.

« Il va arriver, n'aie pas peur. »

Elle m'embrasse et me fait une caresse. « Oui, il va arriver. Et toi, tu sauras déjà comment les préparer. »

Huit

Selon moi nous sommes comme dans un film, grand-mère est la gentille qui donne des gifles, et grand-père est le méchant qui ne tape jamais personne. Comme dans les films, ils n'arrêtent pas de se disputer mais ce ne sont pas vraiment des disputes, parce que quand on se dispute, à la fin, il y en a un qui s'en va, et grand-père s'en va, oui, mais après il revient.

C'est pour ça que, selon moi, ils font semblant : l'un dit une chose et l'autre dit non, comme ça, le temps passe plus vite, et c'est amusant pour celui qui les voit.

Par exemple, grand-mère dit que je dois bien travailler à l'école et écouter la maîtresse, que je ne dois pas chercher la bagarre et pas parler en napolitain ; le seul gros mot qu'elle dit est merde et parfois crétin ou crétine, au féminin. Grand-père, lui, ne dit qu'un seul mot en italien, connasse, en articulant bien, sans sauter une lettre, et le reste du temps il ne parle qu'en dialecte. Et si on est tous les deux, il dit que la maîtresse, je ne dois pas l'écouter, que quand je serai grand j'irai travailler sur les bateaux, comme mon oncle, et que pour faire ça, pas la peine d'étudier, d'ailleurs mon oncle a redoublé une paire de fois.

Et puis grand-père crache, dans la rue ou dans les jardins publics, et grand-mère n'aime pas ça. Il ne se lave pas les dents, parce qu'il n'en a plus, et grand-mère se les lave toujours, chaque fois qu'elle sort, et avant de sortir elle se coiffe, se fait belle, et quand grand-père sort elle lui demande de s'arranger un peu aussi.

« Moi ? M'arranger ? Je fais ce qui me plaît et ça ne regarde personne », lui répond-il et je sais qu'il fait semblant, parce que je l'ai vu sortir son peigne de la poche de son pantalon et le passer dans ses cheveux. Et évidemment, quand je dis pour rire que je ne veux pas me coiffer ou me laver, grand-mère me demande en élevant la voix, pour bien se faire entendre, si j'ai envie de devenir moche comme lui et qu'on se moque de moi dans la rue.

Dans ces cas-là, grand-père devient fou.

Il attrape sa veste accrochée au portemanteau, enfile ses chaussures et marmonne à notre attention « Basta, le clochard s'en va », et il claque la porte tandis que grand-mère et moi, on rit, parce qu'on sait qu'il rentrera pour manger.

En effet, au bout de quelques heures, il tourne la clé dans la serrure. Il entre et allume la lumière du couloir, grand-mère se lève et va contrôler l'horloge qui se trouve dans la cuisine, sur le mur au-dessus de la table. « Plus ponctuel que l'Intercity ! » s'exclame-t-elle et je rigole, souvent, avec grand-mère et grand-père, même quand je suis seul avec l'un des deux, parce qu'ils racontent toujours plein de choses.

Nous marchons et grand-père me parle du temps où il y avait la guerre, les Allemands, et où on volait les cigarettes des Américains. De quand il a commencé à travailler à l'usine, à l'Italsider, et qu'il a failli perdre un pied parce qu'une poutrelle en acier était tombée dessus. Surtout, après avoir fait quelque chose de méchant, il me parle du tremblement de terre qui a eu lieu avant ma naissance et qui a secoué tout l'immeuble ; cette nuit grand-mère, maman et mes tantes ont dormi dans une voiture sur un parking et lui est resté à la maison, tout seul, sans avoir peur.

Avec grand-mère, plutôt que de marcher, nous nous asseyons sur un banc et elle me parle du village où elle est née, Ariano Irpino : il faisait froid, c'étaient tous des paysans, un jour, un serpent l'a mordue. Son frère, un soldat mort à la guerre, l'a entendue crier et s'est précipité à son secours. Il a sorti son couteau de sa poche, lui a fait une petite entaille sur le mollet et s'est penché pour aspirer le sang de grand-mère avec sa bouche ; dans ce village il y avait aussi des sorcières, des fantômes, un loup-garou et une nuit, une dame s'est transformée en chat noir. Le chat s'est approché d'un gril où on faisait cuire des morceaux de viande et un type lui a donné un coup de tisonnier brûlant sur le museau. Le lendemain la dame est reparue avec une cicatrice sur le visage et tout Ariano Irpino a compris ce qui s'était passé, et moi, quand ils me racontent ces histoires, j'essaie de ne pas parler. Parce que si on interrompt une histoire, tout ce qu'il y a dedans s'en va et il ne reste rien.

Je me tais.

J'écoute, en général.

J'écoute parce qu'ils ont toujours quelque chose à raconter et la seule chose que je n'aime pas, c'est quand ils me tiennent à l'écart et se cachent. Ça arrive souvent qu'ils se bloquent d'un coup devant moi vu que mon grand-père dit beaucoup de choses qu'il ne devrait pas. Il lâche un gros mot, grand-mère se fâche et si c'est un mot nouveau, que je ne connais pas encore, alors c'est nul, parce que c'est comme si je me retrouvais isolé dans une pièce d'où ils sont déjà sortis. Cependant, indice après indice, je finis toujours par comprendre, et aujourd'hui, par exemple, j'ai appris ce que signifie pédé.

Un après-midi, il pleuvait et nous ne sommes pas sortis, j'ai changé de chaîne et nous sommes tombés sur un type qui portait une veste rouge et des lunettes de soleil argentées. Il avait de longs cheveux noirs, et il dansait.

Grand-père secoué la tête et soupiré. « Change, regarde pas ce pédé », il m'a dit, et grand-mère s'est énervée.

Une autre fois où nous étions seuls, lui et moi, à l'angle de la via Enea, un monsieur l'a bousculé et grand-père s'est presque écroulé sur moi.

Nous nous sommes redressés et nous avons compris que ce n'était pas son épaule qui avait heurté grand-père, mais son grand cabas vert, de femme, comme celui qu'utilise grand-mère pour aller à la plage. Le monsieur s'éloignait et grand-père a porté une main à sa bouche, pour la mordre. J'ai tiré sur sa manche et il a embrassé ses doigts avant de me pincer la joue. Il a regardé le monsieur, qui était désormais loin, puis il a levé un bras, pour l'indiquer.

« Pédé », il a dit à nouveau, et ce mot, je ne l'ai plus entendu à la maison, mais à l'école oui.

Certains, je les connais, le disent à un garçon qu'on croise quand on va au sport, qui a les yeux bleus et les cheveux blonds.

Au début ils l'appelaient femmelette puis ils ont commencé à le traiter de pédé, et tout ce qu'ils ajoutaient autour m'a permis de comprendre que pédé et femmelette, c'était presque la même chose mais pas complètement ; maintenant que je ne vais plus à l'école depuis une semaine, j'en ai eu la confirmation, parce qu'il fait beau et grand-mère et moi, nous ne regardons pas un seul dessin animé, nous sortons plus tôt et allons plus loin.

Presque tous les jours nous marchons jusqu'au bord de mer de Pozzuoli ; là, il y a moins de monde et de l'espace pour jouer au foot. Les immeubles semblent à moitié détruits, avec des briques devant les fenêtres, grand-mère s'assied pour lire pendant que je joue au ballon, et de temps en temps elle jette un œil sur moi ou sur le panorama. Aujourd'hui j'ai tiré de la pointe du pied et le ballon a volé au-dessus du muret, derrière, il y a les rochers et puis la mer.

La promenade était déserte. La lumière était forte mais ne faisait pas mal aux yeux. J'ai pensé que je pouvais me débrouiller seul, que je voulais absolument me débrouiller seul.

Je contrôle et grand-mère est encore en train de lire.

Je m'approche de l'escalier, je descends et récupère mon ballon.

Je me tourne et, à l'ombre du mur, je vois deux gars qui s'embrassent sur la bouche, les yeux fermés ; celui qui est de dos porte un jean et l'autre a mis la main dans sa poche arrière, donc sur son cul. Je les observe, figé, émerveillé, puis j'aperçois grand-mère qui vient vers moi, avec de grands yeux, parce qu'elle a eu peur. Elle attrape ma main. Elle les remarque elle aussi. Elle me tire, fort, alors je crois que j'ai vu quelque chose que je n'aurais pas dû voir, que j'ai fait quelque chose de mal et pas seulement de dangereux.

Nous sommes remontés sans retourner à nos occupations. Elle m'a tenu la main sur le chemin de la maison, et, après le passage souterrain et l'avenue, nous nous sommes arrêtés chez la *Bananara*, qui ne vend que des bananes, puis chez Mario qui tient la poissonnerie Genepesca ; nous étions immobiles dans la file d'attente, je me suis rendu compte que je voulais faire la paix avec elle, parce que je n'aime pas qu'on soit fâchés et parce que je n'aime pas le poisson.

« Fais-moi juste des frites », je lui dis en touchant la paume de sa main.

« Arrête un peu », me répond-elle, sérieuse, alors là c'est moi qui m'énerve et je lui obéis, totalement, j'arrête de parler, j'arrête tout, je fais comme si elle n'existait pas et je ne l'aide pas à porter les courses.

J'entre dans l'immeuble, j'arrive au premier étage quand grand-mère m'appelle. Je redescends un peu et passe juste la tête derrière le mur blanc. « Viens ici tout de suite et prends un sac, m'ordonne-t-elle.

— Non.

— Prends un sac, tout de suite, sinon j'en parlerai à ta mère », elle me menace, et c'est pas juste, parce que maman rentre déjà fatiguée et énervée du travail, et si on lui dit une chose, n'importe quelle chose, c'est la guerre, et grand-père a mal au crâne, il jure, et grand-mère crie aussi. Alors je descends vers elle et prends un sac.

« De toute manière, j'ai bien vu que c'étaient deux garçons », je lui glisse et je tourne les talons pour remonter.

« C'étaient deux garçons qui s'aiment, rien d'autre », me répond-elle, puis nous dînons.

Le poisson pue et j'ai l'impression de le sentir nager dans

mon nez ; grand-mère et grand-père sont assis côte à côte, je suis assis en face de lui et maman en face d'elle, parce que le soir nous mangeons dans le salon. Maman parle avec grand-mère de sa journée au bureau et grand-père et moi, on regarde les informations, parce que quelque part dans le monde il y a une guerre avec des chars, des mitraillettes et des missiles qui volent, explosent et tuent les gens.

Je pousse ma chaise en arrière et je me lève. « Où tu vas ? On n'a pas fini, me dit maman.

— Aux toilettes. »

J'y vais. Il y a deux portes. Une en plastique, grise, qui sépare le couloir et la cuisine de la salle de bains, et une autre blanche, qui sépare la salle de bains des toilettes ; en fait, les toilettes sont sur un balcon fermé, parce que – mon père m'a expliqué – l'immeuble de grand-mère est tellement vieux qu'avant il n'y avait qu'un seul cabinet pour tout le monde, au rez-de-chaussée. Je ne tire pas la porte en plastique, qui est dure et bruyante. Je ferme juste la blanche et quand j'ai fini, avant d'aller me laver les mains, je les entends parler de moi.

Je me cache, grand-mère raconte l'histoire des deux gars qui s'embrassaient.

Elle explique que je les ai vus et que je suis resté à les observer, elle ne sait pas combien de temps, maman lui demande où c'était. Grand-père se détourne de la télévision et dit qu'il n'a pas bien compris.

« Il a vu deux gamins, deux garçons, qui s'embrassaient, lui répète grand-mère.

— Sales pédés », siffle-t-il, puis il replonge dans le journal télévisé et grand-mère l'engueule.

« Je n'aime pas ce mot, tu le sais.

— Où est le problème ? » lui demande maman, avant que puisse naître un litige, une autre guerre, ici, chez nous. Elle la regarde dans les yeux et grand-mère a les mains posées sur la table, entrelacées.

« Il n'y a aucun problème. C'était pour t'informer, au cas où il te poserait des questions étranges. »

Elles se taisent.

Je sors de ma cachette, j'ouvre le robinet et je siffle en me lavant les mains, pour qu'ils ne se doutent pas que je les ai entendus. Je m'essuie et me dis, donc, les pédés sont des garçons qui aiment les garçons, à la place des filles.

Je pense : j'ai gagné.

Sept

Maria Rosaria est ouverte de 7 heures à 19 heures, et elle fait une pause de 13 heures à 15 heures. Tous les jours elle se réveille et reste dix minutes au lit, les yeux écarquillés, à se retourner sous ses couvertures ou à regarder le plafond.

Dans un élan de courage, elle se lève et va à la salle de bains. Elle fait sa toilette, se maquille et sort de chez elle sans avoir ni bu ni mangé. Elle affronte, tranquille, les trois minutes de marche qui la séparent de sa boutique et déverrouille les cadenas blindés. Elle allume simultanément les lumières et sa première cigarette de la journée, puis s'approche de l'entrée : parfois elle ressort dans la rue, parfois non. Ensuite, elle appelle le bar pour commander un café, une petite bouteille d'eau pétillante et un croissant à la crème, et en composant le numéro elle regarde les arbres et les immeubles de l'avenue. Elle retire ses chaussures et enfile ses sabots blancs à semelles de bois et cinq, dix minutes plus tard tout au plus, le serveur du bar arrive en scooter, il laisse le moteur tourner et Maria Rosaria le paie. Puis elle mange la moitié de son croissant et garde l'autre moitié au cas où elle aurait de nouveau faim. Elle le remballe et le met sous la caisse, avec la bouteille d'eau, entre les sachets en plastique et les boîtes de bonbons.

Elle boit son café, les yeux fermés.

Deux gorgées, elle allume une autre cigarette, et elle espère.

Son travail implique le contact avec les gens et elle ne pense pas que c'est mieux d'avoir beaucoup à faire, donc, en réalité, Maria Rosaria n'espère rien : juste que le temps passe. Pour qu'il passe plus vite, elle lit ; des magazines people et des romans stupides, qu'elle jette ensuite avec les cartons vides. Elle les termine et n'en garde aucun, pourtant elle les lit avec attention, elle les annote, et expédie les clients qui l'interrompent ; mais si on lui demande de quoi parlent ses livres, ce qu'il y a dedans, elle hausse les épaules sans répondre.

À 13 heures elle tire le rideau métallique et rentre chez elle. Elle déjeune, avec sa mère. Sa mère parle, Maria Rosaria écoute. Après le repas, elle l'aide à débarrasser et après avoir débarrassé elle ne sait pas trop quoi faire, alors elle attend 15 heures pour retourner au bureau de tabac. S'il fait bon elle s'assied sur le balcon, et s'il pleut elle reste dans sa chambre. Ponctuelle, elle déverrouille à nouveau les cadenas. Elle ouvre et à 15 h 15 je me présente, et ce depuis presque un mois, désormais.

J'achète quelque chose, souvent deux glaces, et je la rejoins. Nous les mangeons dehors, dans la rue, et elle ne semble pas particulièrement enthousiaste ni reconnaissante ; mais quand je n'apporte rien, je la vois qui regarde autour d'elle comme s'il lui manquait quelque chose, et pendant que nous mangeons je ne lui pose pas trop de questions, parce que je crois qu'elle m'apprend le silence, à respecter les espaces qui doivent rester libres entre les pensées. Au bout d'une semaine, elle a commencé à me parler vraiment, en me demandant mon âge et avec qui je vivais. Je lui ai répondu que j'avais vingt ans et que je vivais avec mes parents, alors elle a rempli ses poumons et, comme pour faire d'abord quelques calculs, elle a ouvert la bouche après une poignée de secondes. Elle m'a dit qu'elle vivait avec sa mère, qu'elle avait vingt-deux ans, qu'elle en aurait vingt-trois au mois d'août. Que son père était mort, d'un cancer du cerveau, que le bureau de tabac était à lui et qu'elle y travaillait, à sa place, depuis le lendemain de son enterrement, parce qu'elle ne pouvait pas imaginer le vendre. Et aussi que sa mère était devenue folle et ne sortait presque plus de la maison, que son frère s'était engagé dans l'armée et avait disparu. « Tu me vois comme ça, mais en réalité je suis en prison », et je n'ai rien su lui dire, parce que mon esprit est parti.

J'ai pensé que ceux qui éprouvent une violente douleur, violente comme un tremblement de terre qui rase une ville entière, deviennent après des personnes affectées, nécessairement, sans possibilité de choisir ce qu'elles veulent être, car c'est la douleur qui choisit quelle apparence leur donner et comment les peindre aux yeux du monde. Ces personnes sont impuissantes, c'est la douleur qui commande, et les épaules s'incurvent, le sourire s'accorde avec des yeux éteints, sur un visage privé de forces, dans une faiblesse générale qui empêche de se préoccuper de choses importantes ou choses qui le sont moins, qui fait évaluer la beauté d'une journée seulement sur la base du nombre de mots prononcés ; et moins ils sont, meilleure a été la journée, car moins éprouvante, puisqu'on n'a pas interprété trop longtemps un personnage que l'on n'est pas.

Deviendrai-je comme ça, je me demande, de temps en temps, quand je rentre à la maison après l'avoir vue, et je voudrais le lui demander à elle aussi, avoir son avis, mais je ne le fais pas parce qu'elle s'enfuirait tel un animal sauvage qui se retrouve face à un humain : il le regarde, l'étudie et dès que l'humain fait un pas pour l'approcher, l'animal détale et je ne veux pas ça. Je me sens sûr uniquement de ce que je ne veux pas, tandis que je crois vouloir continuer à la voir, que c'est la faute de personne, mais juste de la douleur.

« Et qu'est-ce que tu fais le soir ? Tu révises ? » m'a-t-elle lancé sans motif particulier ; nous étions assis et venions de finir nos glaces.

« Je ne travaille jamais après 19 heures. Je lis, j'écoute un disque ou je regarde un film, ai-je répondu, et elle a esquissé un mouvement de tête qui signifiait qu'elle était d'accord.

— Moi aussi j'aime regarder des films, le soir.

— Quel genre ?

— Des beaux films.

— Et les livres ?

— Pareil.

— Et les livres que tu lis ?

— Ils ne me plaisent pas. Ils sont trop simples, la vie est plus compliquée que ça. »

De retour chez moi j'ai repensé à cette réponse.

J'ai pris *Travailler fatigue* de Cesare Pavese dans ma bibliothèque, et j'ai souligné le passage de « Ancêtres » où il parle de son beau-frère qui tient un magasin, lit des romans et maltraite ses clients jusqu'à la faillite.

Je suis redescendu. Maria Rosaria avait du monde alors je me suis mis dans la file.

« Je vais te raconter une chose, j'ai dit, mais tu ne dois pas rire. Lui, c'est mon écrivain préféré. Je n'aime pas les poésies, sauf les siennes. Il y a celle-ci que j'ai recopiée sur une page de mon cahier quand j'étais au lycée ; je la gardais dans mon portefeuille et la sortais de temps en temps. "Stupéfié par le monde, il m'arriva un âge où mes poings frappaient l'air et où je pleurais seul[1]" commence-t-elle. Je pense que tu vas aimer Pavese. Je te l'offre.

Maria Rosaria a fait tourner le livre entre ses mains et ses yeux avaient une expression étrange. « Le titre me plaît.

— À qui d'autre que toi… » Je n'ai pas réussi à finir ma phrase parce qu'elle s'est mise à rire.

« Et maintenant ?

— Quoi ?

— Tu l'as toujours dans ta poche, cette poésie ?

— Non. J'ai perdu le portefeuille et je ne l'ai plus recopiée. » Tandis que je lui répondais, Maria Rosaria s'est penchée pour glisser le livre quelque part sous la caisse. « Évite de le jeter », lui ai-je dit. Deux jours plus tard elle m'a proposé de venir voir un film chez elle, après le dîner.

J'ai acheté des bières et j'y suis allé. Nous les avons laissées dans le frigo, la cuisine empestait la friture et la nourriture, le mobilier était moche et me donnait une impression de misère. À travers une porte vitrée filtrait une lumière qui changeait de couleur, j'ai pensé à une télé allumée. Maria

1. Traduction de Gilles de Van, Poésie Gallimard, 1969.

Rosaria a vu que je regardais et m'a expliqué que c'était la chambre de sa mère et qu'elle n'en sortirait pas.

« On s'en ouvre une ? » ai-je demandé, et elle a pris une Peroni dans le frigo.

Nous nous sommes assis sur le balcon, les épaules contre le mur et les jambes étendues sur le marbre ; entre nous il y avait le cendrier et la bière, devant les barres des autres HLM aux fenêtres éclairées. Le vent agitait les ficelles des stores et les plantes, dans leurs pots en terre cuite, étaient jaunies par le soleil.

J'ai bu à la bouteille et la lui ai tendue. Elle a dit non et nous n'avons pas vu de film.

Nous sommes restés dans la même position jusqu'à avoir mal au dos, je buvais seul et ne suis pas allé chercher d'autres bières après avoir fini la première.

J'ai fumé et écouté Maria Rosaria parler sans relier les paroles et les sensations qu'elle tentait d'exprimer. Elle m'a parlé de ce gars avec lequel elle était et de la douleur immense qu'il lui avait causée. « En août ça fera neuf ans, et juste après, il y a mon anniversaire. » Elle me dit que ce garçon était grand et gros, avec les cheveux lisses, qu'il était violent, qu'il dealait, mais qu'ils étaient bien ensemble. Elle était partie loin, pour les vacances, en famille. Maria Rosaria fait une pause puis reprend, en laissant un vide, un trou, sans continuer son histoire ; et maintenant cette fille à côté de moi croit que cette relation aurait pris fin de toute façon, ou qu'il l'aurait frappée, que d'autres choses moches seraient arrivées, mais la pire douleur reste cette interruption, comme une surprise horrible, et depuis cet amour, quand une chose lui arrive, même belle, c'est comme s'il ne se passait rien. Désormais elle ne s'étonne plus que tout aille mal, ça l'ennuie seulement d'attendre la conclusion, parce qu'elle la connaît déjà. Maria Rosaria parlait et je la regardais, son nez, ses cils, et elle regardait devant elle, les stores qui ondulaient, elle plissait les paupières si lentement que leur mouvement était imperceptible.

Quand elle a arrêté, elle s'est tournée et m'a fait un clin d'œil.

Nous nous sommes levés. Elle m'a accompagné à la porte et m'a embrassé sur les joues.

« Merci. Attends », a-t-elle ajouté au bout de quelques secondes.

Elle a disparu dans le couloir et est revenue en serrant *Travailler fatigue* entre ses mains. « C'est très beau », et elle a fait mine de me le rendre.

« Pourquoi tu me le rends s'il t'a plu ?

— Parce que j'en veux d'autres et tu ne peux pas tous me les offrir. »

J'ai souri. « Disons que je te prête les prochains et que celui-ci est un cadeau. »

Maria Rosaria me l'a arraché des mains. Elle s'est tournée et s'est à nouveau éloignée pour aller chercher un stylo. « Une dédicace, alors », a-t-elle dit et j'ai calé le livre contre le mur.

Je l'ai ouvert, sur la première page il y avait son nom, à peine apposé, à l'encre lumineuse et fraîche. Maria Rosaria Cuomo. Une signature simple et précise, qui ne m'a pas semblé en parfait accord avec sa personnalité, telle que je la voyais à cet instant.

Je lui ai rendu son livre.

« Tu les signes tous ?
— Non, c'est la première fois. »

Une fois la date de l'opération connue, il nous a semblé possible de donner un sens aux choses et il n'a plus été question de nouveaux obstacles, encore jamais rencontrés, mais simplement d'avancer, lentement et péniblement, sans accrocs ou imprévus. D'un accident, un événement unique et soudain, nous sommes arrivés au sein d'un parcours. La plus affreuse ou la plus exotique des destinations ne terrorise jamais complètement si on sait au moins un peu comment l'atteindre. Le jour fixé, nous avons eu également la sensation de ne plus être à la merci des contingences et de pouvoir reconquérir une part de notre indépendance. Nous nous sommes sentis confiants, envers la vie ou ce qui semblait vie, et envers la possibilité qui nous était offerte non pas de l'amener exactement où nous le désirions, de choisir le cap de notre voyage ou le moyen de transport pour l'accomplir, mais au moins de voyager avec les vitres ouvertes ou fermées. Nous avons regardé le paysage autour de nous, en avançant, dans la tentative de nous distraire et l'espoir de trouver quelque chose qui motive notre déplacement, comme un détail ou un panorama ; nous n'avons rien trouvé, parce qu'il faut de la concentration même pour se distraire et arrêter de penser. Et parce qu'avec nos vitres ouvertes et la lumière qui vibrait d'une nuance nouvelle, plus claire et affilée, nous nous sommes heurtés à notre visage reflété dans le rétroviseur. Ainsi nous avons continué, en restant immobiles. Le décor autour de nous changeait mais nous n'avions d'yeux que pour nous et pour nos propres yeux, espérant les connaître et nous en souvenir, avant qu'ils deviennent autre chose et ne soient jamais plus tels qu'ils ont été. Et même s'ils ne nous plaisent pas totalement, de par leur forme ou leur couleur, ils nous plaisent car nous savons qu'ils changeront. Car nous éprouvons de la tendresse pour les enfants que nous avons été et que nous sommes encore, et comme les enfants nous pleurons. Nos larmes coulent et nous n'arrivons pas à nous faire une raison. Nous tapons des pieds par terre, essayons de nous arracher nos vêtements et jetons les objets contre les murs pendant qu'il est encore temps, parce que nous serons bientôt autre chose, et ils pleurent tous autour de moi.

Ma mère pleure, mes tantes pleurent, nous sommes tous chez grand-mère et devant elle nous sommes normaux, et cinq minutes plus tard nous pleurons dans l'escalier ou enfermés dans les toilettes. Puis nous redevenons normaux et il est presque impossible de deviner ce que nous avons fait, parce que nous regardons par terre et non en face. Les larmes dévalent les visages tandis qu'on refait les lits, remet en ordre, cuisine, et ma mère pleure, elle va au travail et elle pleure aussi au travail. Moi, je pleure et c'est tout, sans aller nulle part.

C'est peut-être une question de génétique, je me dis, une sorte de caractéristique familiale : nous pleurons et continuons à vivre, mais je m'observe et me sens différent, incomplet, je pense que je devrais parler avec mon oncle, pour lui demander si lui aussi, quand il pleure, n'arrive pas à faire autre chose. Si lui aussi rend les armes au lieu de faire comme ma mère et mes tantes, qui enfoncent les portes fermées à coups de tête.

J'y réfléchis longuement, il me semble que seules les femmes peuvent faire ça, et je le grave dans mon cerveau : les femmes construisent tandis que les hommes se plaignent ; les femmes perpétuent la vie tandis que les hommes pleurent.

Ma mère me parle de l'opération, elle me donne la date, je ne suis pas surpris qu'elle choisisse de m'en parler alors que je révise.

« Espérons », ajoute-t-elle et je ne comprends pas en quoi, mais je me tais.

La tentation me prend d'abandonner mes livres sur mon bureau, de descendre et de payer deux euros pour me connecter à Internet et chercher des informations sur la maladie, mais j'essaie de lui obéir : ma mère m'a dit d'espérer alors j'espère, de toutes mes forces et de tout mon cœur. Devant le miroir je me demande en quoi j'espère, le jour de l'opération est celui du concert d'Iggy Pop pour lequel Angelo, Micio et moi avons des billets depuis longtemps, et je suis incapable ne serait-ce que d'imaginer être présent à ces deux événements.

Je le dis à Angelo, sans faire allusion à grand-mère, et il ne comprend pas. J'en parle aussi avec ma mère, qui trouve une solution simple et à portée de main.

« Vas-y. L'opération doit avoir lieu le matin. Tu rentres à la maison, tu prends une douche et tu files au concert. » Mais pour la personne que je suis, tel que je me connais, cela paraît impossible d'aller à l'hôpital pendant qu'on l'opère, comme si de rien n'était, comme si nous étions prêts à tout affronter, vraiment tout, parce que moi je ne suis pas prêt et je ne veux rien affronter.

Je me sens dos au mur et je tente la voie du mépris. Je vais au café Internet et je regarde ce qui est dit sur Iggy Pop, car je suis sûr que plus on étudie une chose de près, plus on s'aperçoit qu'elle n'a rien d'extraordinaire.

Je lis. Il a cinquante-neuf ans, sept de moins que ma grand-mère, ça me suffit. Je me dis qu'il a sans doute marqué l'histoire de la musique mais que cette histoire appartient au passé et je ris, car j'ai l'impression que tout appartient à un temps que je ne pourrai jamais toucher vraiment, juste effleurer, un instant, une seconde avant qu'il disparaisse, lancé vers on ne sait où. J'essaie de casser mon enthousiasme en me convainquant que c'est ridicule de chanter en public à cet âge-là, de transpirer à moitié nu devant les gens.

J'en discute avec Angelo. « Ce vieux, c'est Iggy Pop », me répond-il, alors je laisse tomber.

Je révise pour mon examen de sociologie, qui tombe trois jours après l'opération et le concert, et entre-temps l'Italie gagne la Coupe du monde. Je regarde passer les voitures avec les drapeaux et les écharpes en allant jeter les poubelles, je vois Maria Rosaria tous les jours, je pense que je la comprends et qu'elle aussi me comprend. J'écoute jusqu'à la nausée les albums qu'Iggy Pop a enregistrés avec les Stooges, et ils sont magnifiques. Je cherche les textes : je les écris dans un cahier, je les traduis ; cette manière simple, presque primitive de chasser son angoisse, à laquelle je croyais déjà, devient tout de suite l'unique moyen juste et efficace de s'exprimer.

J'apprends les accords de guitare, de temps en temps, quand je fais des pauses dans mes révisions.

J'écoute, j'essaie et j'y arrive. Je chante, à voix basse, et je suis envoûté par *I Wanna Be Your Dog*, une chanson d'amour qui commence avec lui qui dit qu'il est détraqué, qu'il la voudrait là, et je pense, en la jouant ou en l'écoutant, chaque fois je pense que moi aussi je voudrais avoir quelqu'un à mes côtés qui m'explique que cette peur que j'éprouve n'est pas une phase de la vie, un moment passager qui se dissipera, mais la vie même, et que je dois arrêter d'y penser, si je veux essayer de vivre.

Cependant, je regarde autour de moi et il n'y a plus personne. J'ai fait le vide. Personne ne m'appelle et je le regrette peut-être. Il y a Maria Rosaria, oui, mais elle non plus ne sait pas arrêter de penser.

Il fait chaud, dans le monde qui vit, et j'ai froid.

Tout va bien : grand-mère reste un peu à l'hôpital puis on nous dit de la ramener la veille de l'opération. Nous la ramenons, j'observe le sol de sa chambre, de cette couleur qui pourrait être verte, grise ou bleue. Je me demande si les hôpitaux sont des lieux plus propres ou plus sales que les autres ; grand-mère me semble de bonne humeur, sans doute parce que nous sommes tous là. Mery porte une chemise bleue et blanche avec des manches qui vont jusqu'à la moitié de l'avant-bras. Jaja veut savoir si je viendrai demain, elle m'embrasse et me glisse cinquante euros dans une main, en cachette, comme s'il s'agissait d'une dose de drogue. Maman est assise sur le lit de grand-mère et lui demande régulièrement si ça l'embête qu'elle reste là, et grand-mère lui répond non. Sur la table de chevet en plastique il y a des magazines et une bouteille d'eau minérale, et mon grand-père apparaît, s'échappe et marche, les bras croisés derrière le dos, sa cigarette entre ses doigts, allumée ou éteinte, et il bavarde avec tout le monde, comme s'il nous arrivait une belle chose.

« Il parle, il parle, soupire maman. Il parle et dit que des conneries. »

Grand-mère la regarde et sourit, enfin quelqu'un qui la comprend, de mon côté cependant, j'attribue l'alacrité de mon grand-père au fait que nous ne lui avons rien dit, que lui aussi ignore tout ce qui se passe, il pense que pour le moment nous sommes ici et qu'après les choses rentreront dans l'ordre.

L'infirmière arrive ; elle a les mêmes sabots que Maria Rosaria.

« C'est mon petit-fils », lui dit grand-mère. Je sors fumer, adossé à un tronc d'arbre, à l'ombre. Je remonte dans la chambre et m'assieds ; je me retourne parce que grand-mère m'a demandé un verre d'eau. « Et ça, c'est quoi ? » Maman touche mon tee-shirt, puis mon dos et gratte avec son ongle.

« De la résine, sans doute », suggère Mery.

Maman soupire. « On n'a plus qu'à le jeter », et grand-mère intervient tout de suite. « Mets une feuille de papier dessus et repasse au fer bien chaud », et par la fenêtre derrière elles entre une lumière claire, presque glacée, qui les illumine.

Je m'en vais.

Je dis au revoir et marche vers la station de métro. J'essaie de saisir la pensée que je sens naître en moi et qui crie que je ne peux pas retourner à l'hôpital pour l'opération. Que je ne veux pas être là quand ça se passera, quand ils ouvriront le ventre de ma grand-mère et y glisseront leurs doigts.

Que je veux être absent, ailleurs, éventuellement au concert mais sûrement pas dans sa chambre quand ils la ramèneront encore endormie, parce que je ne veux pas la voir se réveiller avec la conviction que maintenant tout ira bien, que c'est fini.

Je n'y arriverai pas ; je me le répète plusieurs fois. Je suis celui qui n'y arrivera pas, c'est le début d'un livre que j'ai lu. Je me sens nerveux ou en colère, parce que j'ai l'impression qu'on me surestime, moi et ma force. Je cherche les mots pour le dire à ma mère, je les choisis et je me rends compte que je suis moins préoccupé par mes mots que par les siens, ce qu'elle me répondra.

Nous sommes à table, elle s'efforce de parler de tout et de rien avec mon père, et je les interromps brusquement. « Je ne viens pas demain », et ma mère hausse légèrement les épaules puis les laisse retomber.

Quelques secondes passent. « D'accord », me répond-elle.

Je dors, ses bruits me réveillent. Je l'écoute s'affairer dans la cuisine, ouvrir et fermer le frigo, fouiller dans le tiroir à couverts. Mon père la rejoint, prépare le café, l'odeur se faufile sous ma porte, dans l'espace qui la sépare du sol.

Je regarde l'heure, je ne bouge pas, ils passent à la salle de bains ; d'abord mon père, puis maman. J'entends l'eau couler. Je l'entends marcher, les talons de ses bottes dans le couloir. Elle ouvre la porte d'entrée en tournant la clé dans la serrure, ils se parlent et sortent.

Espérons, je pense, et rien de plus.

Le temps passe et je me demande à quelle heure ils doivent l'opérer, je ne connais pas ou ne me rappelle pas la réponse et je ne veux appeler personne. Je suis convaincu qu'on ne peut pas rester lucide, complètement lucide, quand survient une explosion nucléaire. Dans le doute, je m'habille et vais chez Angelo, sans le prévenir. Sa mère m'ouvre, parce qu'il dort encore, Micio arrive un peu après et nous prenons la voiture pour aller acheter du shit, et Angelo fonce, grille les feux, coupe les virages, parce que nous avons hâte. Et nous fumons, sur une place du quartier de Fuorigrotta où il n'y a rien, assis sur un muret, avec les portières ouvertes et la musique qui s'échappe de la voiture, et je tire la première latte exactement sur le premier coup de batterie de *Hits From The Bong* de Cypress Hill. Ensuite, nous montrons nos billets et entrons. Angelo enlève son pull, la scène est gigantesque et nous nous posons sur l'herbe, au soleil, le vent ébouriffe les cheveux de Micio et j'ai plus de fumée dans le corps qu'une cheminée en hiver. Je fais le tour des stands de disques, j'achète un tee-shirt Joy Division, noir, avec une bordure blanche autour du col. Je jette celui que j'ai sur moi et le mets. Ni ma mère ni mes tantes ne m'ont donné des nouvelles de l'opération, et je pense que soit elles en ont après moi, soit ça s'est mal passé. Je retourne sur l'herbe, je me dis qu'au moins ma grand-mère doit être encore vivante, parce que si elle était morte quelqu'un m'aurait certainement appelé pour m'avertir.

Les lumières s'éteignent. Les gens applaudissent. L'air tourbillonne au-dessus de nous, pressé par le vent.

Le bassiste monte en premier, suivi du batteur et de Ron Asheton, qui a une guitare rouge et moche, puis Iggy Pop arrive, en courant. « Hou », lance-t-il dans le micro, et tout le monde applaudit, se bouscule, danse, et c'est comme une bataille, mais belle, et je me sens lourd et léger, attentif et distrait. Je flotte dans l'air, le vent me porte. Je ne comprends plus rien. Je redescends sur terre quand la guitare attaque *I Wanna Be Your Dog* et que Iggy Pop aboie dans le micro. Je pose ma tête sur le dos d'Angelo, je suis ému.

« *So messed up I want you here* », il chante et je ferme les yeux, je pousse Angelo et Angelo me pousse et je pousse Micio et pareil avec les gens autour de nous. Angelo rit, parce que le monde est devenu tel qu'il le voudrait, et je ris aussi, parce que je suis un gars triste, mais je reste malgré tout un gamin. Les chansons se succèdent, Iggy Pop fait signe avec ses mains de monter sur scène. Angelo enjambe les barrières, un type de la sécurité essaie de le repousser et des dizaines d'autres personnes commencent à escalader. Le type retire sa ceinture, la plie en laissant la boucle à l'extérieur et l'envoie dans les dos et les côtes, Iggy Pop le voit. « *Fascist, fascist, fascit* », crie-t-il, alors les gens montent sur scène pour de bon.

Angelo enlace Iggy Pop et je ris. « *No fun, my babe, no fun* », on chante, tous, je me sens bien et le concert prend fin.

« Mondial, s'exclame Angelo, c'était mondial ! » il répète ce mot, ça dure des siècles, pendant que nous buvons des bières, que nous fumons, et dans la voiture pour rentrer. « Mondial », me dit-il au croisement de la via Terracina où nous attendons le feu vert, encore en sueur, et quand la voiture roule c'est agréable, parce que l'air fouette la peau moite et semble froid.

La nuit passe et tout passe ; je me réveille, tourne dans l'appartement, il n'y a personne. Je regarde et pas de traces d'appels ou de messages, alors l'inquiétude perce un petit trou dans la digue puis l'éventre carrément : je la sens se répandre et inonder mon corps.

Je ramasse mes vêtements par terre, ceux que je portais au concert, et les remets. Je descends, prends les trains et arrive à l'hôpital. Je vois d'abord mon grand-père, puis Jaja et Mery. Je les embrasse et Jaja me serre fort. Elle me caresse le dos et me murmure à l'oreille qu'il n'y a rien à faire, qu'ils ont ouvert et aussitôt refermé, qu'à l'intérieur tout était comme pourri, mort, complètement noir.

Je pleure. Sur les épaules de mes tantes.

« Ne te montre pas comme ça, sinon ils vont comprendre, grand-père est là », me dit Mery.

Je respire.

Je me calme.

Je me redresse.

Je monte les escaliers, ma mère est devant la chambre, les coudes sur les genoux et le visage entre les mains.

« Tu es au courant ? » me demande-t-elle et ses yeux sont si rouges qu'ils semblent près de tomber.

« Oui.

— On ne sait pas quoi lui dire, maintenant. Tu vas bien, toi ?

— Oui. »

Elle me sourit. « Tu pues la transpiration. Allez, entre », m'encourage-t-elle avec douceur, et j'obéis, et derrière le lit de grand-mère il y a cette lumière que j'ai déjà vue, mais il y a aussi les tubes, où s'écoule du sang, d'étranges boutons lumineux qui clignotent et palpitent, et tout cela me fait penser à un vaisseau spatial piloté par grand-mère, dont on ne voit que le visage, à travers le hublot.

Elle est allongée, le lit est haut, elle a les yeux fermés. Ses cheveux sont en désordre, je les écarte de son front et l'embrasse. Elle ouvre les yeux. « Eh, Chiccù », fait-elle et je pleure à nouveau, je la serre dans mes bras, mais j'essaie de me contrôler, parce qu'il y a les tubes. Grand-mère m'embrasse et me caresse.

Je me rassieds. « Bois », dit-elle.

Je bois, elle me semble venue d'un autre monde, à pied, défiant les kilomètres, la poussière et les montagnes. Je lui prends la main, sur le dessus pointe l'aiguille de la perfusion. « C'était comment le concert, tu t'es bien amusé ? me demande-t-elle.

— Oui.

— Tu as un nouveau tee-shirt ?

— Je l'ai acheté hier », je lui réponds en le tirant vers le bas, pour qu'elle le voie mieux. « C'est la couverture d'un disque que j'aime beaucoup.

— Donne-moi mon sac. »

Elle fouille et, en se penchant en avant, grimace de douleur. Elle approche sa main de la mienne, dans son poing fermé il y a de l'argent. « Disons que c'est mon cadeau », glisse-t-elle, et je l'embrasse.

« Je fais un saut aux toilettes, OK ? Je reviens tout de suite.

— Pas de souci. »

Je sors, ma mère m'appelle, j'ai une main devant les yeux et avec l'autre je lui dis non, de ne pas s'approcher.

Puis je cours.

Je sors de l'hôpital, Jaja m'appelle et sous mes jambes je sens une légère pente. Je continue à courir, trouve un banc et me jette dessus, à plat ventre, le visage dans mes mains. Je voudrais qu'un météorite frappe la Terre, qu'il tue et détruise tout, moi le premier, parce que plus rien ne doit exister, rien n'est digne d'exister, rien n'en vaut la peine. J'ai la sensation de ne plus savoir respirer. Je veux respirer mais je ne me rappelle plus comment on fait. Je voudrais être invisible, je voudrais être fort, je voudrais pouvoir m'expliquer.

Je reste allongé là un moment, puis je retourne auprès d'elle.

Dans le couloir en direction de sa chambre, je n'ai pas l'impression de marcher dans un hôpital, mais dans un tunnel sans lumière au bout. Un tunnel qui mène on ne sait où, peut-être loin, ailleurs, et en même temps à nos vies.

Six

Une petite balle bleue et blanche est suspendue au rétroviseur. De là où je suis assis, je ne vois qu'une partie du profil d'Angelo, quand il se tourne et parle à son père.

La voiture progresse lentement, les vitres sont baissées. Les scooters nous dépassent par la droite et par la gauche, c'est comme s'ils entraient dans mon cerveau par une oreille et ressortaient par l'autre. L'air n'est pas encore vraiment chaud, mais on devine que ce sera bientôt une chape sur le dos des gens, et en haut de ma jambe, juste sous le pli de l'aine, je sens la pression de mon portefeuille, qui est gonflé de billets.

Nous accélérons. Angelo répond à son père, et moi j'ai redouté les expressions de leurs visages et de leurs yeux, celles de ma mère surtout, à l'annonce de mon départ. En réalité, j'ai été un peu hâtif, je me suis encombré l'esprit pour rien, car ils ont tous semblé sereins et plus la date approchait, plus ils semblaient soulagés, presque contents. Ils m'ont donné de l'argent et, pour m'acquitter de l'hospitalité reçue, j'ai acheté un énorme morceau de shit que nous nous sommes partagé avec Angelo, et qui se cache à présent, tranquille, dans deux chaussettes de sport ; une dans ma valise et l'autre dans la sienne.

J'ai pensé : ils veulent m'éloigner le plus possible de Naples, parce que la radiothérapie a commencé et ils n'ont pas de temps à perdre. Parce que depuis l'opération grand-mère est déjà notre souvenir de grand-mère, de celle qu'elle était avant tout ça, en bonne santé, parce qu'elle va mal, très mal, elle ne peut plus rester seule et maman et mes tantes se relaient auprès d'elle, jour et nuit.

Ils ne m'estiment pas capable de résister au choc ou ils veulent m'épargner une dose de douleur supplémentaire, je me suis dit ; ces deux motivations sont chacune un symptôme de l'amour qu'ils me portent, et cela m'empêche de me juger trop durement. Nous sortons de la voiture. Je serre la main du père d'Angelo, il me donne une tape sur l'épaule.

Il repart, nous nous asseyons sur nos valises. Devant nous, l'esplanade de la gare est pleine d'hommes et de femmes qui vont et viennent, comme fous, on dirait l'extérieur d'une fourmilière après que quelqu'un a donné un coup de pied dedans. La chaleur m'assaille par au-dessus, par les côtés et par en dessous. On fume, Angelo me répète pour la millième fois que dans le village où on va, il n'y a rien et en même temps il y a tout : une rivière, une montagne, un bar, des filles, et qu'on a de la chance aussi parce que dans la maison il y a une guitare, et qu'il suffit d'en trouver une autre pour nous mettre au travail.

« Si on s'y met sérieusement, non ? Tu imagines tous les morceaux qu'on peut écrire, toi et moi ? » lance-t-il.

Nous montons et il s'assied près de la vitre. Il sort son lecteur CD de son sac à dos et la pochette, rouge, qui contient ses disques. Je m'endors, jusqu'à ce qu'un virage très serré me réveille. Nous descendons, et l'autre bus ne tarde pas à grimper sur une route étroite ; une fois arrivés nous explorons toute la maison. Au rez-de-chaussée il y a une table de billard et la cheminée, les chambres se trouvent au premier étage. Nous prenons celle avec la terrasse, de là on voit bien le pont qui, blanc et droit, parcourt la vallée d'un bout à l'autre. Angelo l'observe et dit que chaque année, l'hiver surtout, des gens se jettent dans le vide et se tuent. Dans la nuit on voit les phares des voitures, s'ils sont immobiles, s'ils n'avancent pas, alors c'est que quelqu'un s'est suicidé.

À l'étage au-dessus, nous trouvons la guitare : la table est décollée et il manque une corde. Le soir tombe, nous allons au bar, les personnes qui entrent se connaissent toutes, Angelo connaît le nom de chacune et chacune connaît le sien.

Nous passons dans l'autre salle, où sont installés les jeux vidéo et le baby-foot. Je me demande comment on peut vivre dans un endroit où il est impossible de se fâcher avec les gens sans être obligé de se casser le nez sur eux en permanence. Où une querelle n'est pas la fin d'une relation, mais le début d'une relation différente ; pas de ciao et chacun sa route, mais la guerre, jusqu'à ce qu'on fasse la paix. Puis Angelo me touche l'épaule. Il me montre ce gars un peu comme nous mais habillé tout en blanc, qui vient d'arriver et commande à boire, les coudes sur le comptoir. « Lui, c'est Gerardo, me susurre-t-il à l'oreille. Après, je te raconterai un truc », et Gerardo nous voit.

Ils s'embrassent et parlent de tout et de rien, du travail de Gerardo, qui est ouvrier dans une usine de peinture des environs. « Je ne me plains pas, confie-t-il. Tant qu'ils me payent.

— Bien », répond Angelo, et il lui demande des nouvelles de sa sœur, qui s'appelle Silvia. « Tu sais que je suis encore amoureux d'elle », alors Gerardo pose une main sur l'épaule d'Angelo et de l'autre, lui donne une chiquenaude au niveau du cou.

Il nous défie au baby-foot et nous perdons.

Nous jouons contre d'autres personnes et nous perdons. Nous jouons plusieurs fois et perdons toujours. J'en déduis que dans ce village ils ne font que ça : ils jouent au baby-foot et pas moyen de gagner contre eux parce qu'ils sont entraînés. Nous jouons contre deux filles, perdons à nouveau et tout le monde rit, même Gerardo.

Nous sortons fumer, nous nous asseyons sur les bancs de la petite place, face à l'entrée du bar, et Mirko vient avec nous. Ils racontent à Angelo comment s'est passé l'hiver, la quantité de neige qui est tombée, combien de sangliers ont été tués, tandis que je regarde le pont, derrière eux, et m'assure que les phares ne s'arrêtent pas, que tout le monde continue à suivre sa route et à vivre.

Ils parlent encore. D'un tel que sa femme a quitté et du bordel que ç'a été dans le village. Ils éclatent de rire et je m'aperçois qu'avec eux je me sens bien, et Mirko dit que la sœur de Gerardo est trop belle et Angelo lui répond qu'il est jaloux.

« Attention, je suis encore là », rappelle Gerardo qui s'éloigne et revient avec des bières. Il me demande ce que je pense de l'université, pourquoi j'ai choisi sciences politiques ; Mirko indique Angelo et lui donne une bourrade.

« C'est toujours mieux que celui-là qui n'en branle pas une, lâche-t-il.

— Moi ? N'importe quoi, j'essaie de révolutionner l'histoire de la musique », réplique Angelo et nous rions tous, et derrière nos éclats de rire il y a aussi la voix de Gerardo, qui dit quelle honte, quelle honte, glandeur, profiteur ; je fais oui oui de la tête et Angelo sourit, parce que les bières vont et viennent et que ces gars sont sympathiques. Ils me semblent beaux et tranquilles. J'imagine que le matin ils se réveillent et vont au travail sans avoir la sensation d'être au bord de l'explosion ; qu'ils sont un peu comme Angelo, mais en mieux, une version plus aboutie, car Angelo pourrait être une tout autre personne ou ce qu'il veut et eux, non, ils sont ce qu'ils sont et ça ne leur pose pas de problème.

« Vous avez lu *Fontamara* ? » je demande et ils disent non. Je leur explique que c'est un très beau roman, qui parle des Abruzzes, des paysans et du bonheur de vivre loin de la brutalité du monde. « Ignazio Silone était d'un petit village du coin, je ne sais plus lequel.

— OK, dit Gerardo, et il sourit à Mirko.

— Oui », je confirme et nous nous serrons les mains, et « content de te connaître, à demain à demain », et puis ils s'en vont, parce que le lendemain ils travaillent. Je suis seul avec Angelo, il ne reste autour de moi que la voix de ce que nous avons bu, qui rend mon cerveau léger et irresponsable, qui l'amène à se demander ce qu'il se passe à Naples et ce qu'il se passera en mon absence.

Notamment si le traitement, en envoyant des radiations dans le corps de grand-mère, changera son apparence. S'il fera tomber ses cheveux et si elle décidera de couvrir sa tête avec un foulard ou un chapeau, si ces changements modifieront du même coup nos comportements ; mots interdits et regards bas pour ne blesser personne, ni elle ni nous.

J'espère que non, et je ferme les yeux.

Un homme sort du bar et manque de tomber par terre.

Mieux vaut peut-être que grand-mère meure avant de changer, je pense, et l'homme titube. Angelo me donne une tape sur la cuisse. « Il y a du beau monde, ici », plaisante-t-il et nous sommes d'accord et nous sommes ivres.

Nous partons.

En descendant vers la maison, nous ne croisons aucune voiture ni âme qui vive, tout est silencieux. Angelo s'arrête et je me retourne. « Abracadabra ! » lance-t-il, il shoote dans un lampadaire avec le plat de sa semelle, la lumière s'éteint. Nous continuons à marcher et à éteindre les lampadaires en riant et en hurlant, puis nous arrivons. Je prends la vodka et la mélange avec de la limonade dans des grands verres, pendant qu'Angelo roule un joint. Nous montons le fumer sur la terrasse. Je regarde le pont, dans le noir absolu, il disparaît presque, c'est comme s'il n'était pas là et qu'on découvrait son existence uniquement quand un véhicule passait dessus. Je pense que si quelqu'un se suicide en laissant le moteur de sa voiture tourner, une lumière subsiste, projetée vers l'avant, comme venue de nulle part et suspendue dans le vide, durant le reste de la nuit, mais que de toute façon cette lumière n'est plus rien quand vient le jour.

« C'est quoi le truc à propos de Gerardo ? » je lui demande. Angelo grimace de douleur, parce qu'une tonne de fumée est restée bloquée dans ses poumons avant de remonter.

« Il est à moitié fou. Tu le vois comme ça, mais un été il a joué les métalleux », me répond-il d'une voix gutturale. Il me passe le joint et raconte que Gerardo s'habillait tout en noir, avec des chaînes pendues au pantalon et tout le reste. Et qu'un soir, bourré, il a crié dans le bar que Marilyn Manson était trop belle, que pour lui c'était la femme idéale, parce qu'il aimait les filles avec les cheveux noirs, des collants troués et du rouge à lèvres provoquant. « Il a même ajouté qu'il se paluchait en pensant à Marilyn Manson, et moi, j'aurais pu le dire juste à lui mais je ne l'ai pas fait. "C'est un homme, j'ai dit. T'as pas remarqué qu'elle a pas de nichons ?" alors tout le bar s'est mis à rire, et Gerardo est rentré chez lui et il n'est plus sorti du reste de l'année. Au point qu'il s'est fait licencier. »

J'essaie de me retenir, mais je commence à rire.

Je craque, Angelo aussi, et on n'arrive plus à s'arrêter. « C'est parce qu'on fume, je n'ai pas envie de rire, en vrai », je lui explique en continuant à m'esclaffer.

« Je sais », répond-il, et il se penche en avant pour se taper les cuisses.

Je respire profondément et parviens à me calmer. « Ça me fait de la peine », et je crois voir des phares ralentir sur le pont.

« À moi aussi », dit Angelo. Les lumières ont ralenti, oui, mais elles continuent d'avancer. « Tu l'as vu maintenant ? Il est toujours en blanc et je m'en veux, chaque fois que je le croise : je me sens coupable.

— Merde », je lui fais et il boit, et il avale ; et on est encore debout et tout est noir autour de nous.

Il me parle.

« On pourrait écrire une chanson, mi-romantique mi-agressive », il est sérieux et je l'observe parce qu'il s'est interrompu. Il reprend. « Titre : Range ta queue, métalleux », puis il rit, exactement comme si une bombe avait explosé dans sa bouche, et j'explose à mon tour, et je suis à peu près sûr que si quelqu'un s'arrêtait sur le pont, à ce moment précis, avant de sauter, en regardant le vide devant lui, il entendrait nos rires puissants et sibyllins. Surgis du néant, comme s'ils faisaient partie intégrante de cette nuit que nous traversons tous.

En général je me réveille avant Angelo. Je sors du lit et descends au rez-de-chaussée. J'ouvre le frigo, bois et fume une cigarette devant le journal télévisé. Puis je pars à la recherche du livre que je suis en train de lire, et quand je l'ai trouvé, je m'allonge sur la balancelle dans le jardin où parfois je me rendors. Conscient ou pas, quand Angelo daigne se lever, il me trouve là et je le regarde avec attention. Lui et ses yeux gonflés, ses cheveux ébouriffés, son tee-shirt chiffonné dont une manche s'est enroulée pendant la nuit, remontant jusqu'à l'épaule. Je me demande comment je lui apparais, moi, à ce moment précis. Il m'arrive souvent de le surveiller du coin de l'œil depuis que nous sommes ici et que nous passons en clair nos vies ensemble, en symbiose, et de penser qu'Angelo n'est pas seulement Angelo, mais également l'idée que le monde et moi avons de lui, et que cela vaut pour tout un chacun, pour moi aussi. Dès lors nous ne sommes pas seulement nous, mais également l'idée que les autres ont de nous, et donc, finalement, personne n'est jamais seul.

Angelo me pique une cigarette et attend que je lui fasse de la place sur la balancelle.

Dès que son sang commence à circuler à la bonne vitesse, dès qu'un seau de charbon est jeté dans le four de son cerveau, il s'impatiente et se lamente comme un gamin de six ans. Il dit qu'il faut bouger, qu'on perd du temps, comme d'habitude, et si je lui fais remarquer que je l'attends depuis des heures il me répond que maintenant il est réveillé et me dit de fermer mon livre.

En silence, nous nous lavons les dents et sortons. Nos serviettes pendent et se baladent sur nos épaules. Nous descendons vers la rivière et si Angelo ne parle pas de tout et son contraire, alors il siffle, très fort, souvent le thème d'*Il était une fois en Amérique*, ou la chanson de *Pinocchio* « Sifflez vite vite ». Les premiers jours nous nous arrêtions là où l'ombre des arbres couvre les pierres et où le niveau de l'eau est bas, et ce n'était pas terrible. Après, sur le conseil de Gerardo, nous avons continué au-delà des pierres, en remontant dans le sens inverse du courant, et nous avons découvert une sorte de clairière au bord de laquelle la rivière devient plus large et profonde, avec un rocher énorme d'où on peut sauter.

Angelo n'a pas hésité.

Il a escaladé le rocher, tandis que je fumais à côté ; son dos était courbé vers l'avant et ses pieds glissaient sur la pierre lisse. Une fois au sommet il m'a fait ciao de la main, puis il a reculé pour prendre de l'élan et faire la bombe. Sa tête est ressortie deux secondes après. Il a enlevé l'eau de ses yeux, les cheveux de son front et a hurlé. Il a essayé de nager, d'aller sous l'eau, de s'amuser, mais il est revenu, les lèvres violettes et en grelottant, à l'endroit où on avait posé nos serviettes et où j'étais. « C'est comme si ça réveillait tous tes muscles, m'a-t-il dit. Vas-y aussi, allez ! » et j'ai pris le shit pour commencer à l'effriter. Maintenant on vient ici tous les jours, une heure loin de tout, sans jamais croiser personne, on fume et quand on a trop fumé on se jette à l'eau et on oublie tout.

« Il manque juste un peu de musique », insiste Angelo, mais moi, je suis satisfait de ce qu'on entend, qui se mêle à nos bavardages et au bruit de l'eau qui coule et heurte les rochers.

« Et la montagne ? je lui ai demandé.

— L'éternel dilemme : mer ou montagne ? » il a répliqué en ajoutant qu'il m'emmènerait, tôt ou tard, un jour où il fera trop mauvais pour aller à la rivière, mais sur ce village il ne passe jamais un nuage, il fait toujours beau. Alors on fait toujours la même chose, exactement, au point qu'on ne sait plus quel jour on est et peu importe. L'unique variation a été la canne à pêche, qu'on a trouvée dans la pièce où était la guitare ; on l'a emportée, mais sans appât ça ne sert à rien et en effet, rien n'a mordu. Une heure pour arriver, et après le dernier bain qui rafraîchit les idées, une heure pour rentrer.

Le soir, on a une faim de loup et on avale des quantités de nourriture et de bière. Ensuite j'appelle ma mère et parfois Maria Rosaria, et je parle à grand-mère quand maman est avec elle. La vaisselle faite et la cuisine à peu près en ordre, on s'habille et on essaie d'être présentables.

On va au village, au bar, on reste là, on perd au baby-foot, les gens se moquent de nous. On discute avec Gerardo. On essaie de le faire rire, de l'impliquer, et Gerardo s'amuse et participe. Sa sœur, quand elle apparaît, est vraiment belle comme ils disent ; j'adore voir le corps d'Angelo qui se raidit devant elle, parce que Silvia a des yeux bleus et des cheveux frisés qui lui donnent un air fuyant et insaisissable, et Angelo en crève. Il prononce son nom des milliers de fois et lui parle sans interruption. Il lui demande comment elle va et Silvia rit, parce qu'elle perçoit l'embarras d'Angelo, et il y a aussi son amie, Benedetta, qui a seize ans. Elle a les cheveux châtains, à peine plus clairs que ses yeux, et lorsque je croise son regard, moi aussi je sens mes muscles se durcir comme au contact de l'eau glacée ; les rares fois où je lui adresse la parole, Benedetta lève ses yeux vers les miens et dit oui, avec un filet de voix. Seulement oui, puis elle les baisse à nouveau et j'ai le souffle coupé, exactement comme quand je sors la tête de l'eau la bouche grande ouverte mais que mes poumons ont encore trop froid.

« Ici, les filles, c'est un truc de fou, répète souvent Angelo.

— Oui », je réponds, en imitant peut-être Benedetta, qui rit en montrant ses dents blanches, blanches comme les petits cailloux au fond de la rivière, et qui ne dit rien d'autre. Et plus j'y pense, plus dans ce village tout me semble un peu fou. Même le gendarme qui nous a arrêtés le lendemain d'une nuit où on est rentrés plus bourrés et agités que d'habitude, en éteignant tous les lampadaires.

Au volant de sa jeep, il a ralenti. Il a ôté sa casquette et nous a regardés, le front en sueur.

« Faites pas trop les idiots, OK les gars ? » a-t-il dit, un début de sourire aux coins des lèvres et aucune menace dans la voix, plutôt une sorte de douceur, semblable à un léger vent d'été ; celui qui se lève dans l'après-midi, qui ne fait de mal à personne, mais seulement du bien. Alors, à ma grande surprise, j'ai pensé cette chose que j'ai pu ensuite étendre à tous les gens d'ici : quand ils marchent, ils semblent bercer une idée, ou eux-mêmes.

Je suis allé acheter des cigarettes, dehors, rangé près d'un poteau, il y avait un âne, attaché par les rênes, chargé de cagettes pleines de laitues.

À l'intérieur il y avait un vieux qui payait, la lumière provenait uniquement de la rue et tout semblait sombre, comme dans un rêve. Il est sorti, a détaché l'animal et ils sont partis, avec les sabots qui claquaient sur l'asphalte à intervalles réguliers. Quand le bruit s'est tu, je me suis retourné et le buraliste me regardait sans le moindre agacement suite à cette perte de temps.

J'ai pris les cigarettes, le soir j'ai tout raconté au téléphone, d'abord à grand-mère et après à Maria Rosaria.

Grand-mère a dit que c'était merveilleux, une chose pareille, que c'était ainsi qu'elle avait grandi, alors j'ai décidé qu'à partir de maintenant je devais essayer de regarder tout ce que j'avais devant moi comme si mes yeux étaient les siens. Comme si ce qu'il m'arrivait arrivait à quelqu'un d'autre, pour comprendre d'où nous venons, qui nous avons été et ce qu'il y a d'elle en moi.

Puis j'ai appelé Maria Rosaria.

« Un âne ?

— Oui, un âne, je te jure. Le vieux est allé acheter ses cigarettes avec son âne. »

Elle était assise sur son balcon parce que j'entendais les voitures, et je ne l'ai pas imaginée avec les pieds sur la rambarde, mais les jambes croisées, en train de s'imaginer elle-même, agacée, debout dans sa boutique, fixant un âne à l'extérieur.

« Amuse-toi bien », m'a-t-elle répondu et j'ai tiré une bouffée de ma cigarette.

« Oui. »

Le jour arrive et nous ne descendons pas à la rivière. Nous montons vers le supermarché où nous piochons, à la va-vite, différentes sortes de viande. Nous en achetons beaucoup, nous transportons nos sacs dans le chariot et arrivés à la maison, nous n'avons aucune envie de le ramener.

Nous le cachons dans la cabane à outils et sortons le barbecue. Angelo retire son tee-shirt et je vais chercher des bières dans le frigo. Je le regarde s'affairer avec le charbon, il se salit les mains et les bras. Il glisse l'allume-feu embrasé sous le charbon et actionne le soufflet, mais rien ne se passe. Ses mains sont complètement noires, je suis assis, en train de boire, et avant que je puisse réagir il me barbouille le visage.

Je vais me laver. Il verse de l'alcool sur le charbon. « Ça me soûle », dit-il, et il jette par-dessus une feuille de journal en feu, une grande flamme le frôle et il m'adresse un regard surpris et effrayé.

Je commence à séparer les saucisses, devant moi le mur est peint en vert et, de la cuisine, je vois Angelo qui est assis près du feu, qui l'observe, comme s'il lui confiait quelque chose.

Je suppose qu'il réfléchit au fait que septembre approche et qu'il va bientôt commencer à travailler avec son père, car c'est une chose qu'il évoque de temps en temps, depuis quelques jours, sans faire aucun commentaire, sans approfondir. Il se contente de l'évoquer mais on devine, à ses mots, à ses silences, qu'il n'est pas serein. Soudain on frappe à la porte, et Gerardo, Silvia et Benedetta sont là, chacun avec une bouteille de vin rouge sous le bras.

Angelo me demande de lui passer un grand plat pour y mettre la viande quand elle sera prête, et je ne bouge pas. Il demande aux filles si elles préfèrent manger dedans ou dehors, dans le jardin, elles disent dehors, et il m'envoie chercher la table de pique-nique dans le cabanon. J'y vais et reviens les mains vides. « Ça ne fait rien », dit Silvia, elles mangeront sur leurs genoux, pas de problème, et Gerardo suggère de saler les saucisses pendant qu'elles cuisent, pas après.

« C'est un vin du coin ? » s'enquiert Angelo et Gerardo fait oui de la tête, et ils en boivent encore un peu, ils en boivent tous à part moi, et quand ils parlent, je vois que leurs langues sont devenues violettes.

« C'est prêt », annonce Gerardo. Je lui donne les assiettes, et Angelo accomplit le miracle de les remplir assez rapidement pour réussir à s'asseoir à côté de Silvia.

« Ça va ? Elles sont assez cuites ? » lui demande-t-il et elle mâche, sa fourchette en équilibre au bord de son assiette qu'elle tient sur la paume de sa main gauche, et lui répond que oui, elles sont bonnes, et quand on a fini Angelo dit à Gerardo d'en faire cuire d'autres, parce qu'il n'en peut plus d'être près du feu, mais on sait tous que la chaleur et la fumée n'y sont pour rien, qu'en réalité il craint de perdre la place qu'il a conquise. On cuit le reste en les écoutant. Angelo dit qu'il a trouvé du travail et qu'il compte revenir ici pour le Nouvel An, avec la voiture qu'il s'achètera. Silvia lui répond de faire attention, parce que l'hiver tout est gelé et c'est dangereux de conduire dans ces conditions si on n'est pas expérimenté.

« Oh, Roméo et Juliette », susurre Gerardo, et il mime un baiser. Il ouvre la bouche et remue la langue, et quand Benedetta rit, ses yeux étroits disparaissent complètement de son visage et ses dents blanches ressemblent à des os minuscules.

Je prends une autre bière dans le frigo, Benedetta est petite, fragile, et je devine que si j'essaie de lui dire quelque chose maintenant, je risque de l'entraîner loin du point où elle se trouve et à cette idée je me sens sale, et quand je me sens sale j'ai honte et quand j'ai honte je me tais. Nous mangeons, il reste plein de choses, mais personne ne veut plus rien. Gerardo défie Angelo au billard et il s'entend répondre de faire attention, parce que le billard, ce n'est pas le baby-foot.

Je fume et assiste aux deux défaites consécutives d'Angelo, dans le silence général, et un peu avant la fin de la deuxième partie Gerardo éclate de rire, parce qu'Angelo fait triste mine. Silvia rit, Benedetta aussi et moi je suis assis sur le canapé, près de la cheminée. Ils rient, je sens l'odeur de la cendre et de la fumée qui n'abandonnera jamais cette partie de la maison, et je vois Angelo contrarié.

« Les queues et les boules, c'est vrai que tu maîtrises », lâche-t-il ; il est trop tard pour se retenir, même juste d'une fraction de seconde, il se rend compte des mots qui lui ont échappé, et il regrette. Il pose une main sur l'épaule de Gerardo. Il l'étreint en rigolant, pour minimiser, pour le rassurer et lui faire comprendre qu'il ne parle pas sérieusement, qu'il ne pense pas vraiment ça de lui, que c'était une plaisanterie comme une autre. « Un petit café ? » propose-t-il, et Gerardo choisit le chemin le plus simple : la stratégie de la réduction, qui vise à réduire une réplique à si peu de chose qu'on n'y fait pas attention, jusqu'à l'effacer. Et ils vont tous à la cuisine, et je reste où je suis.

Je me lève, je joue, le tapis est parfait à l'exception d'une petite brûlure de cigarette. Les néons sont allumés, quand je me penche pour viser, sous cet angle, le vert imite un fragment de la terre et semble ne jamais finir. Je ne m'aperçois pas de sa présence ; je la remarque seulement lorsqu'elle parle, là, près de moi.

« Tu veux jouer ? » hasarde-t-elle. Je fixe Benedetta, qui a les mains dans ses poches.

On essaie, elle n'y connaît rien. Elle ne sait pas comment tenir la queue, je lui dis qu'elle est dangereuse. « Attends », je me penche et lui montre comment elle doit placer sa main gauche. « Comme ça », et alors que je m'apprête à taper la boule blanche, Benedetta pousse sa hanche contre la mienne, cul contre cul.

Puis elle s'éloigne, comme si elle craignait ma réaction, et de l'autre côté de la table elle rit, sans émettre aucun son. Maintenant elle me semble vraiment dangereuse, dangereuse pour mille raisons différentes, et très rapidement tout redevient normal, on fait semblant de rien, parce que Silvia arrive avec les tasses sur un plateau.

« Lui non. Il ne boit pas de café non plus, il tente de devenir un saint », dit Angelo, de moi, tandis que j'allume une cigarette.

Ce n'est qu'une phrase, cependant je devine ses intentions, sa volonté de s'accrocher avec quelqu'un, au hasard, et je suis le seul à sa disposition. Je regarde Benedetta, me penche et tire. La boule ne rentre pas, je me redresse. Angelo parle avec Silvia, du Nouvel An, et il s'adresse également à Gerardo, pour faire comprendre à sa voisine qu'il ne s'agit pas d'un énième assaut, mais qu'ils sont aussi amis, au fond ; Silvia explique qu'après, après minuit ils peuvent s'organiser, parce que chez eux les premiers vœux s'échangent en famille.

« Et vous nous laissez seuls pour le dîner ? » lui dit-il, puis il se tourne vers moi.

Mes yeux sont dans les siens, et quand les yeux ne sont ni trop proches ni trop éloignés, à la bonne distance, ils se ressemblent un peu tous, j'ai l'impression.

Sans se soucier des détails, un œil est seulement un œil ; il n'appartient à personne, n'a pas de forme ni de couleur particulières ; dans les yeux d'Angelo, dans leur interrogation simple, apparemment frivole, concernant un futur qui semble posé sur une branche, à portée de main, peut-être dormant ou guettant le bon moment pour s'imposer, je rencontre ceux de ma mère, plantés dans les miens et ceux de mon père, tandis qu'elle parle en boucle sans attendre nos réponses, se demandant comment nous passerons le prochain Noël, si grand-mère mourra avant ou après, et comment nous devrons nous comporter dans les deux cas. Et nous muets, parce qu'elle s'adresse à elle-même. Parce que les pensées de ce genre ne peuvent pas rester enfermées dans nos têtes, elles doivent sortir, prendre l'air, courir dans le jardin comme ces chiens énormes et un peu sauvages qui meurent d'ennui si on les garde à l'intérieur et qui avant de mourir détruisent tout.

« Je ne sais pas ce que je ferai à Noël », je lui réponds ; Angelo sent son cœur se briser avant l'heure, car il pense qu'avec Silvia il ne pourra jamais aller plus loin qu'à cet instant.

Il se tait, maintenant c'est lui qui essaie de faire semblant de rien. Soudain, il multiplie les propositions.

Aller à la rivière ou grimper sur la montagne, parce que nous avons encore deux heures de soleil et ça nous laisse le temps d'arriver à mi-chemin et de redescendre. « Alors on joue aux cartes », soupire-t-il, désespérant presque de trouver une solution. Angelo voudrait vivre et nous l'en empêchons. Assis sur le canapé, à côté de Gerardo, il change sans cesse de position. « On fume un joint ? » lâche-t-il, et Silvia comme Benedetta n'ont probablement jamais vu l'ombre d'une boulette de shit. Elles observent Angelo comme si elles étudiaient un squelette de dinosaure.

« Tu fumes ? » demande-t-il à Gerardo en émiettant le tabac ; Gerardo me signifie avec ses yeux que sa sœur est là et qu'on ne peut pas faire ça devant elle.

Angelo allume son joint et alors que la première bouffée envahit ses poumons Silvia dit qu'ils doivent partir, qu'il est tard et qu'on les attend, qu'ils ont des choses à faire. Angelo les accompagne à la porte, puis il revient et se met à nettoyer la grille du barbecue, en frottant avec force. Il la cale contre le mur, s'assied par terre en sueur et gratte, et sa bouche laisse échapper de faibles râles sous l'effort.

Vient le soir. Il dit que c'est inutile selon lui de monter au village, qu'on a encore du vin et de la bière. On reste à la maison et quand on est pleins, qu'on n'en peut plus, que dans nos têtes le brouillard s'installe, il dit qu'il doit essayer de dormir.

Il se lève et s'en va.

Je le suis et on se met au lit. Les lumières sont éteintes, devant nous il n'y a rien.

« Eh, je lui fais.

— Eh.

— Mais elle te plaît à ce point ?

— Comment ça ?

— Silvia.

— Non, je ne crois pas. Qu'elle se trouve un couillon comme son frère », dit-il, et je ris et Angelo aussi. « À part ça, on fait quoi de toute cette viande maintenant ? »

Je réfléchis un instant. « On la mange.

— Bonne nuit.

— Bonne nuit. »

Et voilà : la viande terminée, terminée aussi la descente où nous étions engagés. Nous sommes rentrés.

Grand-mère raconte à Jaja qu'aujourd'hui j'ai pris une rouste parce que nous sommes allés à la plage et elle, comme chaque fois que nous y allons, vu qu'elle ne sait pas nager, elle a attaché mon poignet au sien avec la corde du panier à provisions suspendu au balcon. Grand-mère était plantée au bord de l'eau et moi je me baignais ; et maintenant elles sont en train de parler debout dans la cuisine, et moi je suis assis dans le fauteuil du salon, les bras croisés et la tête tellement basse que mon menton touche presque ma poitrine.

Descartes, lui, dort sur une chaise rangée sous la table.

« Ben quoi ? dit Jaja.

— Je l'ai prévenu que s'il m'entraînait dans l'eau, il allait s'en prendre une, et il sait que j'ai peur.

— Et…

— Et il m'a tirée. Après il s'est sauvé sur la plage et je suis sortie de l'eau. J'ai trouvé une pelle dans le sable et je lui ai répété qu'il allait s'en prendre une, et il est parti en courant et en riant », lui explique-t-elle, mais ce n'est pas complètement vrai. J'ai ri parce qu'après avoir ramassé la pelle, grand-mère m'a juré que j'allais avoir le cul aussi rouge que celui d'un singe, j'ai ri pour ça, pas à cause d'elle.

Je les entends ouvrir et refermer le frigo. « Et tu l'as attrapé ? » demande Jaja, mais grand-mère ne répond pas. « Eh non, allez va », dit-elle puis j'entends le bruit des bisous qu'elle lui fait, chaque fois, de la joue jusque dans le cou, et j'ai peur que grand-mère pleure, parce qu'elle ne parle pas. « Je m'en occupe », conclut Jaja, et ses pas se rapprochent.

Je la regarde et baisse à nouveau la tête.

Elle me pince le menton, je repousse sa main et elle me pince encore, parce que c'est la plus jeune de mes tantes ; souvent on commence par rigoler puis on finit par se disputer vraiment, et grand-mère doit intervenir, lui dire qu'elle est pire qu'une gamine et qu'elle ne peut pas s'en prendre à un enfant.

« Tu veux que je t'arrête pour de bon ? » lance-t-elle en faisant allusion à cette fois où elle m'a menotté à la rambarde du balcon. « T'en as pas marre de faire des conneries ? » me gronde-t-elle et grand-mère crie, de la cuisine, parce que connerie est un mot interdit et Jaja sourit. Elle caresse mes cheveux.

« Alors tu demandes pardon, et on va faire un tour. »

Elle me prend la main et la tient pendant que je marmonne un désolé, grand-mère fait oui de la tête, mais sans la lever, parce qu'elle est encore fâchée.

Nous sortons, je lui demande où nous allons. Voir Renato, elle me répond, il a une course à faire dans le quartier, et Renato c'est son mari, et j'ai déjà envie de rentrer.

Nous descendons l'avenue et dans ma tête je répète ce que grand-père dit de lui quand on est tous les deux.

Il l'appelle le boulet, l'âne bâté, la couille molle, l'idiot, le bouffon, et la veille du mariage de Jaja on a bien rigolé. Parce que grand-père était allé acheter des chaussures, grand-mère avait repassé son costume et il devait faire des essayages. Il est sorti de sa chambre en disant qu'une chaussure lui faisait mal et pas l'autre, alors nous nous sommes aperçus qu'on lui avait vendu deux chaussures différentes. Nous avons ri, Jaja s'est moqué de lui en poussant des cris étranges et en sautillant. Renato a demandé à grand-père combien de verres de vin il avait bu avant de les acheter et grand-père ne l'a même pas regardé, il a blasphémé et il est tout de suite retourné au magasin. Et maman, papa et moi, nous sommes rentrés chez nous, à Soccavo, le lendemain je me suis levé et je me sentais mal.

Chez grand-mère il y avait les photographes et tout le monde s'agitait ; maman m'a grondé parce que j'étais allongé sur le lit et tirais sur ma chemise. Elle m'a vu et a tout compris. Elle m'a dit de ne pas faire ça et de rester tranquille, puis elle m'a expliqué que si Jaja se mariait, ça ne voulait pas dire qu'on ne la verrait plus. « Va avec ton père. Commencez à y aller, vous », alors papa et moi on est descendus et on a fait tout le chemin à pied jusqu'à l'église. Nous avons attendu sous les arbres, en face, et au bout de plusieurs minutes nous sommes entrés. Puis maman et grand-mère sont arrivées, Renato, et Jaja, dans sa belle robe toute blanche, au bras de grand-père. Il y avait la musique, les policiers en uniforme, j'ai posé ma tête sur le dossier du banc devant moi.

« Vite ! » a dit maman et on a couru. J'ai vomi sur les marches de l'église et nous sommes restés dehors, pour prendre l'air et respirer lentement. Quand je me suis senti mieux papa m'a conseillé de compter jusqu'à dix, pour ne pas être pris par l'agitation et rester calme quoi qu'il arrive. Peu à peu tout le monde est sorti. Nous sommes allés jeter du riz aussi et je ne l'ai pas jeté en l'air, comme les autres, mais droit et fort vers les yeux de Renato ; et là, maintenant, Jaja sort du magasin de jouets de Lello.

Elle a les cheveux plus courts que quand elle s'est mariée.

Elle garde le pistolet à eau que je lui ai demandé de m'acheter et ne me tient pas la main ; elle a mis un bras sur mes épaules et je pense que dès que je vois Renato je dois lui tirer dessus, même si je sais que c'est pas sa faute, mais la mienne.

Parce que sur sa table de nuit, grand-mère a un cadre en argent avec toutes les photos, et il y a aussi celle du mariage de Mery. Et sur cette photo Mery a les cheveux bouclés et une veste grise. En bas il y a Descartes qui regarde les fleurs étalées sur le sol, et Mery a ses mains autour de mon visage. Elle sourit, moi non, et je suis mal coiffé, parce que je suis comme ça, c'est plus fort que moi : je ne voulais pas que mes tantes se marient.

Quand j'y pense, je n'arrive pas à comprendre cette envie de changement si on est bien comme on est.

Pourquoi chercher autre chose si ce qu'on a est bien ?

Jaja remplit mon pistolet à la fontaine. Elle l'a payé cinq mille lires, il est jaune transparent, et l'eau coule doucement. Le bouchon est rouge, Jaja se penche en avant et je ne vois pas son visage.

Elle se redresse. Elle me donne le pistolet.

« Tu sais ce que ça veut dire couille molle ? je lui demande.

— Ça ne se dit pas.

— Oui ou non ?

— Oui.

— Alors, tu m'expliques ? »

Jaja enlace à nouveau mes épaules.

« Je ne peux pas. Et si grand-mère t'entend, ça va encore faire une histoire. »

Cinq

Septembre s'éveille et ne se rappelle pas ce qu'il a rêvé.

Je me lave et m'habille, sans lui parler.

Je descends et dans la via Giustiniano, sur ses immeubles orange et sur moi, souffle un vent léger qui balaie, traîne et agite les feuilles éparses sur les trottoirs. Septembre, malgré tout, m'a toujours plu. Avec ses bonnes résolutions, comme un début d'année, comme un coup d'éponge ou de grâce, qui efface et annule ce qu'il y a eu avant. Il accostait, lentement, tel un énorme bateau parti on ne savait d'où, après avoir voyagé tout l'été. La passerelle s'abaissait et le moment venu on était prêt, ou si on ne l'était pas, au moins on se sentait nouveau.

Une excitation, je pense. Puis j'entre dans la gare et prends mon billet.

Sur le quai j'observe les voies s'estomper et se confondre avec les pierres au loin, et septembre ne se rappelle toujours pas ce qu'il a rêvé. Je lui demande si je suis sorti de chez moi juste pour acheter des livres et il ne me répond pas, ne m'aide pas, ça ne l'intéresse pas. Il me tend un bout de papier plié, je l'ouvre. Dessus il y a une liste de choses que je dois faire, je les connais déjà, parce qu'elles n'ont pas changé depuis que je suis parti.

Crève, je lui dis et il rit, grassement.

Il se calme.

Crève toi-même, il me répond.

Le train arrive, septembre ne monte pas. Je regarde dehors, à travers la vitre, le train part et il me fait ciao de la main avec sur le visage la grimace d'un sourire. Puis je baisse les yeux vers le sol tremblant du train, et je lève la tête dès que je reconnais l'odeur âcre de sa sueur.

Il passe un mouchoir sur sa nuque et le remet dans sa poche. Il laisse tomber son gros sac et sur son pull vert d'eau apparaissent des taches plus sombres. Il ouvre son col et s'adresse à tous les voyageurs, et tous le connaissent, car il fait désormais partie du train, comme s'il en était devenu un engrenage.

À haute voix, il nous explique qu'il doit manger lui aussi et qu'il a un petit garçon de sept ans.

« Mais je ne demande pas l'aumône, à personne. Je vous propose des objets utiles pour la maison : en échange de votre générosité, je ranime l'âme de vos morts », dit-il et je me perds.

Parce que sa voix se confond avec les autres bruits. Parce que ses cheveux sont mouillés, plaqués en arrière, et marron tirant sur le roux. Parce qu'il se touche le nez, et qu'une goutte, partie de derrière l'oreille, descend le long de sa joue et je me demande si ça ne l'embête pas.

Il parle en fixant le toit ou les néons du train, je me demande ce qu'il cherche, il continue à parler. « Aujourd'hui, à Naples, les jeunes ne font rien, ou ils le font mal, ou ils vendent de la drogue. Pour moi, c'est humiliant de faire ça. Je me couche à vos pieds, messieurs dames, et je les embrasse», et il se met vraiment à genoux et pose ses lèvres sur le sol. «Achetez-moi donc quelque chose, même une babiole», implore-t-il et alors je me dis que ça ne fait rien si son fils a sept ans depuis toujours, et s'il n'a jamais changé un seul mot de son monologue, parce que je le crois.

Parce que je vois qu'il est malheureux et je n'ai pas besoin d'en savoir plus.

Parce que l'humiliation naît de la répétition.

En définitive, il ramasse son sac et bouscule les gens. Pour la énième fois, il propose ici et là sa marchandise. Il la montre, ses mains tremblent et les gens disent non et il les maudit. Je le regarde se frayer un chemin en me demandant à quoi a ressemblé son été et ce que septembre lui a laissé espérer.

Le train s'arrête. Tout le monde descend sauf l'homme avec son sac. Il s'assied, se repose, et je marche, attentif à ne pas bousculer ceux qui me précèdent.

La gare est couverte, l'ombre a l'apparence du silence et l'odeur de l'humidité. Je devine au loin le jour et la lumière, au-delà des murs, je me rends compte que je fais partie d'une foule et imagine que nous sommes déportés, je ne sais où, car c'est comme si on se rencontrait et comme si rien ne se passait. Car nous sommes liés exclusivement par notre mouvement, alors je me demande où sont les chaînes qui devraient entourer nos chevilles. À propos, je dois reprendre mes révisions; c'est pour cette raison que je suis sorti : je dois acheter des livres pour mon examen d'anglais.

Je descends l'escalier, le soleil se rapproche. Dehors, je suis assourdi de lumière.

Je m'arrête, le temps nécessaire pour m'habituer, et quand je rouvre les yeux la foule dont je faisais partie s'est déjà dispersée, et je suis à présent un petit grain dans une masse beaucoup plus grande, qui comprend tout le monde ; notre seul point commun à tous est le fait d'exister et de ne pas se connaître les uns les autres. Immobile sur le parvis de la gare, un chariot en bois clair, à deux roues, supporte une grosse enceinte bleue qui crache de la musique à plein volume. Le propriétaire, un petit vieux, y a posé son coude et sa tempe est calée sur son poing fermé.

J'allume ma cigarette, les gens marchent en portant des sacs ou les mains dans les poches. Je dépasse des chaussures et un bar. Devant l'hôpital, des ambulanciers attendent les bras croisés et le dos cambré. Ils regardent de l'autre côté de la rue, peut-être qu'eux aussi, comme moi, apprécient l'enseigne de la minuscule boutique de lingerie nommée Le Trou, puis mes yeux plongent dans les cheveux d'une femme, longs et noirs, striés de blanc, et un scooter nous frôle.

Il se faufile entre les gens, telle une torpille, sans ralentir. C'est une fille qui conduit, ses cheveux flottent droits dans l'air comme les bandes blanches que les avions dessinent sur le ciel ; et j'entends à nouveau de la musique, toute proche, et l'air pue les fruits et le poisson pourris, néanmoins je voudrais boire du thé glacé.

Je laisse passer une voiture, vingt mètres plus loin se dresse le bâtiment de la faculté d'Architecture, avec ses grilles qui le séparent de la ruelle où il a surgi par hasard, comme un champignon.

Je fais un pas, toujours vers l'avant. La torsion du pied et le pas sont presque accomplis quand du coin de l'œil, à l'extrême limite de la vision, j'aperçois une traînée noire ; une tache fulgurante, qui descend et disparaît d'un coup. Et trop proche de l'image pour pouvoir la distinguer, j'entends un bruit de branches cassées. Des bouts de bois dont on plante une extrémité sur le sol et qu'on écrase, fort, avec son pied, le plus fort possible, sans pitié. Dans ce bruit il y a un autre bruit, qui l'enveloppe peut-être, ou s'en détache, celui d'une chute. D'un ballon plein d'eau cent fois plus gros que la normale qui éclate, mais c'est aussi un son vide et noir.

Je vois tout de suite la tête.

Puis les cheveux sombres, étalés sur le sol, et je comprends ce qu'était la tache, ce qu'étaient les branches et ce son qui couvrait le reste.

Un frisson.

Il part de mon visage et entre dans ma bouche. Il descend dans mon cou et mon dos, avec mon sang, jusqu'aux pieds puis remonte. Je tremble. Je reste immobile et je tremble. J'écoute ces hurlements qui transpercent le monde, indistincts derrière moi, et qui se rapprochent. Je regarde et dans l'alignement du corps, plus haut, au quatrième étage, un balcon est ouvert, les hurlements me dépassent et deviennent des êtres humains.

Ils se penchent, lui parlent mais le corps ne réagit pas. D'autres personnes arrivent et crient. Les femmes ont les mains sur la bouche et les hommes sur le visage ; encore quelques secondes et ils forment une foule dense et agitée. Les voitures coupent leurs moteurs, tout est confus. Ils désignent un gamin et lui disent de courir à l'hôpital, de faire venir une ambulance ; celui qui semble être son père lui donne une tape dans le dos pour l'inciter à aller aussi vite qu'il peut, et le gamin part et les bouches se transmettent les informations, qui galopent et racontent ce qu'on voit, ce qu'on éprouve, et moi qui n'ai pas bougé, qui continue à ne pas bouger, j'observe maintenant le corps de près.

Je suis au-dessus, il appartient à une jeune femme, environ trente ans, en débardeur bleu et bas de pyjama. Ses cheveux sont noirs et ses yeux sont fermés. Ses bras et ses jambes sont articulés d'une façon étrange, autour de moi les cris persistent, les femmes crient, pour attirer l'attention, je ne sais pas de qui, elles gémissent. Elles rugissent, durant de longues secondes puis s'arrêtent d'un coup, toutes ensemble, et elles recommencent, plus fort, mues par la surprise car au balcon est apparue une fillette, deux ans au plus, alors les femmes déversent leur frustration et d'autres choses, parce que la petite passe sa tête entre les barreaux et pourrait voir la jeune femme, dont on ne sait rien, mais dont on est sûrs qu'elle est la fille.

Elles l'appellent bichette, poucette, chérie, pour capter son regard, ses cheveux sont courts et noirs, noirs comme ceux qui sont encore sur l'asphalte. Elle porte un tee-shirt vert qui lui arrive aux genoux. Les femmes tapent des mains et se rassemblent d'un côté, plus près de moi, et les hommes se placent de manière à cacher la vue du corps écrasé au sol.

Ils le soulèvent, par les mains et les pieds.

Ils rasent le mur, sous les balcons, comme des soldats en mission ou les enfants les jours de pluie, et les femmes regagnent le milieu de la ruelle. Les hommes soutiennent le corps et décident de le transporter eux-mêmes à l'hôpital, les femmes distraient la fillette. Le corps passe à côté de moi et je pense, sans le vouloir, comme si je ne pouvais pas me retenir, que tout ce que nous faisons, le moindre geste ou la moindre parole, les mouvements, les attitudes, les mensonges, les vérités, tout cela ne sert qu'à la vie, à la conserver et la perpétuer.

La petite fille pleure, les mains serrées sur les barreaux. Je crois qu'elle pleure depuis très longtemps mais je ne m'en aperçois que maintenant. Quelques personnes autour de moi pleurent aussi, leurs larmes sont noires, mêlées au maquillage. Pleurer m'apparaît comme un vice. On pleure une fois, par erreur, pour s'amuser, et après on ne peut plus s'en empêcher.

Puis la tête basse, certains abandonnent la foule.

Silencieusement, tandis que les autres restent à leur poste, dans l'attente de savoir ce qu'il en a été de la mère et ce qu'il en sera de la fille.

Je me demande : je veux ou je dois rester ? Le soleil tape sur ma tête, je sens la sueur s'arrêter sur ma nuque et mouiller mon col.

Je respire.

Je gonfle mes poumons et les bloque. Puis je les vide et je recommence, j'ai besoin de ralentir. J'essaie de me concentrer sur les battements de mon cœur, pour ne pas penser à autre chose, pour exclure tout le reste, mais entre deux, je revois le corps tomber, j'entends les bruits et surtout les cris, qui se superposent aux cris réels qui résonnent encore.

Je compte jusqu'à trois et je marche. Ils me laissent passer, sans me regarder et sans détacher leurs yeux du balcon. J'avance, au bout d'une minute, les rues ont déjà retrouvé leur normalité : grouillantes d'hommes et de femmes qui ne sont liés par rien que je puisse immédiatement identifier. Je suis surpris et effrayé qu'à peine cent ou deux cents mètres plus loin, personne ne sache, personne n'aie vu ou entendu.

Je marche et décide de m'arrêter. Je m'assieds sur la marche de l'obélisque, piazza del Gesù ; je cale une épaule contre la borne sur le côté, et l'autre contre la chaîne derrière. Je suis sous le soleil et le ciel, je regarde les gens qui vont acheter le journal, qui s'approchent du kiosque puis s'éloignent après avoir payé. Je vois une voiture de la gendarmerie passer devant moi, lente et endormie. Je vois un chien squelettique pisser sur le mur de l'immeuble d'en face et je me lève, immédiatement.

J'entre dans un bar. J'achète une bouteille d'eau. Je me penche au-dessus de la petite fontaine au bout de la place et je mouille mon visage et mes cheveux. Des gouttes s'insinuent le long de mon dos et de ma poitrine, elles se répandent et imprègnent mes vêtements. Puis je me rassieds au soleil, sur ce banc de pierre dans la cour de la basilique Santa Chiara, j'observe les murs de l'église et soudain, autour de moi, tout devient jaune. J'attends que mes vêtements sèchent et que les taches disparaissent, deux gars sont en train de parler et de fumer. Je les écoute et j'entends aussi le jacassement qui provient du reste de la ville, semblable au bruit de la mer le soir quand elle commence à s'agiter, qu'elle roule et déboule sur la plage.

J'y pense et je fume, et le vent est tombé, parce que les branches sont immobiles.

Je sors et sous mes pieds la rue reprend son cours. Je continue, gagné par une tranquillité intérieure et je me demande s'il s'agit du calme qui précède ou qui suit une tempête. Mon dos est droit, mes jambes produisent des pas, alors j'ai l'impression de pouvoir tout affronter, tout ce qu'il m'arrive, tant qu'il arrive une tragédie à la fois.

Je descends la via Mezzocannone, mes bras se balancent d'avant en arrière. Des gars et des filles marchent devant moi avec des sacs énormes sur le dos qui pourraient être des parachutes. J'imagine que ce sont des explorateurs, eux aussi à la recherche du bon endroit pour repartir ou tirer une fusée de détresse. Je détourne le regard, l'immerge dans les immeubles qui m'entourent et je sais que ce n'est pas vrai mais, à cet instant, toutes les villes sont une unique île déserte, immense, sur laquelle nous débarquons avec très peu de choses et un futur incertain. Nous la peuplons et l'aménageons, jour après jour, comme si de rien n'était, presque sans mesurer nos efforts, tout en essayant de mieux nous connaître et de sortir indemnes de la peur.

Mes jambes sont suffisamment fortes, je crois, alors je m'élance et débouche de l'autre côté.

La porte de la librairie-papeterie est fermée.

Je l'ouvre, à l'intérieur il y a un ventilateur, qui tourne, la fille derrière le comptoir a les cheveux noirs, elle s'évente avec des feuilles blanches et mâche un chewing-gum.

« Vous auriez un manuel de droit privé ? » lui demande une étudiante avec une robe verte et des cheveux courts et blonds.

« Oui, répond la vendeuse.

— Combien de pages ?

— Mille et quelques. »

La fille en vert hésite. « Il n'existe pas une version abrégée ?

— Si.

— Combien de pages ?

— Quatre cents et quelques. »

Elle secoue la tête. « La vache ! » s'exclame-t-elle, et la fille aux cheveux noirs en profite.

Elle me fait un clin d'œil et lui répond d'une voix assurée, parce qu'elle connaît sans doute déjà l'effet de ce qu'elle va dire.

« Sinon vous pouvez attendre la sortie du film, comme ça, plus besoin de lire le livre ? »

Je me réveille fatigué, la partie de moi qui n'a pas peur du jugement des autres, des jugements du monde extérieur, voudrait ne rien faire et rester au lit, à penser, pour tenter de remettre les choses en ordre, ou au moins pour y réfléchir encore, intensément, sans trêve, jusqu'à m'habituer à leur désordre. Cependant je me sens coupable et décide d'aller à l'université, pour voir quand reprennent les cours. Car c'est une action qui n'implique pas un vrai effort mental, mais seulement une série de gestes.

Je m'habille et descends, puis j'hésite, parce qu'il pleut. Il ne pleut pas à Soccavo, mais à Naples oui.

J'essaie quand même, et je sens mes chaussettes se mouiller. Je vais tomber malade, avoir de la fièvre, j'en suis sûr, je m'abrite sous un balcon près de la piazza del Gesù et une dame me rejoint, semblant fuir un ouragan ou un tsunami. Elle me demande l'heure, je la lui donne, puis elle me répond que je ne devrais pas découvrir mon poignet ou donner l'heure, comme ça, aux inconnus au milieu de la rue, parce que je pourrais avoir affaire à un individu malintentionné, on ne sait jamais ce qui pourrait arriver. Elle explique que c'est pour cette raison qu'elle ne porte pas de montre et que sa mère en portait une, mais préférait demander l'heure aux passants. La dame a les cheveux blond platine, retenus derrière la tête par un élastique, les personnes devant nous sont marron, elles marchent vite, cachées sous leurs parapluies, mouillant également leurs chaussettes et surtout leurs chevilles, avec l'eau tombée par terre qui tente de remonter au ciel.

La dame me parle d'autre chose, j'imagine un monde dans lequel personne ne connaît l'heure du jour ou de la nuit, une planète où aucune temporalité n'a jamais été inventée et où personne ne peut nous demander notre âge parce que les années n'existent pas. La dame me salue et s'en va, sous la pluie, et je reste où je suis. Je continue et imagine un monde dans lequel nous possédons tous au moins une montre et n'avons rien à demander aux autres, ou à leur voler. Je vérifie mon téléphone, je n'ai pas reçu d'appel. Sans aucune raison, peut-être dans la tentative de tromper le temps un instant, je lis les messages enregistrés que je n'ai pas envoyés. Parmi eux se trouve encore la phrase du train et je me dis qu'aujourd'hui, j'arriverai peut-être à comprendre au moins une chose.

Je me dirige vers le café Internet. À l'intérieur, l'Indien assis à côté de moi regarde la vidéo d'un autre Indien barbu qui gesticule avec calme et lenteur. Je recopie la phrase dans le moteur de recherche.

J'écris : « J'avais vingt ans. Je ne laisserai personne dire que c'est le plus bel âge de la vie. »

Je lis la critique d'un film que je n'ai pas vu. Puis que cette phrase, citée dans l'article, est l'incipit d'un livre, *Aden Arabie*, de Paul Nizan.

Je tape le nom de l'auteur et du livre, je découvre que Paul Nizan était légèrement strabique, communiste, et qu'il est mort en fuyant les Allemands, et je sens déjà qu'il me plaît. Je tape juste Paul Nizan et trouve un extrait de presse qui m'apprend qu'il n'a pas fui les Allemands, mais qu'il est mort en les combattant, à trente-cinq ans, dans la bataille de Dunkerque, et que ses livres n'ont pratiquement jamais intéressé personne, que personne ne se souvient de lui, alors je sens non seulement qu'il me plaît, mais que je voudrais le porter aux nues.

Cependant, je me contente de regarder les photos.

Et Nizan est toujours élégant, distingué, en costume sombre et chemise blanche, une cigarette au bec. Il a les cheveux luisants, bien plaqués sur le crâne, avec la raie sur le côté, mais ce sont ses lunettes de vue que je préfère, leur monture épaisse et noire, ronde comme celle de Cesare Pavese. Je sors et parcours toutes les librairies de Port'Alba.

J'entre et je demande : « Vous avez *Aden Arabie*, de Paul Nizan ? » et certains vérifient, interrogent leur ordinateur poussiéreux, fixent les caractères verts sur l'écran noir et me répondent non ; d'autres me répondent non sans même regarder.

Un libraire, un monsieur à la voix rauque, me dit que je n'étais pas né la dernière fois qu'on lui a parlé de Paul Nizan. Un autre, les yeux verts et la barbe noire et blanche, me dit peut-être, qu'il doit téléphoner, se renseigner, investiguer. « Il y en a pour combien de temps ? je demande.

— Ça peut prendre trois jours comme ça peut prendre trois mois », m'explique-t-il, en ajoutant qu'il s'agit d'un délai indicatif, qui sépare ce moment où nous nous voyons de celui où nous nous reverrons de façon imprécise ; en clair, je pourrais revenir dans trois mois ou dans trois ans et ce serait la même chose, sauf si entre-temps, quelqu'un se décidait à sortir Nizan de son coffre-fort.

« C'est le seul moyen ?

— Essayez les marchés aux puces, ou jetez un œil à côté des poubelles.

— Je voulais dire, il n'existe pas un moyen plus sûr ? » et à son simple regard, sans aucun mot pour l'accompagner, je comprends que ma question était inutile.

Je le salue. « Portez-vous bien », me répond-il.

Je mets les mains dans mes poches, trois mois, au fond, ce n'est rien, on ne les voit pas passer, c'est comme un été, comme l'été à peine écoulé, je pense, tandis que je m'en vais, que je traverse une piazza Dante grise et silencieuse. J'entre dans la gare, puis dans le train. J'attends en regardant les chaussures de ceux qui montent, qui s'assoient ou restent debout. Les portes se ferment, je continue à regarder par terre, car même les cloisons d'un train sont des endroits dangereux, susceptibles de générer une certaine dose d'insatisfaction et de souffrance, comme un individu malintentionné qui nous vole notre montre, et ce faisant altère la grille où les actions que nous menons sont ordonnées.

Et jamais la moindre pause, il me semble.

En effet, je descends du train, je rentre chez moi et suis encore fatigué, sans avoir rien fait.

Septembre est comme une structure invisible, en verre épais, qui nous sépare du ciel, nous contient, et parfois seulement, quand elle s'insinue à travers les trous où passe également l'air, laisse filtrer la pluie, grand-mère reste sur le canapé du salon ou dans un fauteuil qu'on lui a acheté, avec un petit coussin jaune qu'elle emporte partout ou qu'elle nous demande d'aller lui chercher pour, selon le moment de la journée et sa position, le caler derrière son dos ou sous ses fesses. Et une fois installée confortablement, elle peut enfin observer les choses avec attention. Elle regarde à travers les vitres la coupole invisible qui nous domine, les toits des immeubles qui entourent le nôtre, ou le plafond, en silence, ouvrant la bouche uniquement quand on lui demande quelque chose et jamais par une volonté spontanée. Car la grande différence, c'est que grand-mère n'a plus de paroles, mais seulement des réponses, je suis assis dans mon fauteuil, à un mètre d'elle, et j'ai l'impression qu'elle a compris qu'elle était mourante.

Je regarde ses mains, encore grandes, la couverture qu'elle a sur les jambes, peut-être inconsciente de la chaleur, et je me dis que maintenant, elle ne se demande sans doute plus si elle va guérir. Je l'observe tout entière, j'ai peur que la douleur finisse par prévaloir sur ce que nous avons été, qu'elle efface les moments heureux, ne laissant que ce rudiment de nous.

Tu te souviens, je lui demande alors, dès que nous sommes seuls, pour me redonner du courage, puis j'évoque les instants où nous avions tellement de possibilités devant nous qu'ils passaient inaperçus et se confondaient avec la vie normale. Bien sûr, me répond-elle, et j'étudie son profil.

Son nez rond et écrasé, ses joues creuses et ses lobes, petits et plats, opaques à côté de ses cheveux qui sont encore tous là, à leur place, mais désormais complètement blancs. À force de rester la tête sur l'oreiller, elle a, au milieu du crâne, sur l'arrière, une sorte de trou d'où pointent chaque jour de nouveaux épis, droits et denses, comme les touffes d'herbe qui poussent sur les parterres de l'avenue.

Mamma, Jaja ou Mery tentent de le combler, de le faire disparaître et grand-mère se rebelle. Elle réclame un miroir et une serviette blanche sur ses épaules. Lentement, elle passe d'abord son peigne, puis ses doigts, et tandis que je l'observe, j'imagine les questions qu'elle se pose, ma grand-mère, quand elle croise son propre regard.

Elle se demande ce qu'il lui arrive, ce que nous savons et que nous lui cachons ?

Non, je pense, conscient que les réponses ont triomphé et tout ravagé, et grand-mère se coiffe et maman s'efforce de voir le verre à moitié plein.

« Quelle gamine prétentieuse ! » lance-t-elle, joyeuse, et grand-mère sourit, sans plisser les yeux, et je voudrais profiter de ces petits moments, mais je n'y arrive pas. Parce que je ne comprends pas, je ne comprends pas et en même temps je suis persuadé que sa tranquillité, son refus du désespoir, sa façon de nous répondre sans se trahir sont tout ce qu'il lui reste pour se raccrocher à une normalité étrange et nouvelle, que nous n'avons pas choisie mais à laquelle, tôt ou tard, par nécessité, nous devrons nous habituer. Et je relie ces comportements à sa volonté de tous nous sauver, du premier au dernier, comme un retour en arrière pour nous montrer le chemin qu'elle a découvert entre les arbres. Une adaptation au monde qui viendra et dont elle ne sera pas, disparaissant avant, doucement, pour ne pas nous surprendre quand elle ne pourra plus respirer.

J'essaie de préserver ce trésor, car les leçons ne se donnent pas, elles se prennent. Je l'embrasse, pas plus souvent que d'habitude, nos baisers sont tels qu'ils ont toujours été, avec une dose plus importante de reconnaissance.

Je l'embrasse et laisse sur sa joue le goût des glaces que je suis allé acheter, parce que grand-mère exprime un désir et nous l'assaillons de questions pour le satisfaire au mieux, aussi pleinement que possible, alors la course commence pour décider qui doit descendre, et c'est à qui a déjà mis ses chaussures, qui a déjà de l'argent sur lui. Et je finis par y aller parce que maman est fatiguée. Ses yeux sont petits et gonflés, à la maison, quand mon père regarde la télévision assis sur le tapis du salon, elle s'écroule et dort sur le canapé. Mery a une nouvelle ride au milieu du front, entre ses sourcils noirs, et Jaja marche le dos courbé, comme si elle était lancée dans un long parcours.

J'y vais.

Je sors et je me sens plus stupide, plus léger, si je croise mon grand-père, assis quelque part en train de lire le journal, il m'accompagne. Il me conseille un magasin plutôt que l'autre et quand il s'aperçoit que ma trajectoire ne change pas, il se plaint qu'avec moi non plus on ne peut pas parler. Il me donne sa monnaie et me dit de prendre aussi une bouteille de Coca-Cola. « Grand-mère aime bien ça », ajoute-t-il et j'ai envie de rire, parce que grand-mère en achetait parfois et je n'avais droit qu'à un verre, après manger, pour digérer. Mais le lendemain, dans le frigo, il en restait à peine la moitié et on ne savait jamais qui c'était.

J'attrape, je paie, et je pense que ce mystère, je ne veux surtout pas le résoudre. Il me touche et le laisser entier, inexpliqué, signifie qu'il continue à exister tel qu'il est, pour l'éternité.

Je rentre. Je monte les escaliers, j'arrive dans le salon, les glaces entre mes mains.

« Tu vois ? Il est déjà de retour », lui dit maman, et grand-mère acquiesce. « Tu demandes une chose et il se précipite, lui fait-elle remarquer. Pour toi, il irait au bout du monde », dit-elle encore, en chuchotant ; je suis allé prendre les serviettes dans la cuisine, mais je l'entends.

Assis, nous déchirons le papier d'emballage, dès que le froid touche ses dents, le visage de grand-mère se contracte en une grimace, et malgré moi, je réfléchis à ce que j'irai lui acheter quand l'été sera une page tournée, quand septembre aura filé et qu'elle aura néanmoins envie de quelque chose.

Je mange et j'ai peur, parce que le fil des jours peut porter remède, rétablir la paix, rapprocher les personnes ou aider à trouver ce qu'on cherche, mais ça, ce n'est pas pour nous.

Dans notre cas, j'en suis de plus en plus sûr, de plus en plus certain, le temps est une maladie qui ne fera qu'empirer et nous épuiser, dans une bataille que nous ne pouvons gagner, et que nous ne pouvons même pas espérer voir passer comme elle est venue, parce qu'alors, quand elle sera passée, nous aurons vraiment tout perdu. Et cette chose m'apparaît très clairement maintenant, comme si je ne l'avais jamais vue ou sue auparavant.

Au-delà de la défaite, je me dis, ce qui est effrayant c'est de jouer en connaissant déjà le résultat.

Je mange ma glace le plus lentement possible, c'est la seule stratégie qu'il me reste.

Grand-mère a donné des sous à grand-père, parce que la maîtresse a dit que cette année il nous fallait un agenda. Alors nous sommes allés chez la fille de la *Bananara*, qui vend des meubles et aussi des choses pour l'école.

Ils étaient tous alignés et je n'arrivais pas à choisir. « Celui-ci, non ? » a dit mon grand-père en pointant son petit doigt vers la couverture brillante, marron et bleue.

Je l'ai pris et l'ai feuilleté. À l'intérieur il y avait des pages de texte et d'autres avec des photos en noir et blanc, toutes du même homme barbu, sur certaines il avait un fusil.

Je lui ai demandé qui c'était. « Che Guevara, m'a répondu grand-père, un révolutionnaire », puis il a ajouté que c'était le bon choix, qu'il me l'achetait lui et que si je ne disais rien je pouvais garder les sous de grand-mère pour mes figurines et mes magazines.

Nous avons payé et nous sommes allés voir les autres vieux qui jouaient aux cartes sur la petite place. Je me suis assis sur le muret, dans l'air frais de l'après-midi, pour lire les explications et regarder les photos ; grand-père était entre ses amis et moi, de temps en temps il soulevait un pied, remontait sa chaussette et posait son coude sur son genou. Pendant que ses amis jouaient, il leur vantait les vertus de mon agenda en répétant plusieurs fois que le sang ne ment pas, mais les vieux s'exclamaient et blaguaient, et nous sommes restés jusqu'à l'heure du dîner. Nous sommes rentrés et grand-mère a tout de suite voulu le voir.

Elle l'a tourné entre ses mains, elle n'en croyait pas ses yeux. Grand-père retirait ses chaussures et enfilait ses pantoufles, elle a rouspété en lui disant qu'on était impossibles et qu'elle ne pouvait pas nous laisser seuls une minute.

« Quoi ? C'est lui qui l'a choisi. Il a la tête plus dure que la bombe atomique », a répondu grand-père, à table on a continué à en parler, grand-mère conseillait d'aller le changer, d'en prendre un autre, parce que je ne pouvais pas aller à l'école avec un agenda plein de photos de guerres, d'armes et de révolutions, et maman a clos la discussion en disant que ça suffisait comme ça.

Mon père, en revanche, au téléphone, m'a félicité. Un agenda de grand, il a dit, et on a ri.

Puis, quelques jours plus tard, ma tante Mery est venue déjeuner avec nous. Grand-mère m'a dit de lui montrer mon agenda et Mery nous a expliqué que quand on est diplômé en médecine on est censé soigner les gens et pas en tuer d'autres, alors je lui ai répondu que je ne le sortais jamais de mon cartable, sauf pour regarder les photographies et dessiner son portrait en cachette, parce que je l'utilise plus pour dessiner que pour noter mes devoirs et la maîtresse ne doit pas s'en apercevoir. Avant je dessinais sur les dernières pages de mes cahiers, et maintenant dans mon agenda. La maîtresse parle, et en dessinant j'ai l'impression de mieux la comprendre, parce que ma tête s'arrête et ne se balade pas, et puis les journées passent plus vite, au point que je rentre de l'école et quand grand-mère me demande ce que j'ai fait je lui réponds rien, parce que c'est comme si je n'avais vraiment rien fait, comme s'il ne m'était rien arrivé de spécial.

« Et toi ? j'enchaîne et grand-mère me fait un clin d'œil.

— Moi non plus. Je me suis tourné les pouces toute la journée », et on se regarde comme si on partageait un secret que les autres ne découvriront jamais, d'ailleurs ça énerve grand-père.

Aujourd'hui il s'est énervé pendant qu'il râpait le fromage, jusqu'au bout, parce que grand-mère faisait un gratin de pâtes et il en fallait le plus possible.

Grand-père a levé la tête et il m'a dit, avec sa grosse voix, de ne pas mettre les doigts dans ma bouche, qu'il y en a un qui est empoisonné et qu'on ne sait pas encore lequel c'est. Puis nous avons mangé et grand-père, pour me punir sans doute, m'a parlé du gouvernement, de politique et de quand il était soldat. « Il y avait un Calabrais qui faisait la cuisine et qui avait la tête dure comme toi, sauf que la sienne était en béton armé », par la fenêtre de la salle de bains on entendait les oiseaux chanter et se poursuivre en battant des ailes.

« Et il te parlait en calabrais ? ai-je dit, puis je lui ai demandé s'il le comprenait.

— Bien sûr. Pour certaines choses on se comprend et c'est tout », m'a répondu grand-père.

Après avoir débarrassé, je me suis allongé à côté de grand-mère ; dans le petit magazine que j'ai acheté au kiosque, avec les sous qu'elle m'avait donnés pour l'agenda, j'ai trouvé un mot que je n'ai jamais entendu, clone, ce soir je dois demander à mon père de me l'expliquer, au téléphone, sinon à Mery, dès que je la vois. Je me suis levé et après avoir fini mes devoirs, après avoir regardé un dessin animé, nous sommes sortis, parce que l'automne arrive et grand-mère doit aller chez la *Sposa*, qui vend de la laine. Pour me faire, avant qu'il soit trop tard, un bonnet et une écharpe. La *Sposa* aussi est vieille, et avec grand-mère, elles se connaissent depuis des années, je n'étais pas encore né. Elles ont commencé à parler de leurs enfants, comment ils allaient, s'ils travaillaient.

« Et ce joli petit gars ? dit la *Sposa* en me chatouillant dans le cou.

— Il est méchant. Il fait tout pour nous mettre en colère, sa mère, son grand-père et moi.

— On dirait votre fils, quelle ressemblance, vous avez les mêmes cheveux, lui dit-elle, et j'attrape la main de grand-mère qui se tourne et me fait un clin d'œil.

— C'est mon bâton de vieillesse. Dès que je ne peux plus marcher, il m'achète un fauteuil roulant électrique, pas vrai ? »

Dehors, nous nous sommes assis sur l'avenue, grand-mère m'a remontré les pelotes qu'elle a choisies. « Non, pas question », lâche-t-elle, parce que je lui ai demandé de m'en acheter une qui, selon moi, a la forme et la souplesse parfaites pour jouer au ballon dans la maison. « En revanche, puisque l'hiver approche, qu'il pleut et qu'on ne peut plus sortir, je vais refaire mes chemins de table », puis elle me demande si je pense parfois au fait qu'un instant avant c'était l'été et l'instant d'après c'est déjà l'hiver, et je lui réponds oui.

Nous nous levons et reprenons la direction de la maison.

Nous nous asseyons à la table de la cuisine, je la regarde couper les asperges et les champignons, parce que ce soir on mange du poulet et il faut quelque chose à côté. « Tu sais ce que ça veut dire clone ? » je lui demande et grand-mère dit non.

« C'est sans doute de l'anglais et ça doit se prononcer autrement », m'explique maman après que je lui ai raconté que je n'ai rien fait à l'école et que je me suis tourné les pouces toute la journée ; nous avons fini de manger et on regarde un type à la télévision qui a parié qu'il pouvait éteindre la lumière à distance en tirant sur les interrupteurs avec des élastiques. Le téléphone sonne, je suis aux toilettes et je me dépêche.

C'est papa, et avant de lui parler, maman a pris une petite chaise que nous gardons dans notre chambre, comme celles qu'on voit au jardin d'enfants, elle l'approche du meuble, me regarde et me dit de revenir dans dix minutes. J'obéis et maintenant, à la télévision, il y a un autre type qui essaie de traîner une voiture avec une corde rouge serrée entre ses dents. Une grosse voiture noire.

« Grand-père peut pas faire ça, je crie amusé.

— Eh ! s'exclame-t-il, puis il menace de me régler mon compte, mais il plaisante.

— Allez, file », me dit grand-mère en me donnant une tape sur les fesses, parce que maman vient de m'appeler.

Je cours dans le couloir, elle se lève et je m'assieds à sa place. Je prends le téléphone et dis à mon père que je suis sage et que j'ai découvert un mot qui est peut-être anglais.

Je le prononce, il m'explique que c'est un mot scientifique, une chose qui n'existe pas encore mais qui existera bientôt. Un clone est une personne exactement identique à moi, qui me ressemble parfaitement, mais qui n'est pas moi, c'est comme le vieux de *Jurassic Park* qui dit au début du film que s'il se pique le doigt, une seule goutte de son sang peut permettre de donner vie à une infinité d'individus identiques à lui et entre eux.

« Tu as compris ?

— Je crois, oui. Comme des jumeaux, mais plus que ça. »

Je retourne dans le salon, les lumières sont éteintes, seule la télévision est allumée.

« Il a perdu toutes ses dents, il ne lui en reste même pas une », m'informe grand-mère, et elle caresse avec sa paume la place à côté d'elle sur le canapé.

Je grimpe et pose ma tête sur ses jambes, Descartes est roulé en boule par terre et grand-père toujours sur sa chaise devant l'écran, les jambes croisées, avec une pantoufle qui pend au bout de son pied et un doigt plié, comme un crochet fixé sur sa lèvre ou sa gencive vide.

Grand-mère passe une main dans mes cheveux, pendant que nous regardons d'autres défis. Nous attendons juste que maman finisse de parler avec papa et que ce soit l'heure d'aller dormir.

Quatre

Maria Rosaria s'est acheté un scooter.

Il est rouge et quand elle ferme le bureau de tabac à 19 heures, nous le prenons pour aller louer un DVD.

Nous parcourons toute la via Piave, dans la montée le moteur gémit et nous nous penchons en avant pour réduire son effort. Nous nous faufilons entre les voitures piégées dans les bouchons, puis je descends, Maria Rosaria coupe le contact et abaisse la béquille. Nous entrons, elle prend un film et nous repartons, et en descendant, la via Piave passe en un éclair. On ferme les yeux, on les rouvre et les maisons, les immeubles, les autos ont disparu, comme avalés par magie. Nous dînons chacun de notre côté et nous nous retrouvons chez elle.

Nous regardons le film allongés sur son lit, et après nous en discutons brièvement, sur le balcon, le temps de fumer la dernière cigarette de la journée. Une fois éteinte, j'ai déjà oublié certains détails et si Maria Rosaria le désirait, je serais prêt à tout recommencer. Mais je rentre chez moi et ma mère, flairant l'odeur laissée sur mon passage, dit que nous fumons beaucoup trop, comme si elle connaissait

Maria Rosaria, comme si nous étions un couple, et elle me demande de mettre mes vêtements à laver.

J'obéis. Puis je me couche et je pense. Que c'est étrange d'aller chez une fille qui te plaît et de ne pas faire en sorte qu'il se passe quelque chose. Qu'au fond tu n'aspires peut-être à rien d'autre que ce qui existe déjà, et tu te demandes si ta retenue est due au fait que cette fille est une amie, à part entière, et qu'elle ne pourrait pas être autre chose, même en le voulant, ou au fait qu'en essayant sans y arriver tu risquerais de tout ruiner et de te retrouver complètement seul ?

Je continue et ne trouve pas de réponse. Je m'endors quand le corps se rebelle et éteint le cerveau. Pas avant.

Parfois nous ne sommes pas d'humeur et, toujours après dîner, nous prenons le scooter et filons à Posillipo, pour parler.

Nous nous arrêtons soit sur la route panoramique soit près du parc, qui est fermé et d'où l'on voit Bagnoli, au pied de la colline, et le vide laissé par l'Italsider, noir dans la nuit, et au-delà les lumières des gens, timides et lointaines, de ce qui reste. Nos bières finies, Maria Rosaria dit que le vin serait plus pratique. On achète une bouteille et on est tranquilles pour un moment, alors j'ai dû lui raconter l'histoire de mon arrière-grand-père, qui était tailleur et qui avait son atelier où il faisait des uniformes pour les soldats. L'un d'entre eux lui a offert une bonbonne de vin en cours de fermentation puis il est rentré chez lui, il a bu et le lendemain il ne s'est pas réveillé, il était mort, et c'est à partir de là que notre famille est devenue pauvre, avec l'atelier fermé ; mon grand-père arrêté par les Américains parce qu'il volait des caisses de cigarettes dans leurs camions. Il a fini en prison, pendant un mois, puis à l'usine, et depuis plus personne ne boit de vin chez nous, parce que c'est une chose dangereuse.

« Les bières ne le sont pas ? » me demande-t-elle et je lui dis qu'à ma connaissance elles n'ont jamais tué personne, et elle réfléchit un instant en se grattant le poignet là où un moustique vient de la piquer. « Ouais, fait-elle. Si c'est ça, tu ne l'as même pas connu ton arrière-grand-père. Et puis c'était il y a très longtemps. »

J'arrête parce que Maria Rosaria est comme un arbre qui fleurit et devient bleu, constamment, sous mes yeux.

« Je ne changerai pas d'avis, je lui dis.

— Trouillard », siffle-t-elle. Elle ferme les yeux, bascule la tête en arrière et les rouvre, et je sais que quand elle fait ça, elle s'apprête à partir.

Elle redresse la tête et me parle de ceux qui entrent dans sa boutique pour la draguer. Qui font des plaisanteries en espérant Dieu sait quoi, et plus elle reste indifférente plus ils sont lourds.

« Mais franchement, un type qui entre et qui te demande où est la sortie, dans un bureau de tabac, et qui ajoute une fois que tu la lui as indiqué que non, il entendait la sortie avec toi, il croit vraiment que ça peut marcher ?

— Ils existent réellement, ces types-là ?

— Oui. »

Je réfléchis. « Si j'étais une femme, j'aimerais quand même les femmes », je lui dis, et je me répète mentalement que je ne dois pas m'approcher d'elle au-delà de ce qu'il m'est accordé. Que si j'osais un pas de trop, pour un oui ou pour un non ça tournerait mal, et je serais un de ces types qui a agi sans se soucier des conséquences, pour elle et pour moi, et elle ne me confierait plus ce qu'elle pense, comme elle le fait là, et à mes yeux Maria Rosaria serait perdue, mais en réalité nous serions perdus tous les deux, ensemble, nous cesserions d'exister, jusqu'à disparaître. Et je sens monter un peu de tristesse, car on n'a jamais le choix et je suis convaincu que ce que nous détenons est si précieux que nous ne pouvons le gâcher pour une chose moins importante.

« Qu'est-ce que tu as ? murmure-t-elle.

— Rien », je réponds, c'est ma stratégie pour lui faire remarquer que nous sommes déjà arrivés au point où nous ne pouvons plus aller dans aucune direction, que nous sommes jeunes, qu'il en sera ainsi pendant longtemps encore et que nous finirons par nous ennuyer à mort. Que malheureusement il faut du courage, même pour espérer. Il faut du courage et de l'argent pour ouvrir son magasin puis espérer que tout ira bien, et nous, nous conservons ce que nous possédons déjà en essayant de le faire durer le plus possible.

Je pense à la réalité des choses. Si ma grand-mère n'était pas tombée malade, me serais-je senti moins coupable à l'idée d'aller bien ? Si ma grand-mère n'était pas mourante, Maria Rosaria m'aurait-elle adressé la parole ?

Elle me sourit. « Tu sais que quand tu mens tes narines s'élargissent ?

— Lâche-moi un peu », je réponds avec un sourire gêné et Maria Rosaria fait démarrer le scooter. Nous arrivons et je nous achète une bière chacun avec une barquette de frites.

« Tu connais le paradoxe du lapin ? me demande-t-elle.

— Non », je dis. Nous sommes assis l'un en face de l'autre à la table de ce snack, un parasol devant nous et après la rue.

« Tu conduis un train qui file au milieu de nulle part et qui va on ne sait où. Tu vois les feux d'une intersection et au moment de changer de direction, à gauche il y a un de tes proches et à droite cinquante lapins. Qu'est-ce que tu fais ?

— Tu veux dire est-ce que je tue cinquante lapins ou un de mes proches ?

— Tu ne dois pas poser de questions.

— Je tue les lapins.

— Je ferais pareil », dit-elle, et j'allume une cigarette en attendant qu'elle poursuive, pointant ce quelque chose qui nuancera notre accord, car entre nous ce n'est jamais aussi simple. Quand une chose nous plaît à tous les deux, Maria Rosaria explique ce qu'elle en pense et me fait comprendre que cette chose lui plaît pour une raison qui m'avait complètement échappé.

« Pourquoi ? je demande.

— Pourquoi pas ? Je ne connais pas les lapins, un proche ou un parent si.

— Mais il n'y en a qu'un, et des lapins il y en a cinquante.

— Et la vie d'une personne vaut cinquante lapins ?

— Ça dépend de leur taille. »

Elle rit. « Et peut-être que les lapins aussi ont une famille.

— Plusieurs même, parce qu'ils sont polygames. Voilà, et c'est pour ça qu'on décide de les tuer, pour leur rendre service.

— Tu es vraiment stupide.

— Attention, tu devras bientôt m'appeler professeur, dis-je avec un clin d'œil, et cette fois je ris le premier.

— Mince, mais tu te rends compte ?

— Oui, le monde va mal. »

Nous remontons sur le scooter, elle conduit et je me tiens à sa taille, qui est tendue, et parfois je voudrais la caresser, surtout si je pense au temps passé depuis que Maria Rosaria s'est laissé caresser par quelqu'un et que je suis sûrement celui qui l'effleure le plus.

Nous fonçons, elle me dit de ne pas bouger, de rester immobile, parce que sinon c'est difficile de rouler droit, et je me demande ce qu'elle faisait, elle, avant de me connaître, et ce qu'elle fait maintenant, en mon absence, et qui sont ses amis et si quelqu'un lui plaît. Je m'interroge sur sa vie sans moi, dont je ne peux qu'assembler les éclats qu'elle m'envoie ici et là. Comme s'ils faisaient partie d'un vase, un de ceux qu'elle a sur son balcon, mais cassé, et qu'il faut absolument recoller, comme si les choses qu'elle me dit étaient des appels à l'aide silencieux. Et comme si elle me les disait parce que les divulguer est le seul moyen dont elle dispose pour les rendre réelles, et j'espère qu'elle me dit tout, parce que je veux tout savoir. Parce que Maria Rosaria est encore plus belle que je le pense, même si je pense déjà qu'elle est très belle, et ses bracelets tintent et scintillent, et ses ongles rouges sont aux aguets sur le frein.

L'air transperce mes oreilles, je sens sa respiration sous mes mains, tandis que Maria Rosaria continue, imperturbable, sur la route qu'elle a choisie et qui n'est pas simplement celle que nous parcourons ; je connais un peu son père, son frère, les yeux de sa mère et une infime partie de son ex-fiancé. Mais est-ce juste de chercher à connaître les autres, je me demande ; de prendre une douleur, la sienne ou celle d'un autre, et de ne pas la lâcher, de suivre toutes ses trajectoires et leurs ramifications pour voir où elle arrive ?

Et si maintenant je touchais son nombril ? Si je glissais ma main sous son tee-shirt et lui faisais des chatouilles ?

Maria Rosaria rirait-elle ?

Guetterait-elle le prochain feu rouge et en profiterait-elle pour se tourner et m'embrasser ? Et si c'était vrai, après, nos lèvres fermées, le baiser terminé, à quel point serais-je heureux ? Et un peu après encore, le bonheur replié sur lui-même, dans sa coquille, à quel point me sentirais-je coupable à la lumière de ce qu'est ma vie et de ce que je sais de la sienne ?

Elle s'arrête devant chez moi et je descends.

Nous allumons une cigarette, puis elle soulève la selle et prend un paquet.

« Le jour de ta fête tu étais en vacances et je t'ai trouvé un livre. Je l'ai choisi pour le titre, mais ne l'ouvre pas tout de suite. »

Je fume rapidement alors, parce que je veux qu'elle s'en aille, et aussi parce que je n'ai absolument pas pensé à lui offrir quelque chose pour sa fête à elle.

Nous jetons nos mégots. Je lui dis au revoir, ses cheveux sentent la menthe. J'ouvre la grille de l'immeuble et le paquet, avec ma clé, et je découvre *La mer ne baigne pas Naples*.

Sur la première page blanche, il y a la date de ma fête : le 10 août, et l'année, 2006, et des petits traits séparent les numéros.

« Et donc, tu es parti », a-t-elle écrit, avant de signer, et en marchant je me dis que quand viendra l'hiver, que nous ne pourrons plus boire nos bières dehors et que le scooter sera moins pratique, nous aurons encore de notre côté les films et les livres, et donc des choses à nous raconter quand nous voudrons parler sans apparaître trop démolis, ou nous mettre en danger. Comme quand petit je décrivais une bêtise que j'avais commise et que le protagoniste de l'affaire n'était pas moi, mais un autre. Je racontais, je sentais le jugement s'abattre sur lui et je m'estimais chanceux de ne pas être lui, même si j'étais lui, mais personne ne le savait.

J'ouvre la porte de l'appartement, tout est éteint. Ma mère et mon père dorment.

Dans la salle de bains, je pousse un soupir de soulagement.

Angelo va mal, mais il n'en est pas conscient.

Enfin pas totalement, alors il n'en parle pas. Cependant je vois bien, aux répétitions, qu'il ne joue plus debout mais assis, sa basse sur ses genoux, et que la seule chose qui bouge, lentement, c'est sa tête, d'avant en arrière.

Avec Micio on l'attend à la gare, on ne peut plus se retrouver tous les trois un peu avant, car pendant que nous faisons notre vie et allons prendre le train, Angelo rentre du magasin en voiture avec son père. Il arrive chez lui et repart tout de suite. Il prend la Panda et quand il s'arrête devant la gare, il est encore en chemise parce qu'il n'a pas eu le temps de se changer.

« Deux cafés », ou « une margherita et une calzone », plaisante Micio dès que nous sommes assis, et Angelo ne sourit pas. « Tu verras, quand tu devras vraiment servir des clients », répond-il d'une voix dure et nerveuse.

On répète, Angelo ne s'amuse pas. La route qui nous sépare du succès n'est plus comblée par son enthousiasme, comme c'était le cas il y a quelques mois, mais par la frustration de celui qui voit son objectif s'éloigner de jour en jour, d'heure en heure ; je crois qu'il ne se concentre pas sur ce qui pourrait être, mais sur ce qui ne sera probablement jamais.

On termine. On raccompagne Micio, et Angelo dit qu'il veut s'acheter une nouvelle basse et une voiture plus grande, rien que pour lui, qu'on utilisera quand viendra le moment de partir en tournée. Les paroles sortent de sa bouche et il me fait l'impression de quelqu'un qui veut se gratter la cheville quand sa jambe a été amputée. Micio descend, nous continuons, Angelo me parle, à peine, de son travail, des clients ridicules avec leurs questions inutiles, tous pressés, comme s'ils devaient faire qui sait quoi, et beaucoup de la fille de Bari, qui étudie ici et qu'on a rencontrée ensemble, mais qui a donné son numéro à lui, pas à moi, et avec qui maintenant il sort plus ou moins.

On se fume un joint à l'écart de l'avenue, entre les gros immeubles. Il me raconte que la fille de Bari vit dans un appartement sale et entièrement blanc, que de la fenêtre de sa chambre on voit un bout de la piazza Bellini et même les arbres de la via San Sebastiano. Que dans le silence, quand les goélands ne crient pas, quand les voitures ne passent pas, quand personne ne se dispute, on entend le son des instruments qui s'échappe du conservatoire et on se croirait presque en vacances, pas à Naples. Et que la fenêtre de la salle à manger, de l'autre côté, donne sur la cour du Convitto où, à la sortie des classes, les enfants jouent au ballon, si tu te penches pour les regarder les enfants s'arrêtent et te regardent aussi.

« Elle me plaît beaucoup, dit-il. Ce que j'aime le plus chez elle, c'est qu'elle sourit au réveil. »

Il me passe le joint. « Tu as dormi là-bas ? je demande.

— Une seule fois. Je ne t'ai rien dit parce qu'on ne parle pas de nos coups de cœur, tu sais. On n'est pas encore ensemble, mais on va dans cette direction », m'explique-t-il, et je trouve étrange, très étrange, qu'une personne que je vois au moins une fois par semaine, toutes les semaines même, puisse garder non pas des secrets, mais des choses de ce type, qu'elle évite de communiquer et qui s'accumulent. Autre étrangeté, il me semble que fumer revêt une dimension nouvelle, différente, que ce n'est plus notre moyen de fuir la planète, mais une occasion supplémentaire de la juger, et ça me déçoit.

« Samedi, tu viens faire une virée en ville avec nous. Je lui demande d'amener une copine, parce qu'à ce train-là, tu vas finir au séminaire, m'exhorte-t-il. Je suis ton ami : ne le prends pas comme une critique. »

Il me salue et j'ai mal au crâne. Je trouve ça nul : quand une fille te plaît tu te sens fort, plein d'énergie alors tu commences à courir et en courant tu perçois moins bien les choses autour de toi, les signaux, et donc, à défaut de comprendre, tu crois connaître cette nouvelle personne, mais c'est une illusion.

Je dors. Le samedi, on se retrouve à la gare. Je descends du train, Angelo est là, il porte un tee-shirt noir. Il m'explique qu'il n'a pas pris la voiture, qu'il passera la nuit chez elle, que pour rentrer je devrai prendre le bus et finir à pied. « Commençons par une petite bière ici. » Nous les achetons dans une pizzeria et les buvons en regardant le va-et-vient. « Dans quelques mois je me prendrai une chambre dans le coin. Je pourrais déjà le faire mais j'attends, parce qu'on va peut-être louer quelque chose ensemble, elle et moi», me glisse-t-il. Puis nous achetons du shit et sortons du côté du marché de la Pignasecca.

Je lui demande si la fille de Bari ne lui en voudra pas pour l'alcool et le shit, et Angelo me fixe surpris. Nous parcourons la via Benedetto Croce jusqu'à ce qu'elle devienne plus étroite et plus sombre, et les immeubles plus vieux, puis nous revenons par la rue parallèle.

Nous nous arrêtons piazza Bellini, Angelo me montre une fenêtre au deuxième étage, avec des volets verts. «Là, c'est sa chambre», et en descendant la rue, nous comparons les vitrines des magasins de musique, et Angelo achèterait tout et moi rien.

«À l'heure d'ouverture on ira voir s'ils peuvent nous faire jouer», et il se réfère à cet endroit dont il m'a parlé des millions de fois, où il y a des concerts sympas.

«OK.»

Nous traversons, je regarde la descente qui mène à la fontaine de Monteoliveto, le jaune des murs, les stores des cafés. Nous nous asseyons sur les marches de la piazza del Gesù. Angelo prend le shit et l'effrite. «Et puis Bari, les Pouilles, ça promet de belles vacances, autre chose qu'ici.

— D'ailleurs, quand est-ce que vous vous mariez et que tu déménages?» je lance et Angelo rit et je ris aussi, et au-dessus de l'obélisque qui se dresse devant nous le ciel est violet, parce que le soleil se couche et l'air me pique le cou et les mains, mais je ne sens pas le froid. Et tandis qu'Angelo roule le joint, je pense que tôt ou tard, il tombera amoureux d'une femme, une femme quelconque, pas particulièrement belle ou intelligente, et il ne se posera pas de questions, il restera avec elle pour la vie, sans aucune arrière-pensée, parce qu'il est comme ça. Et à la fin, le seul missile de stupeur qui le frappera en plein cœur, l'anéantissant, sera fait des mots plats et sans détour que sa femme emploiera pour le quitter, parce qu'il la croyait heureuse. Parce qu'Angelo, au fond, comprend que dalle, et il est assis une marche plus bas que moi, et je pose une main sur son épaule.

« Angelo, tu comprends vraiment que dalle, je lui dis et il se retourne.

— La vie est belle ! » s'exclame-t-il, et il l'allume.

Il fume, deux merdeux passent sur un vélo et d'un coup, les pédales tournent plus vite parce que la chaîne a déraillé. Je fume et son téléphone sonne. Angelo se lève et s'éloigne pour répondre. Je le vois agiter les bras et se crisper. J'essaie de ne pas le regarder, mais je n'y arrive pas, Angelo s'allume une cigarette et aspire, écoute, tente de parler, puis il s'arrête, parce que la voix à l'autre bout doit tourner en boucle. Il faut qu'on parle, je lis sur ses lèvres et je refais mes lacets, pour détourner mon regard.

Il revient. Il s'assied, je ne peux pas voir son visage, mais seulement ses épaules, courbées, comme pour protéger son corps. Il fume, je lui tends le joint : il le tient dans son autre main. « Elle ne se sent pas bien, elle ne vient pas, grommelle-t-il. Allons à la salle. »

Nous passons derrière la poste, la rue est large. « Je ne suis pas énervé », précise-t-il sans que je ne lui aie rien demandé.

Nous nous faufilons dans une ruelle, les murs nous frôlent, puis nous descendons un escalier noir et délabré, avec une rampe verte et rouillée. Nous débouchons via Sedile di Porto. « C'est là », dit-il.

Nous nous arrêtons devant la porte, à l'intérieur, cinq mètres plus loin, au bout du comptoir surplombé de lampes roses puissantes, une fille aux cheveux courts et noirs passe la serpillière. Elle porte une jupe serrée noire, longue jusqu'aux mollets, et les mollets finissent et commencent les bottines.

« Salut », lui fait Angelo et il demande Ciro.

« Je vous l'appelle », elle répond sans sourire et, à distance de la lumière rose, il devient évident qu'elle est habillée tout en noir.

Elle disparaît dans un escalier.

« C'est petit ici, mais ça déchire, dit Angelo.

— Et elle ?

— Elle est bonne, grave bonne », enchaîne-t-il, et il se tait, et par le même escalier arrive Ciro, qui est chauve. Elle le suit, Ciro serre la main d'Angelo, puis la mienne, et elle recommence à laver par terre.

Elle sort. « Dites-moi tout.

— C'est pour jouer, se lance Angelo, on en a déjà parlé, je ne sais pas si tu te souviens. »

Ils discutent et Ciro dit que sans un disque, sans pouvoir nous écouter avant, il ne peut pas nous faire jouer, mais qu'on peut essayer un mercredi ou un jeudi, que ces jours-là il n'y a presque personne, et qu'après on verra. Angelo lui répond que c'est très bien, qu'il n'y a pas de problème ; Ciro nous propose de boire une bière et Angelo lui explique qu'on est venus sans voiture, pendant que j'observe la fille détacher de ses lobes de grands anneaux dorés et enfiler des gants en plastique pour passer un chiffon humide sur le comptoir. Angelo précise qu'il devait dormir chez sa copine, mais qu'elle ne se sent pas bien et que du coup on doit rentrer en train. Qu'on doit faire vite, parce qu'il habite à Quarto et qu'il n'y a pas d'autres solutions.

« Ah, vous ne restez pas pour le concert », dit Ciro et la fille lève brièvement la tête vers nous.

« Non », j'interviens.

Nous nous dirigeons vers la gare, Angelo est à nouveau une floraison de répétitions, de si on fait ça, de si on s'y met vraiment, et nous marchons vite, nous courons presque, et je regrette que pour lui le groupe soit déjà redevenu quelque chose d'important.

Nous prenons le train et sommes assis côte à côte. Il compte nos chansons, chaque fois qu'il compte, il y en a trois, et il en ajoute deux qui sont plus ou moins finies, et avec deux reprises ça nous fait une setlist et voilà, on est prêts. « Tu me suis ?

— Oui », je lui réponds et je descends.

Ma langue énorme et sèche gît sur mes dents, j'ai l'estomac à l'envers. J'ouvre la porte, mon père s'étonne que je sois déjà de retour. Je sors de la douche et me glisse sous les draps. J'essaie de lire la première nouvelle de *La mer ne baigne pas Naples*, qui parle de cette petite fille pauvre, et je ne comprends pas tout mais je devine clairement que c'est magnifique.

La fillette s'appelle Eugenia, elle a les cheveux bouclés. Elle a besoin de lunettes de vue et sa tante lui en achète.

À la fin, je sens que tout ce qu'il y a dans ma gorge, les os, la chair et tous les éléments de mon corps ont grossi et que l'air ne passe plus. Je prévois de relire la nouvelle au réveil, lucide, sans que les choses vécues durant la journée pèsent sur les mots et les virgules.

Je me lève pour souligner une phrase.

Elle est dite quand la fillette sort du magasin, après avoir récupéré ses lunettes et remercié.

« Ma petite, vaut mieux pas voir le monde que de le voir[1] », lui répond sa tante.

Je laisse le livre sur mon bureau et j'éteins la lumière. Je me remets au lit. Il n'est même pas minuit.

Grand-père est en colère.

Il m'a parlé d'un type qui travaillait avec lui et d'une grève à laquelle il fallait absolument participer, et le type en question ne voulait pas. Il a commencé doucement, en expliquant simplement le problème et, au fil des mots, la tension est montée et maintenant il est incontrôlable, il a frappé ses cuisses avec ses deux mains, comme si le collègue était devant lui. Je regardais la forme de son nez, les dimensions de ses narines, les poils qui en sortaient et qui ressemblaient aux antennes d'une fourmi. Je l'ai entendu dire que le type était cocu, que tout le monde le savait et qu'il ne faisait pas grève parce que sa femme n'était pas d'accord.

« Un minable fini, et à Bagnoli on n'en manque pas », crache-t-il et je l'écoute parce que Mery m'a confié les ordonnances, j'avais envie de fumer alors je ne suis pas allé à la pharmacie la plus proche. J'ai poussé jusqu'à l'avenue, je me suis mis dans la file et j'ai attendu mon tour, sans les lire. Je les ai remises à la pharmacienne qui est revenue au bout d'une minute avec une enveloppe blanche pleine de petites boîtes vertes.

1. Traduction de Louis Bonalumi, Gallimard, 1993.

Je sors et devant moi, sur le muret, m'apparaît la silhouette de mon grand-père, vêtu d'un pantalon sombre et d'une veste grise, qui lève une main et me salue. Je le rejoins, il me regarde en clignant un œil et sourit. Sur la première page du journal ouvert sur lequel il est assis, il y a une photo de Giorgio Napolitano.

« Reste un peu là, non ? T'en as pas marre de tourner en rond dans la maison et de les entendre jacasser ? » me demande-t-il, puis il commence, et maintenant qu'il s'apprête à conclure cette histoire dont il connaît déjà la fin et les prolongements, il me dresse la liste de toutes les raisons pour lesquelles faire grève est une chose inutile.

Parce que le parti et les syndicats sont des escrocs, exactement comme les politiques, qui sont tous des pourris et des vendus qui mériteraient d'être fusillés, et qu'on ne pouvait donc se fier à personne, mais qu'il fallait quand même faire grève, pour être contre et n'adhérer à rien, pour rester en dehors, et tandis qu'il parle j'imagine le commentaire de ma mère et de ma grand-mère face à cette histoire, qui serait sans doute que grand-père s'invente n'importe quoi pour ne pas aller au travail. Je pense aussi que trop concentrés sur notre trajectoire, nous voyons surtout le profil des personnes avec lesquelles nous passons notre temps, nous parlons, nous faisons un bout de chemin ou tout le voyage, et qu'ainsi les expressions qui traversent leurs visages, écrivant une autre grande partie de l'histoire, nous échappent.

Je laisse un pied sur l'asphalte et pose l'autre sur le muret. Grand-père est en face de moi et fume sa cigarette, l'enfermant presque dans sa paume.

« Tu te rappelles quand on a croisé Napolitano, devant l'immeuble ? je lui demande.

— Qui ça ?

— Napolitano.

— Le président ?

— À l'époque il venait de quitter ses fonctions de président de la Chambre des députés, je précise, et il me regarde.

— Je ne me rappelle pas », répond-il, et ses yeux sont verts et bleus, de la couleur de l'eau, et son je ne me rappelle pas me griffe, comme si la moitié du monde avait été soufflée par une explosion, brutalement. Détruite pour toujours et depuis toujours, comme si elle n'avait jamais existé.

Parce que c'était l'été, on était là, et à Bagnoli se tenait le G7, et avec grand-père on se postait derrière les barrières, qui en fin de matinée devenaient bouillantes, en attendant de voir passer les chefs d'État. Et quand ils arrivaient on leur faisait le signe des cornes et grand-père, en riant, me disait bravo, oui, encore, encore, après je t'achèterai des chips, et je continuais, du mieux que je pouvais, en sautant, puis on rentrait à la maison fatigués et en sueur, sans rien dire à personne. C'est lors d'une de ces journées que nous nous sommes retrouvés nez à nez avec Giorgio Napolitano dans la rue, tout près de chez nous, entre deux gardes du corps en costume noir, et grand-père s'est planté devant lui, l'obligeant à s'arrêter. Il m'a pris la main et, en la tirant avec force, il m'a dit de bien regarder ce monsieur et de ne pas oublier comment on finit, parfois, dans la vie, parce qu'un temps ce monsieur avait été communiste comme nous. Et maintenant je n'arrive plus à me rappeler quelle expression affleura sur le visage de Napolitano, et grand-père me fait signe avec sa tête qu'il ne comprend toujours pas et voudrait savoir.

« Rien. Ne t'inquiète pas. »

Je l'observe, je suis sûr qu'il est comme ça depuis que je le connais, depuis que je suis né, comme un animal grand et fort enfermé dans une cage, comme le lion d'un zoo qui déchiquette et dévore tout ce qu'on lui jette, parce qu'il n'a pas d'autres possibilités, cet homme qui ne sait pas nager ni changer une ampoule, ni planter un clou dans un mur sans faire de fissure. Mon grand-père, qui n'est jamais parti en vacances, qui n'a jamais conduit une voiture, qui a quitté l'école après le cours élémentaire pour commencer à travailler, et qui, s'il n'avait pas de quoi se payer ses cigarettes, fumait le crin des matelas, cet homme qui n'a de mots tendres pour personne et se trouve condamné à être toujours mal compris.

Je contrôle l'heure et il me demande combien j'ai payé ma montre. Il m'interroge souvent sur la valeur des choses que je possède, car c'est le seul moyen pour lui de mesurer, à travers ma mère, moi et le reste de ses enfants, le chemin qu'il a réussi à se frayer dans le monde et de savoir où il en est.

« Vingt euros.

— Elle est belle.

— Je dois y aller. Elles vont bientôt emmener grand-mère à sa séance », et aujourd'hui c'est le premier rendez-vous du deuxième cycle, et nous n'allons pas mieux.

Grand-père se lève et vient avec moi. Nos foulées sont identiques : nous posons nos pieds au sol en même temps, parce que nous faisons la même taille. Il me prend le bras, je me sens surpris et confus. Nos vêtements ont la même odeur, car maman s'occupe désormais du linge de tout le monde et ce n'est plus si simple de définir qui sont les enfants et qui sont les parents, et si les enfants se sentent davantage enfants ou parents de ceux qui les ont mis au monde.

Nous montons les escaliers. Je m'arrête pour l'attendre. « File », dit-il en me lançant les clés.

J'ouvre et laisse la porte entrouverte. C'est Jaja qui accompagne grand-mère et elle est déjà arrivée. On s'embrasse et plus elle est triste, plus elle lui ressemble et ce n'est pas facile de lui parler, mais elle sait bien se camoufler.

« Qu'est-ce que tu fais là au lieu de te chercher une fiancée ? me demande-t-elle.

— Une ? Il en faut au moins trois, non ? » la reprend Mery, qui est venue récupérer le sac avec les médicaments.

J'avance, la lumière du couloir se reflète sur le carrelage blanc, elle semble venir d'en bas et non d'en haut. Je retiens ma respiration, j'essaie de contrôler mon corps, de lui imposer de croire qu'il n'y a rien de terrible, que je ne marche pas au milieu d'un désert, mais dans un lieu habité, que je connais et dont je fais partie. Grand-mère est assise dans sa chambre. Elle lève la tête. Ses mouvements deviennent plus lents, comme si des obstacles dans son corps empêchaient le sang de circuler et le ralentissaient, presque jusqu'à l'arrêter.

Je me penche. Je l'embrasse sur la joue, sur l'oreille, et elle ferme les yeux avec une expression de douleur. Je m'assieds près d'elle et elle me prend la main.

« Tu as vu ton grand-père ?

— Il monte les escaliers », et à cet instant précis nous entendons la porte se fermer.

« Qu'est-ce qu'il faisait ?

— Il avait retiré la ceinture de son pantalon et frappait des enfants », je glisse et elle sourit.

« Prête ? lance Jaja en tapant dans ses mains.

— Fin prête ! » répond grand-mère d'un ton joyeux, lumineux, et Mery rit, pour souligner que c'est une chose drôle et non le signe que nous dégringolons vers le fond.

Elle nous arrête tous.

Car elle a baissé la tête, et vu, et maintenant elle lui fait remarquer qu'elle ne peut pas descendre en pantoufle, en oubliant, en gardant pour soi qu'elle pourrait cependant, qu'elle en aurait le droit et cetera, mais qu'elle voudrait rester fidèle à la femme qu'elle a été.

Grand-père intervient.

« J'y vais », dit-il, et il disparaît. On l'entend fouiller dans le meuble. Il revient avec des chaussures en cuir fermées, à petits talons, et les passe à Mery. Grand-mère les regarde sans dire un mot.

« Mais comment va-t-elle mettre ça ? » lui demande Jaja, parce que les pieds de grand-mère sont gonflés comme des miches de pain, ils ressemblent à des ballons dotés d'étranges extrémités, et ces extrémités ce sont ses doigts, qui lui font mal, surtout le soir. Elle s'en plaint alors on les lui masse avec une crème blanche, qui sent les herbes et donne une sensation de frais.

« Qu'est-ce que j'en sais, moi ? » rétorque grand-père, de nouveau ou encore en colère, puis dans le silence on entend la voix de ma grand-mère, discrète mais claire, transformée.

« Ça ne sert à rien », dit-elle, et grand-père explose.

Il lève les yeux au ciel et implore Dieu de l'épargner, et il s'apprête à se gifler le visage quand Jaja lui hurle de se taire, de ne pas moufter, et grand-père s'en va et Jaja le suit. Je me précipite pour les séparer, parce que Jaja est folle furieuse, elle pourrait le frapper. Et en un instant je tire toutes les conclusions, je pense que nous sommes déjà assez épuisés comme ça, que nous n'avons pas besoin d'autre chose.

Elle l'attrape par le poignet et je les vois s'agiter.

« Tu ne comprends pas que la situation est grave, que tu dois nous aider, qu'on ne sait pas sur quel pied danser ? » le sermonne-t-elle, d'une voix basse mais ferme. « Tu ne sais rien, toi, tu ne vois pas qu'on est exténuées, non ? » continue-t-elle et grand-père baisse la tête, comme un enfant pris en faute, qui se rend et montre le drapeau blanc. Pendant ce temps, dans la chambre, Mery s'accroupit pour enfiler des chaussettes en laine aux pieds de grand-mère, parce qu'elle va descendre en pantoufles.

« J'ai eu tort. Basta. Basta ! » lance-t-il à Jaja. Je me tourne de nouveau vers la chambre, et grand-mère me regarde et sur son visage il n'y a aucune expression.

Puis, elle balaie ce vide en me faisant un sourire.

Anna se sent desséchée.

Parce que cela arrive parfois, malgré nous, et il n'y a pas de remèdes. Parfois une pensée nous vient, petite et isolée, tapie dans un coin, et sans qu'on s'en rende compte, tandis qu'on continue à avancer distraits, elle s'alimente, à notre insu, elle se nourrit d'elle-même, autonome, et peu à peu cette idée devient tout ce qu'on a devant les yeux, telle une goutte d'eau qui tombe sur une feuille et se répand, s'insinue à l'intérieur, modifiant son aspect, et alors il n'est plus possible de la contourner.

Anna est fatiguée, donc, et je le suis aussi.

Je révisais, mais avant, j'ai pris mon petit déjeuner et je me suis lavé les dents, en me regardant dans le miroir. Je tourne le robinet, le flux touche le lavabo et je pense que les choses ne finissent jamais, qu'elles se poursuivent, toujours, et que ce que nous pouvons serrer ou toucher est moins vrai que le sillage dessiné par l'objet en mouvement et son déplacement dans le temps. Que tout se compose, y compris nous, du présent, dont nous faisons partie pour un moment minuscule, pendant qu'il n'est pas encore futur et avant qu'il devienne passé, presque sans étapes et sans ralentir sa course. Et que nous ne vivons pas vraiment dans ce qui arrive, mais plutôt dans sa traversée.

Je m'assieds à mon bureau. Je lis, surligne, et cette pensée attend son tour pour parler.

Je me lève et fais quelques pas. Je regarde dehors, les autres habitations encadrées par nos fenêtres, et je me demande ce qu'il nous arrive quand le présent, au moment où il existe, n'a plus aucune importance, si ce n'est pour la trajectoire qu'il a déjà accomplie. Je me demande également si la douleur que nous éprouvons maintenant est vraiment douleur, ou si nous sommes juste conscients qu'un jour tout cela sera un souvenir douloureux.

Je me rassieds. Je feuillette les pages devant moi mais ne les vois pas. J'ai l'impression d'avoir avoué que l'angoisse que j'éprouve est telle seulement après que je l'ai reconsidérée, et non pendant que je la perçois. Qu'elle me fait mal quand elle vient surtout parce que je sais qu'elle me fera mal aussi plus tard, que quand je devrais ressentir, quand je devrais être aveugle et sourd, je suis distant, occupé à prendre des notes, à cataloguer ce que j'observe, et que seulement après que j'aurai donné un nom aux sensations je réussirai à les éprouver.

Je ne suis pas sincère, je pense. Je suis horrible.

Je ne me sens pas troublé, mais l'appartement devient minuscule, comme si les murs se rapprochaient pour m'écraser, parce que ce n'est certainement pas moi qui grandis. Je pose le surligneur et ferme le livre. Je prends le train et marche.

Je traverse la via Toledo et reviens sur mes pas, le cerveau en apnée, sous l'eau. Je fume et me dis que même quand on essaie de ne pas penser, en réalité on pense, et j'entre dans une librairie, je n'achète rien, je sors et m'arrête devant des chaussures blanches, en toile, qui m'empêchent de poursuivre. Je lève le regard et ses yeux sont plus noirs que dans mon souvenir, elle écarte une mèche de cheveux de son visage et la passe derrière son oreille. Et lorsqu'elle me parle, lorsqu'elle ouvre sa bouche, teintée de rose sombre, ma frénésie de pensées ne s'éteint pas mais se concentre sur un seul point, telle une mouche qui vole et bourdonne jusqu'au moment où elle se pose, immobile, sur un mur blanc, semblable à une oasis noire dans un océan de blanc, et regarder ce petit point rassure, car c'est le signe qu'il n'existe pas que le blanc, ainsi, moi, à cet instant, je ne parviens à regarder que sa bouche.

« Tu es celui qui voudrait jouer ou je me trompe », dit-elle. Puis nous remontons la rue et nous nous asseyons sous la véranda d'un café.

En attendant qu'on vienne nous demander ce que nous voulons, Anna me raconte qu'elle travaille dans ce bar à concert depuis quelques mois, qu'elle étudie le droit, et elle commande un café avec un shot de vodka ; elle a de grosses bagues dorées et un pendentif en bois.

Notre commande arrive et nous l'étudions. « Quelque part dans le monde c'est déjà l'heure du dîner », se justifie-t-elle, et mon sourire s'efface d'un coup. « Quoi ?

— C'est une formule très vieille.

— Tu devrais vraiment arrêter d'emmerder les gens », me conseille-t-elle, calmement. Elle cherche ses cigarettes et j'en allume une des miennes. Je la lui donne, elle aspire et après l'avoir éloignée, Anna rentre sa lèvre inférieure dans sa bouche, puis la ressort comme si la lèvre supérieure y avait déposé un baiser.

Elle me demande de lui parler de moi et sans réfléchir je lui dis tout, que les choses que je ne comprends pas sont les seules qui m'importent et je lui dis aussi pour grand-mère. « Mais parlons des choses joyeuses, plutôt, je propose.

— Je vis dans l'appartement que Benedetto Croce réservait à ses chats. Deux chambres, avec un salon et une terrasse. Il ne l'utilisait que pour eux. »

Je réponds que moi, en revanche, je vis chez mes parents et que nous n'avons même pas un balcon et Anna rit, en baissant la tête et en touchant son front avec sa paume. Elle prend une bouffée d'air, se redresse sur sa chaise, et je ne pense plus à rien, je perçois nettement la caresse du vent frais, presque tiède, qui balaie ma nuque, et ça non plus ne me fait rien.

« Tu as faim ? je demande.

— Si je te disais que je connais une fille qui ne s'est pas aperçue qu'elle était enceinte, qui va aux toilettes, voit le sang et commence à se rincer, se toucher, jusqu'à sentir une chose étrange, comme un petit pied, alors elle s'allonge, appelle son fiancé qui est dans la cuisine, celui-ci le voit et tire, l'arrache pratiquement de son ventre, et l'enfant est mort-né, alors le fiancé le met dans un sac en plastique et va l'enterrer dans un champ. Si je te disais que tout ça est arrivé à une de mes amies, tu penserais que c'est moi, que c'est mon histoire et que cette amie n'existe pas ? me répond-elle.

— Non. »

Nous descendons la via San Sebastiano et la via Santa Chiara. Nous nous posons dans un autre café, largo Banchi Nuovi, et Anna insiste pour que je prenne quelque chose, du vin ou une bière, puis elle ne parle plus, comme si elle était en attente, inquiète. Elle mordille les petites peaux autour de ses ongles. « Tu as une copine ? hasarde-t-elle après que le serveur a laissé les bouteilles sur notre table.

— Non.

— Pourquoi ? »

Je réfléchis. « Je n'ai pas compris la question.

— Je veux dire : pourquoi as-tu choisi de ne pas avoir de copine ?

— C'est pas un choix. C'est une circonstance.

— Ah, tu crois... » et Anna n'a pas de copain non plus. Par choix, prétend-elle.

Son petit ami couchait avec une autre quand ils étaient ensemble, Anna l'a découvert parce qu'elle est allée chez lui, pour lui faire une surprise, et elle l'a trouvé au pied de son immeuble, dans une voiture, en train d'embrasser l'autre.

« C'est dangereux les surprises, conclut-elle. Mais je n'en souffre plus trop, je me suis habituée », et elle raconte qu'elle se sentait jugée, qu'elle a été anorexique puis boulimique, et en écoutant ces précisions, je ne sais pas si je dois lui dire quelque chose, exprimer d'une manière ou d'une autre ma solidarité, ou rester simplement silencieux pour ne pas faire pire.

Un scooter passe dans une rue voisine, on ne voit rien mais on entend le bruit, et je crois qu'Anna parle d'elle comme si tout le monde savait déjà ce qu'elle allait dire, sans aucune honte, donc. Nous buvons et je n'ai plus faim. Je le dis et elle me répond que par chance la bière est nourrissante. Une dame aux cheveux roux se promène. « Mais qu'est-ce que tu racontes ? » demande-t-elle à son chien en laisse, et nous rions.

« Tu as un rire ridicule », me dit-elle, et je me retiens, et je ris de nouveau.

« Tu veux boire autre chose ? » je lui demande et elle répond oui, mais ailleurs.

Nous allons dans un bar pas loin, je commande une bière et pour elle un whisky et j'imagine que son estomac est tapissé de sables mouvants ou de poix fondue.

Elle dit qu'en réalité elle est de la province et que sa famille lui a trouvé un appartement à Naples pour lui éviter de faire les allers-retours, parce qu'elle est riche et qu'elle peut se le permettre. Qu'en ce moment elle habite avec une femme plus âgée qui est souvent en déplacement professionnel. Elle me raconte que dans son village d'origine vit aussi le chanteur Mario Merola et que, petite, quand elle le croisait dans la rue, elle lui disait ciao Maestro et Mario Merola lui répondait en l'appelant *ciliegina*, en italien, pas comme les cerises, mais comme les petites tomates.

« Et après ?

— Après je suis partie.

— Et tu te sens bien ? » J'entends ici, maintenant, à Naples, et la plus belle chose qu'elle a ce sont ses lèvres, désormais nues, parce que le rose sombre s'est estompé en buvant, et ses dents sont blanches, droites, un peu espacées. Et je pense, tandis qu'elle ne me répond pas, et que ça dure, qu'elle ressemble à un chat qu'on a enroulé dans une couverture, pour ensuite le jeter à l'eau. Elle a quelque chose qui me rappelle Maria Rosaria. Peut-être cette perception sans interruptions de l'existence du prochain, qui les scrute et les juge, à laquelle cependant elles réagissent de manière différente : Maria Rosaria en bouillonnant en silence, Anna en hurlant.

Je lui explique qu'enfant, je me promenais seul, via Enea, et qu'un jour j'ai vu deux gars plus grands jeter un chat et un chien dans un tonneau à vin, vide et ouvert sur le dessus, devant un magasin. Après, ils sont partis en riant, et je suis resté immobile, à écouter les bruits et à regarder le tonneau bouger, comme s'il abritait un fantôme. Je suis resté là jusqu'à ce que le propriétaire de la boutique sorte, alors je me suis enfui, comme si c'était moi qui avais fait ça.

Elle sourit. Elle me regarde dans les yeux. « Dépêche-toi de finir et je te fais visiter mon appartement », et j'ai encore la moitié de ma bouteille de bière et une seconde après je n'ai plus rien. Au centre de son immeuble il y a une cour et nous montons des marches, un escalier en colimaçon très étroit, je me demande comment fait Anna pour rentrer chez elle, la nuit, si elle commence à boire comme ça dès le matin, parce qu'elle risque sa vie chaque fois.

Elle tourne la clé et le courant d'air caresse les rideaux.

« Voici le salon, là, il y a la femme qui habite avec moi et ça, c'est ma chambre », et depuis l'encadrement de la porte, sa chambre m'apparaît nue et vide, sans bureau mais avec une armoire, le matelas posé à même le sol, dans un angle, contre les deux murs.

« La terrasse », dit-elle et l'espace d'un instant, un tel flot d'air déferle sur moi que je sens mes poumons en manquer.

Il y a les cimes des autres immeubles, les antennes, les goélands, le toit vert clair de l'église Santa Chiara. Et puis le ciel bleu, avec quelques nuages, et la madone noire de l'obélisque, suspendue dans le vide, qui semble voler et s'éloigner de nous.

« C'est très beau. Vraiment. »

Anna hausse les épaules et souffle pour chasser des cheveux de son visage. « Au prochain tremblement de terre, le toit de Santa Chiara sera la première chose qui s'écroulera. Quand ils l'ont reconstruit, après la guerre, ils ont mis du béton armé dans la structure en acier et maintenant c'est trop lourd. »

Je lui fais remarquer qu'il y a déjà eu un tremblement de terre après la guerre et qu'il est encore là.

Anna rit. « Qu'est-ce que tu me veux, c'est ce qu'on m'a expliqué. »

Elle disparaît et revient. Dans un débardeur blanc qui laisse entrevoir la forme de ses seins, avec deux verres de vodka pure remplis de glace, mais je regarde surtout ses seins qui pointent, et je m'agite. Je m'efforce de penser à autre chose, pour me calmer, je lui dis qu'elle devrait moins boire, juste histoire de parler d'une chose anodine, innocente, et

Anna me colle son poing sur la bouche, avec force, le coup paraît d'autant plus fort qu'il est inattendu. J'ai mal et j'ai envie de rire, mais je ne peux pas, parce que je saigne.

Elle prend un mouchoir en papier. Nous nous asseyons sur les chaises longues et, en tamponnant mes lèvres, Anna boit et les glaçons tintent dans son verre.

« Ça va mieux ? me demande-t-elle une fois qu'il n'y a plus rien à essuyer.

— Oui. » Elle disparaît à nouveau, et quand je la revois, elle serre une paille entre ses doigts.

« Pour la vodka, me dit-elle. Ça évitera le contact avec la blessure et la sensation de brûlure. »

Nous restons sur la terrasse jusqu'à ce que le soleil se couche et que j'aie froid.

« Je dois y aller », et Anna m'accompagne à la porte.

Elle passe une main dans mon dos, puis se met sur la pointe des pieds et m'embrasse au coin de la bouche, près de ma blessure qui maintenant me brûle.

Elle s'excuse, me dit qu'elle est désolée, et elle a de grands yeux.

« Tout va bien, je lui réponds.

— OK », et je suis prêt à l'embrasser directement sur la bouche, avec la langue, mais Anna se remet à parler.

Elle ajoute qu'elle est désolée aussi parce que les chats de Benedetto Croce n'ont peut-être pas vraiment vécu dans cet appartement, qu'elle essaie de savoir s'il s'agit d'un fait avéré ou d'une légende, mais n'a pas encore trouvé de sources sûres.

« En tout cas, c'est possible », spécifie-t-elle.

Trois

Le préféré de grand-mère, et le mien aussi, c'est saint Giuseppe Moscati, parce qu'il vivait à Naples et aidait les pauvres. Grand-mère lit d'abord son livre, avec ses lunettes sur le bout du nez, puis elle me raconte, et je ne sais pas combien de fois elle a lu cette histoire, combien de fois elle m'a répété les mêmes choses, mais ça me plaît toujours autant.

Il est arrivé ici quand il était enfant et, devenu médecin, il a commencé à travailler à l'hôpital. Puis, un jour, le Vésuve est entré en éruption, il pleuvait de la cendre et saint Giuseppe Moscati a couru à Torre del Greco, au pied du volcan, pour porter secours aux plus nécessiteux. Quelques années plus tard, quand le choléra a envahi la ville, il a écrit plusieurs pages pour expliquer comment faire disparaître cette maladie, car c'était quelqu'un de bon, mais aussi d'intelligent ; et là, grand-mère devient presque nerveuse, parce que pour devenir un saint, les belles choses ne suffisent pas, il faut des miracles.

Des miracles, elle dit qu'il y en a des centaines, tous très beaux, mais que ceux qui ont été attestés et que personne ne peut contester sont seulement trois, et moi, j'aime beaucoup celui qui est arrivé au jeune forgeron.

Il est tombé malade brutalement et il n'y avait plus d'espoir, il allait mourir, mais sa mère a rêvé d'un médecin en blouse blanche avec des moustaches qu'elle n'avait jamais vu. Elle en a parlé à un prêtre, qui lui a répondu que c'était sûrement saint Giuseppe Moscati, alors elle est allée sur sa tombe, dans l'église du Gesù Nuovo, et elle a compris que c'était bien lui.

Ensuite, toute la famille s'est mise à prier, pendant un mois, jusqu'à ce que le jeune homme soit guéri et reprenne son travail, et quand le pape a dit que Giuseppe Moscati était un saint, il lui a apporté à Rome le visage de Jésus en fer forgé qu'il avait fait. Avec grand-mère, nous parlons de saint Giuseppe Moscati parce que sur la couverture de son livre, il y a ce monsieur, au début je croyais que c'était oncle Carmine, le frère de grand-père qui ne s'est jamais marié. Quand je le lui ai dit, elle a ri et elle m'a tout expliqué, pour la première fois.

Le lendemain elle m'a ordonné de ne rien dire à maman et, au lieu d'aller à l'école, nous avons pris le train et sommes descendus dans le centre.

Par rapport à Bagnoli, les rues étaient étroites et bruyantes, il y avait beaucoup plus de monde et plus d'immeubles. Nous marchions, lentement, vigilants, et après avoir changé de trottoir, nous sommes allés voir où il vivait, derrière un cinéma. Sur le mur de l'immeuble était fixée une grande plaque blanche, qui disait que là aussi il soignait les malades.

Grand-mère est restée immobile à l'observer, alors je n'ai rien dit et j'ai étudié la porte d'entrée, qui était en bois, comme la nôtre, et les murs autour de nous, qui étaient recouverts d'inscriptions et d'affiches. Puis, sur notre chemin, les façades étaient grises et tout au fond, on en voyait une rouge, pas trop haute, avec des balcons blancs. Dans un moment de silence, je lui ai demandé si saint Giuseppe Moscati était pauvre et grand-mère a répondu non, que c'était une personne modeste, et que les deux choses se ressemblent mais ne sont pas tout à fait semblables. Et nous avons tourné dans une autre rue où le bruit se glissait sous les choses qu'on se disait, alors j'ai pensé que là où vivent les saints il ne peut pas y avoir de bruit, parce que c'est comme quand on entre chez le docteur et qu'on ne sait pas si on va guérir : il faut juste se taire et espérer.

Nous avons continué et plus on avançait, plus on devinait qu'au loin il y avait de la lumière, très forte, et on voyait un immeuble et, derrière, une tour marron.

J'ai fermé les yeux.

Je les ai rouverts, nous étions sur une place très grande et d'un coup, nous nous sommes arrêtés devant un bâtiment avec plein de petites pyramides pointées vers nous. Grand-mère m'a expliqué que la tombe était à l'intérieur mais, à l'intérieur, il y avait juste plus de silence. On entendait le claquement des talons par terre, qui résonnait sur les murs. Je regardais autour de moi, l'église était parfumée, le plafond très haut, jaune et doré, et je sentais que nous faisions quelque chose d'important. Grand-mère m'a murmuré d'être sage, et nous sommes arrivés devant une sorte de lit en bois foncé, fermé sur le dessus, calé entre deux colonnes et surmonté d'un tableau. C'était la fameuse tombe.

Elle l'a touchée, pas moi.

Elle a embrassé le bout de ses doigts, a fait le signe de la croix, et, sculpté sur le bois, se détachait saint Giuseppe Moscati, debout, en train de parler à des gens, puis de sourire à une petite fille aux cheveux longs, et enfin de soigner des malades. À côté, il y avait sa statue, grande et grosse.

Nous nous asseyons et je reste immobile, les mains sur le banc, à penser que chez nous personne ne va jamais à l'église, même pas à Noël. Grand-père déteste les bonnes sœurs et les curés, et quand ils viennent bénir la maison, il descend avant, pendant que le prêtre est encore au premier étage, pour ne pas être obligé de le saluer. Grand-mère touche ma jambe et nous sortons. Dehors, elle me demande si j'ai aimé cette église et je lui réponds oui.

Nous avons pris le train pour rentrer à Bagnoli, parce qu'il fallait préparer le déjeuner. Grand-mère regardait à travers la vitre, j'étais assis en face d'elle et je lui ai demandé quel était son saint préféré, et elle m'a répondu qu'on ne plaisante pas avec ça. Elle a fait non de la tête, mais elle ne semblait pas sérieuse alors j'ai continué à lui sourire.

Grand-mère a soupiré fort et s'est penchée vers moi. Elle m'a pincé une joue et l'a embrassée. Elle a souri, et les vitres sont devenues noires parce que le train est entré dans un tunnel, puis la lumière est revenue sur son visage.

« Qu'est-ce qu'on mange, aujourd'hui ? » lance-t-elle, et je peux lui demander tout ce que je veux à part des pâtes aux petits pois ou aux pois chiches, parce que grand-père n'aime pas ça.

« Des pâtes à la sauce tomate. » J'ai choisi une chose que tout le monde aime parce que je me sentais fatigué et je voulais faire vite, le plus vite possible.

Le train s'est arrêté, il est reparti et je lui ai souri à nouveau.

En somme, Mery devait s'occuper de ses filles, ma mère n'a pas réussi à s'organiser avec son travail et Jaja a autre chose à faire. Je le savais depuis une semaine, peut-être plus, toujours est-il que nous nous sommes retrouvés seuls.

J'ai déjeuné, je suis sorti de chez moi et Jaja m'a ouvert la porte. « Elle dort », a-t-elle dit, et j'ai retiré mes chaussures et mon blouson.

Maintenant je suis assis dans la chambre qui a été la sienne, mais aussi la mienne, et qui est toute blanche. Il n'y a plus mon arc-en-ciel ni ses photos sur les murs, et le klaxon d'une voiture fait irruption par le balcon. Je le ferme et me demande s'il nous est arrivé, à Jaja et moi, de partager cette chambre, d'y vivre et d'y dormir ensemble, la nuit, avant qu'elle se marie, et je me réponds non. Alors je me demande si c'est elle ou Mery qui est partie la première, et quand nous avons déménagé avec maman.

Je ne m'en souviens pas. Je n'ai pas d'année, pas de date.

Je prends la guitare acoustique qui est vieille et a toujours été médiocre, je sais qu'avec maman on dormait dans le salon, qu'un rideau en coton nous séparait de la cuisine. Le matin on était réveillés par l'odeur du café que mon grand-père laissait immanquablement brûler sur le feu, et cette odeur signifiait que je devais sortir du lit, que maman allait partir au travail et que grand-mère resterait seule, en somme que des choses tristes.

Je pourrais poser la question à Jaja pendant qu'elle se prépare pour sortir, mais je ne le fais pas. J'essaie d'accorder la guitare, qui est bleue et noire ; que reste-t-il en nous des personnes que nous avons été, je me demande.

Je la pose et vais dire à Jaja de m'attendre un instant, que je dois acheter des châtaignes ; je descends et remonte. « Je te laisse, me dit-elle. Appelle-moi en cas de problème, et ne pars pas tant que Mery n'est pas là.

— Bien sûr. »

Elle me donne vingt euros. Elle m'embrasse et ferme la porte.

J'ouvre la chambre de grand-mère, elle ronfle et je pense à ce que je ferais si elle devait mourir alors que nous sommes seuls tous les deux, et comme je n'en sais rien, j'espère vraiment, de tout mon être, que cela n'arrivera pas. Je retourne dans ma chambre et, parmi les livres que Mery a laissés, il y a *Moi et Lui* de Moravia et *Dracula*, que j'ai déjà lus.

Je prends *Moi et Lui* et sors les classeurs où se trouvent les photos que Jaja a accumulées au fil des années.

Sur une, j'ai une fausse moustache et une cravate autour du cou, sur une autre grand-mère me tient la main, je suis déguisé en Batman et je ne souris pas, et les murs sont encore couverts d'autocollants et de photos.

Je décide de les voler.

Je les glisse entre les pages du livre, puis, sur la table de la cuisine protégée d'un torchon, j'entaille les châtaignes. Je suis debout, les châtaignes fendues tombent dans la poêle, et grand-mère dort à quelques pas de moi. Je mets la poêle sur le feu, je prends un vieux journal dans le meuble à côté de la télévision, je déchire une page, l'humidifie à peine et la pose sur les châtaignes. Le parfum se diffuse. « Que se passe-t-il ? me dit-elle.

— Rien. Je finis et on va au salon. » Je rouvre sa porte. « Donne-moi tes mains. Mets tes bras autour de mon cou », je lui fais un sourire sonore, pour remplir la pièce, puis nous traînons les pieds par terre, à travers la cuisine.

Elle s'installe sur le canapé et je l'observe. Elle a comme une patine orange sous la peau, ses yeux ne sont plus blancs, les couleurs ont dû se perdre dans ses cheveux, par transmigration, car les quelques touffes restantes ne laissent plus entrevoir l'ombre d'un fil noir ; on devine ici et là le rose du crâne, et son corps, même en position assise, me fait penser à une ampoule qui s'élargit vers le fond, comme si tout à l'intérieur – les poumons, les os, les muscles – était anéanti, pulvérisé, liquéfié, et descendait dans les intestins, le foie, le ventre, s'arrêtant, puis continuant à se dissoudre et à couler encore plus bas, et je ne sais pas où la regarder : il ne reste pas un angle, un point, un parcelle de peau qui ne soit un outrage.

« Alors ? je lui dis en tapant des mains. On les mange, ces châtaignes ? » et grand-mère fait oui de la tête.

Je les mets sur le canapé, entre elle et moi, et j'en décortique une.

« J'allume la télévision ? » je propose, et avant qu'elle puisse me répondre, pendant que je parle, j'ai pris la télécommande et gratté les fragments d'écorce, minuscules, qui se sont glissés sous mes ongles. « Ça te va ? » et grand-mère regarde l'écran, ferme puis rouvre les yeux.

Je ne change pas de chaîne. Je partage une châtaigne en deux et la lui donne. Elle avale un morceau après l'autre.

« Où en es-tu de tes révisions ? me demande-t-elle.

— Philosophie politique », je réponds en lui épluchant une autre châtaigne. Elle la prend et je regarde ses mains. La main ouverte, où attendent les deux morceaux de fruit, et l'autre, qui saisit et porte à la bouche, et je me dis qu'elles au moins, ses mains, grandes et fortes, ont résisté, qu'elles demeurent inchangées. L'animatrice à l'intérieur de la télévision a les cheveux roux et courts, derrière les vitres il fait sombre et tout devient plus silencieux.

J'allume les lumières, grand-mère met une main sur son front, comme un Peau-Rouge, et maintenant que nous sommes tous les deux, je pourrais l'interroger pour trouver les pièces qu'il me manque, pour combler les trous de notre histoire que je ne connais pas et que je ne peux pas reconstruire seul, mais encore une fois, je ne le fais pas.

« Tu veux que j'éteigne ? » dis-je en indiquant le plafond, et elle répond non. Je rapporte les châtaignes à la cuisine. Je m'assieds et me penche pour poser la tête sur ses jambes. « Je te fais mal ?

— Non », et à la télé ils parlent d'assassinats, de la camorra et du jeune homme qui a poignardé deux gars de son âge, à Pozzuoli, dont un mortellement, et grand-mère glisse une main dans mes cheveux.

Elle la pose lourdement, pas comme une gifle, mais comme si son cerveau avait mal pris les mesures et les distances pour accomplir ce geste. Elle me caresse. « Tu en avais tellement, toi », me dit-elle et je soupire, intérieurement. Je change de chaîne. La porte s'ouvre et je reconnais le grognement de mon grand-père. Il vient nous voir.

« Eh », lance-t-il simplement, car il ne s'assied pas avec nous, mais dans la chambre qui a été celle de tout le monde et qui est à présent la sienne. À la télé, ils parlent d'autre chose. D'un chanteur insipide et de sa vie, et je voudrais ne plus jamais revenir ici, seulement je ne saurais pas où aller. Dehors tout est noir et dedans il n'y a que nous.

On frappe à la porte : grand-père va aller ouvrir, mais je me lève quand même.

« Bonsoir papa », dit-elle, et elle m'appelle beau gosse. « Tout va bien, grand-mère a été sage ?

— Oui », j'acquiesce et la suis dans le salon.

Elle l'embrasse, la serre contre elle et lui murmure quelque chose à l'oreille, une chose à laquelle grand-mère ne répond pas et Mery lui sourit quand même, comme pour signifier qu'elles se sont entendues à la perfection sans avoir besoin de parler.

« Je dois aller aux toilettes, glisse-t-elle, alors Mery la soulève et je lui donne un coup de main.

— Je vous laisse », dis-je ensuite en les saluant.

Je sors de l'immeuble, l'avenue est sombre. Je marche et le livre dans ma main va et vient, oscille, et je suis convaincu qu'à la base, à l'origine de tout, il y a toujours, nécessairement, une déception ou une douleur, et c'est de l'une de ces deux choses que naît l'espoir. Et une fois né il ne peut pas retourner d'où il vient, mais uniquement donner vie à un autre espoir. Les douleurs peuvent apparaître à cause d'un désir insatisfait, d'un pari sur le mauvais cheval, oui, mais elles ne le tuent pas, car l'espoir se nourrit des douleurs, qui ne peuvent que le rendre plus grand, l'espoir résiste à la vie.

Je prends mon argent. J'achète mon billet de train.

Dans la gare, devant une vitrine en métal rouge, je lis la une du journal.

Au centre un homme aux cheveux châtains tient une photo entourée d'un imposant cadre doré, et en dessous, il y a un cercueil en bois verni.

LES OBSÈQUES DU JOUR

Des adieux par milliers

« Nous sommes le peuple de Merola »

Je ne sais pas ce que voient les yeux de ceux qui m'observent, quelle personne ils dépeignent et regardent évoluer, et ça m'importe peu, car il n'y a qu'une seule vérité : je suis une personne superficielle, donc tout ce qu'il m'arrive m'arrive par hasard.

Je laisse aller les choses, je n'agis pas, je prends peur, elles se dégradent et je dois commencer par la fin, en récupérant les morceaux pour les mettre ensemble ; et, en réalité, je pars de beaucoup plus loin, parce que le processus d'effritement a déjà fait son œuvre et il ne reste que les ruines.

Ou alors, je fais simplement comme si les choses ne me concernaient pas.

Je les laisse mariner, dans l'eau bouillante, et après, quoi qu'il arrive, je n'y suis pour rien, j'en sors toujours blanchi, indemne, et pourtant je me sens coupable parce que je sais que j'aurais pu faire autrement, choisir une trajectoire différente ou imprimer une direction aux événements. Et si je considère le tout avec attention, en étant sincère au moins envers moi-même, je me dis qu'en fait, mon destin n'existe pas, et que s'il existait, il serait probablement différent de ce qu'il a été. Car c'est moi qui le sculpte à mon image, à ma façon, en lui laissant le champ libre par mon inaction, libre dans une enceinte assez vaste, dans laquelle toutefois, on ne perd jamais de vue les grilles et les limites à ne pas dépasser.

Parce que j'ai peur de tout.

Je ne sais pas pourquoi j'ai peur.

Peut-être parce que je me surestime et me crois précieux. Ou peut-être parce qu'au fond rien ne m'intéresse, que je n'aime rien, que rien ne m'ébranle ; et j'ai peur que ce soit vraiment le cas.

Ce qui est sûr, c'est que notre groupe préféré, à Angelo et moi, c'est Nirvana.

J'ai acheté un disque, *Nevermind*, dans un magasin de la via dell'Epomeo qui maintenant vend des chemises. Je l'ai choisi pour sa couverture, sans aucun conseil et sans en avoir jamais parlé avec personne, en toute superficialité donc. Je l'ai choisi parce que j'aimais bien comment était écrit Nirvana et parce que l'image du nouveau-né qui nage derrière un dollar accroché à un hameçon est belle. Puis j'ai acheté une guitare et j'ai appris à jouer ces chansons et voilà, fin, pas de romantisme.

Angelo, en revanche, a écouté un morceau sur une cassette prêtée par un cousin plus grand, puis il a vu un clip à la télé et l'envie l'a pris. Il s'est acheté le même disque que moi, mais avec une idée à la base, mû par un désir, en y mettant de l'énergie et de la détermination. Il est tombé passionnément amoureux de cette musique, et la passion est une chose inconfortable alors, dès son entrée au lycée, Angelo a convaincu son cousin et pendant des années, le samedi soir, ils empruntaient ce Piaggio Sì garé sans cadenas dans le parking sous l'immeuble d'Angelo. Ils allaient à Naples, l'attachaient avec la chaîne qu'ils avaient achetée pour ne pas se le faire piquer, ils assistaient à des concerts de rock et rentraient chez eux après avoir remis de l'essence dans le réservoir, jusqu'à ce que le cousin d'Angelo décroche son permis. Et maintenant que cette époque semble très lointaine, Angelo est très fier de cette histoire qu'il raconte à tout le monde, toujours, plusieurs fois.

Il a raison. Parce qu'elle est belle et reflète sa personnalité, qui ne peut penser qu'à une chose à la fois. Car cette chose envahit toute sa tête et il n'y a plus de place pour rien d'autre, et parfois, sa pensée déraille, chassée par une nouvelle, plus prégnante et plus vive, et tant pis. L'ancienne reprend peu à peu sa route, la constance est sa force, et nous qui répétons et répétons le refrain de cette chanson sans réussir à le fixer, nous sommes ses victimes.

Angelo hurle dans le micro tandis que je n'ai plus le courage et que Micio en a marre d'être assujetti à la batterie. Angelo hurle, on s'arrête et il veut essayer encore, parce que la musique est la seule pensée autorisée à le décevoir. Parce qu'il se fiche du reste. Parce que la fille de Bari a disparu de ses discours et de ses raisonnements, qu'il ne sait plus rien d'elle et refuse d'en parler ; si ça arrive, il change de sujet. Mais ce n'est pas comme si elle n'avait jamais existé, car le train d'Angelo est désormais plus chargé.

Il nous interrompt d'un geste et, le visage rouge, il dit qu'on va s'en griller une. Nous descendons les marches qui nous séparent du jardin de cette villa privée où quelqu'un a aménagé un studio de musique dans la cave, et le samedi Angelo ne travaille que le matin alors il est habillé normalement.

Je leur demande s'ils ont vu les images et s'ils ont suivi les funérailles de Mario Merola et Micio me rit au nez.

On allume, on s'adosse contre le mur et Micio fait un pas et se met à nous raconter qu'un ami de son ami s'est fait larguer, qu'ils sont partis en voyage avec d'autres et que celui qui s'était fait larguer n'a pas arrêté de se plaindre. Et en rentrant, sur l'autoroute, il a dit merde, j'ai envie de crier, et il a baissé la vitre. Il a passé sa tête dehors, a crié de toutes ses forces, et dans la voiture ils sont restés muets, en essayant de ne pas rire. Puis, comme si de rien n'était, le gueulard a remonté la vitre et a repris sa place, tandis que la voiture continuait de filer. Tout à coup il a porté une main à son nez et a dit NON, avant d'expliquer qu'il avait perdu ses lunettes, alors vite, demi-tour, et toute la voiture a pu rire librement, et Micio et moi nous rions aussi.

Pas Angelo.

« Vous êtes des merdes », lâche-t-il, et il ajoute que c'est facile de plaisanter là-dessus, et qu'on le dégoûte, parce qu'on n'est pas humains, qu'on n'a pas de compassion ; et avec Micio on continue à rire, mais j'essaie de le faire en silence, d'arrêter rapidement, car l'idée me traverse qu'Angelo défend le gueulard pour tenter de se défendre lui-même de la fille de Bari.

Puis, il a une sorte d'élan de colère : il renifle et reprend la direction du studio, sans un mot.

Je pense : maintenant Angelo sait qu'il va mal.

Nous retournons dans la salle avec nos instruments. Nous jouons d'abord le refrain, et nous y arrivons, puis nous revenons au début, et si cette chanson était une couleur, ce serait un bleu foncé, presque gris, je me dis, alors que nous nous plantons. On recommence et cette fois c'est ma faute : mes doigts s'emmêlent sur le manche marron clair, en érable, et se recroquevillent, comme liés par une ficelle invisible.

Je me trompe encore, et Angelo dit stop. Il secoue la tête et les bras en disant qu'il abandonne, que c'est sans espoir, il sourit mais il est sérieux, et les deux heures finissent.

Nous montons dans la voiture.

Micio parle pendant qu'Angelo conduit, les lumières des voitures balaient nos visages, se déploient sur l'asphalte noir et mouillé. Les images se brouillent et, de temps en temps, Angelo actionne les essuie-glaces et tout redevient net, pour quelques secondes.

Micio descend. « Le batteur de chiotte », commente Angelo, la voiture repart en direction du centre, les vitres baissées, pour désembuer le pare-brise. Angelo a la main gauche sur le volant et la droite sur le levier de vitesse ; des petites gouttes de pluie tombent et se posent sur mon bras, personne n'a allumé l'autoradio.

« Tout va bien ? je lui demande, et il détache un instant les yeux de la route pour regarder par sa vitre ouverte.

— Oui. Je suis juste fatigué. C'est pas le sommeil, c'est le travail, le groupe… vraiment : Micio ne joue pas la musique, il l'exécute. Il devrait y avoir une loi pour lui interdire de jouer. »

Nous sortons d'un tunnel, je suis tenté d'écrire à Anna que je vais passer la saluer, sans doute, et je me demande si elle appréciera mon message, quelle tête elle fera ou ne fera pas en le lisant, mais Angelo me bloque, me laissant immobile et glacé.

« Je suis insatisfait. C'est tout. » Ses doigts tambourinent sur le volant. « J'ai un oncle à Londres. Je vais prendre l'argent que j'ai de côté et me tirer.

— Et le groupe, la musique ?

— T'inquiète, j'emporte ma basse », fait-il, et je me tais. Au fond les personnes sont comme les lucioles, elles nous attirent puis nous déçoivent, toujours, parce qu'elles sont spéciales vues de loin, quand elles paillettent, mystérieuses, qu'elles volettent et semblent flotter dans l'air, si légères. Et quand on les capture, qu'on les observe de près, au creux de nos paumes, on se rend compte que ce sont de vulgaires insectes, gris, laids, qu'elles étaient donc une illusion.

Nous nous garons à côté de la poste, pas loin de la place Monteoliveto, que nous traversons enfouis dans nos blousons. Ma colère s'est déjà estompée au profit d'une sorte de jalousie, parce que je la comprends son envie de partir, de mettre le passé dans un coin et recommencer ailleurs, comme si on était quelqu'un de nouveau, en devenir, et j'aime le fait que cette possibilité existe, même si je sais que ce n'est pas pour moi, que je n'en serais jamais capable. J'y pense et j'ai malgré tout l'impression qu'en ce moment, avec lui, c'est comme si je voyais les immeubles et les rues du centre pour la première et dernière fois de ma vie, que je n'aurais pas d'autres occasions, et que je dois donc nécessairement archiver ces images, sans toutefois les considérer comme des formes réelles, des choses qui avec le temps deviendront des bribes de passé, existantes mais lointaines, non, je dois les regarder comme des choses qui sont là et l'instant d'après ont déjà disparu, pour toujours.

Celui qui part, je me dis, voit les choses avec les yeux d'un condamné à mort, et cette vision est un peu sa dernière respiration avant de mourir. Et les gens montent et descendent dans les rues, piétinent autour de nous.

Près du cinéma nous achetons deux kebabs et deux Peroni.

« En Allemagne ils sont meilleurs, parce qu'ils ne mettent pas de frites, dis-je.

— Et t'as jamais essayé de le demander sans frites ? » me répond Angelo qui mange assis sur le seuil d'un immeuble, sous un petit auvent, et m'informe qu'on ne fumera pas ce soir, que si on fume moins, après, quand on le fait, ça devient une chose spéciale et c'est mieux : ça doit rester une chose spéciale.

Il se penche en avant pour ne pas se tacher, prend sa bouteille et boit. « Moi, je n'ai pas de shit et je n'en achète pas. Toi, tu fais ce que tu veux », continue-t-il, et sa voix est nerveuse, comme s'il était contrarié par quelque chose qui m'aurait échappé.

Il mange et regarde ses chaussures ou son kebab ou les personnes qui entrent et sortent de la boutique. Il salue un type qui s'approche. Ils se serrent la main et Angelo ne se lève pas.

Nous sommes de nouveau tous les deux.

« Voilà un autre énorme inconvénient de Naples : tu sors de chez toi et tu croises forcément quelqu'un que tu connais», affirme-t-il et je ne lui réponds pas, j'ai la sensation qu'il pourrait dire ça à propos de n'importe qui, même de moi.

Je reviens avec une autre bière et nous finissons assis en tailleurs sur la place. Je sens le froid des pavés – désormais secs en surface, mais encore imprégnés d'humidité – envahir mon jean, puis mon dos. Je capte les discussions autour, le Napoli qui a gagné 1 à 0 face à Bologne et qui doit jouer contre Pescara, l'hiver qui arrive, et un petit vieux passe devant nous en traînant un sac en plastique vert, et Angelo me parle.

«Les femmes et les amis, prends-les dans ton pays», dit-il, parce que les Napolitaines sont toujours en colère et au bout d'un moment on n'y fait plus attention, on trouve ça normal, tandis que les autres ne semblent pas en colère mais elles le sont, et le problème est simplement qu'elles ne sont pas sincères. «Et si elles sont nées plus au sud que toi, alors tu peux prier, parce qu'elles sont fourbes et tu ne le vois pas.» Je ris car je voudrais l'aider, et il rit aussi, peut-être conscient que la fille de Bari lui plaisait justement parce qu'elle n'était pas de Naples et espérant que personne ne le remarque.

Nous nous levons et il continue à me parler et je suis ailleurs, distrait, je voudrais aller tout de suite au bar à concert. Je suis impatient et ça me surprend. Parce que même s'il n'y a encore personne, Anna est sans doute déjà là et on pourrait se dire des choses. Je me demande comment elle est habillée. Si elle sera contente, de bonne humeur, et Angelo se plaint que je ne l'écoute pas. «À quoi tu penses?» grogne-t-il.

Nous descendons la via Mezzocannone, je reconnais de loin Anna et la tache sombre qu'elle forme. Je la vois fumer adossée au mur, les bras croisés sur la poitrine, et se ronger les petites peaux autour des ongles entre chaque bouffée.

« Non, vraiment ? » lance-t-elle quand elle m'aperçoit à son tour, et je devine des barrettes dans ses cheveux qui semblent plus courts, et du bleu sur ses yeux.

Elle m'embrasse sur les deux joues et serre la main d'Angelo. « Vous buvez quoi ? » Elle ne nous fait pas payer et raconte que pour le coup, elle est vraiment allée à l'enterrement de Mario Merola, et que les gens pleuraient comme s'ils avaient perdu quelqu'un de leur famille. Puis le bar se remplit et elle sert les clients avec Ciro. Nous parlons avec un petit métalleux aux cheveux blonds et lisses et aux yeux cernés de noir.

« Le Vomero est l'endroit idéal pour le *windsurf* », dit-il et Angelo rit.

Je lui fais observer que ce n'est pas possible ; je crie parce que la musique couvre nos voix. Je lui explique que le Vomero est sur une colline, loin de la mer, que ce qu'il vient de dire n'a aucun sens, alors il rit aussi.

Le concert commence. On écoute cinq minutes puis on sort prendre un peu d'air, boire, parce que le groupe est médiocre et Angelo est d'avis qu'il ne faut pas regarder les personnes qui s'humilient en public. On parle avec Anna et elle m'appelle Amoreinsano. On retourne à l'intérieur, les gens applaudissent, le concert est fini. On sort, on ne fait rien et tout est encore normal quand la fille de Bari apparaît avec un type.

Angelo se tend, le dos droit, comme une tige de fer. Il dit qu'elle est venue le provoquer, l'humilier, et j'essaie de le calmer mais le corps d'Angelo se durcit de plus en plus, je le vois dévisser l'anneau en acier sur son doigt, le rapprocher de l'articulation centrale, pour être sûr de lacérer la chair en frappant.

Il fait un pas. Je pose une main sur sa poitrine. « On rentre, je dis.

— Oui, je veux juste lui parler », et je retire ma main même si je sais que ce n'est pas vrai.

Je le suis, tandis qu'il se faufile entre les gens et se plante devant elle.

« Qu'est-ce que tu veux ? » lâche-t-il comme s'il lui grognait au visage et l'autre, le nouveau, se raidit aussi et se met entre la fille de Bari et Angelo. « Toi, tu dégages », lui dit Angelo et ils se poussent et je tente de les séparer, de ne pas les laisser s'entretuer, et d'autres se joignent à moi. « C'est rien, je ne vais rien lui faire », lance Angelo à la cantonade les mains levées au-dessus de sa tête, et l'autre se sent piqué au vif.

Il rétorque qu'il n'a pas peur de lui, qu'évidemment il ne lui fera rien parce qu'il ne peut rien lui faire, la fille de Bari a les bras croisés, je lis sur son visage une expression entre la peur et le dégoût.

« Je m'en vais », dit Angelo. Il tourne les talons et cette fois je le crois. Je n'ai pas le temps de l'arrêter.

En une fraction de seconde il soulève la poubelle du bar, restée sur le trottoir, remplie de bouteilles vides. Il la balance sur le type qui disparaît derrière le bidon et se retrouve à terre, avec les bouteilles qui roulent et se cassent, puis Angelo se jette sur lui.

Il concentre toute sa force dans son poing, prend de l'élan et lui donne deux coups en plein visage. Alors je tire Angelo par le bras et Ciro et Anna, qui ont entendu les bruits, les cris et le reste, l'attrapent par les épaules, tandis que la fille de Bari le frappe dans le dos avec son petit sac à main noir.

Ciro retient Angelo avec ses bras, le soulève par-derrière et l'empêche de continuer. Anna emmène la fille de Bari à l'intérieur, aux toilettes. Des scooters s'arrêtent pour demander à Ciro si tout va bien, et ils ne sont pas de la police. « Filez », nous dit-il, et nous filons.

Nous montons les marches, à pas pressés. Nous continuons jusqu'à Banchi Nuovi et puis piazza del Gesù ; les lampadaires sont jaunes et immobiles. J'entends des bruits étranges provenir d'Angelo et j'imagine qu'il pleure.

« Désolé, fait-il, vraiment », alors je pense au type qui était juste sorti de chez lui pour faire un tour avec une fille et boire un verre, qui n'en savait rien et pourtant en était certain, parce qu'on est toujours précédé par quelqu'un. On prend toujours la place d'un autre et un autre prend notre place, nous sommes unis par notre fonction : apparaître dans la vie et dans l'histoire de quelqu'un d'autre.

Je continue : nous sommes une simple gare, une station. Je pense : la vie est cette chose qui t'arrive quand quelqu'un te pique ta copine ; et Angelo est loin, parce que j'ai ralenti, parce que je réfléchis et il me semble que je n'aurais jamais pu me comporter ainsi, que même si j'avais calculé toutes les probabilités et que les probabilités disaient cela, jamais je n'aurais eu le courage de frapper quelqu'un, de cette manière, de choisir une chose, une seule, et d'y croire, dans la tentative de confondre et semer ma douleur et ma rage.

Parce que je suis une personne superficielle : je n'ai pas de pensées profondes.

Parce que pour moi il n'existe pas de pensées totalisantes au point de me contraindre à casser la gueule à quelqu'un, à tomber amoureux ou à je ne sais quoi d'autre. Parce que justement, je suis une personne superficielle, et si je sombre, c'est que je suis fatigué.

Je le siffle. Par ici, me fait-il avec son bras.

Nous traversons et Angelo disparaît presque, les lumières pâlissent, s'atténuent, et quand nous arrivons à l'angle de la via Monteoliveto, nous sommes aveuglés.

Je regarde mieux et suis stupéfait.

La place est vide et au milieu de la fontaine il y a un homme complètement nu, un homme barbu qui se lave, indifférent à tout, même à la température, et des gamins l'appellent Monsieur le baron, ils l'encouragent, applaudissent. Le baron plie les genoux et se cambre, car il est vraiment en train de se laver.

Il émet des sons, de la fontaine, qui semblent à la fois des mots et des grognements.

Incrédule, je regarde le visage d'Angelo.

« Et ça, c'est beau ou c'est moche ? je lui demande et Angelo tâte ses poches, à la recherche d'une cigarette ou de ses clés.

— C'est Naples, frère ! »

Deux

Je sors, mon grand-père est derrière la grille, à sa place, appuyé sur le capot d'une voiture, à l'écart de la foule qui attend enfants et petits-enfants. Il a les bras croisés derrière le dos, son pull bordeaux et son manteau gris, ouvert sur le devant.

Il me voit tout de suite et écarquille les yeux. Il lève la main droite, entre ses doigts, il serre une minuscule cigarette. Il tire une bouffée et me fait signe de le rejoindre, vite, de la même main, pour rentrer à la maison, puis il lève l'autre main qui agite un paquet de chips, de ceux avec des vignettes de footballeurs à l'intérieur.

Et vite, je me faufile entre les autres grands-parents comme les soldats qui entrent chez les gens sans demander la permission. Je le rejoins. « Salut, les chips », je dis et il me répond de lui donner mon cartable.

Il le prend et me tient par la main. Il ajoute qu'il me donnera les chips après le déjeuner, parce que sinon je ne vais rien manger et ça va faire une histoire, et alors j'ai envie d'acheter des vignettes tout de suite, maintenant, avant d'arriver à la maison.

Je lui dis. Je trépigne. « On ne peut rien partager avec toi, tu es vraiment impossible », se fâche-t-il, puis nous attendons qu'il n'y ait plus personne. « Trois paquets, c'est tout », me prévient-il, et au bout de la rue nous nous arrêtons au bureau de tabac.

Grand-père dit bonjour à Gennaro, le buraliste, il paie et j'ouvre mes paquets d'autocollants sans écouter leur conversation. J'ai vu les décorations de Noël accrochées à la devanture et j'ai aussitôt baissé la tête. Nous, on n'a pas décoré la maison, on a encore le temps, et j'entends leurs voix, fortes, mais nous parlons tous fort. Je sens la main de grand-père sur mon épaule et fais défiler entre mes doigts les figurines sorties de leurs paquets. Grand-père me secoue. Il me pousse avec sa main et, en une seconde, je comprends qu'ils se disputent.

Assis derrière son comptoir, Gennaro rit et grand-père s'énerve. Il braille des choses et Gennaro rit de plus belle, exprès pour le faire enrager. « S'en foutent pas mal, de toi, à Florence, couillon », lui dit-il, parce que Gennaro supporte la Fiorentina et pour mon grand-père c'est intolérable ; d'ailleurs ce n'est pas la première fois qu'ils s'accrochent à ce sujet. Il me pousse. « Minable, va », crache-t-il alors que nous laissons le bureau de tabac derrière nous.

« Si c'est un minable, pourquoi tu lui parles ? je demande.

— Avec ces gens-là on peut parler. C'est avec les salopards qu'il ne faut pas lâcher un mot. Le directeur de la poste, par exemple, qui rencarde les cambrioleurs dans notre dos, lui, il ne faut même pas lui adresser un regard. »

Nous montons les escaliers, grand-mère ouvre la porte et m'embrasse. Elle demande si tout s'est bien passé à l'école et à cet instant, Descartes vient se frotter contre mes jambes, la queue relevée, pointée en l'air comme une flèche. Nous mangeons des pâtes à la tomate et grand-mère dit que cet après-midi on va faire des beignets, qu'on a déjà tous les ingrédients à la maison, pas besoin de sortir, et que ça fera un bon goûter et un bon dessert ce soir, si on en garde un ou deux pour maman, quand elle rentrera.

Grand-père se retire dans sa chambre et je m'assieds à sa place. J'ouvre les chips et regarde grand-mère balayer par terre. Descartes miaule sur sa chaise.

« Miaou, dit-il. Miaou miaou miaou.

— Mais qu'est-ce que tu veux, toi, maintenant ? » lui siffle grand-mère, et moi je sais qu'il lui demande de se dépêcher, parce que lui aussi a envie d'aller sur le lit, avec nous, faire dormir ses yeux.

Grand-mère termine. Elle ferme les fenêtres et déplie la couverture. On se glisse dessous elle et moi, et Descartes entre nos pieds. Grand-mère ne dort pas ; je le devine à sa respiration, ni profonde ni bruyante. La couverture se soulève et s'abaisse, je ne vois pas ses mains mais je sais qu'elle les a croisées sur sa poitrine, comme les morts, et Descartes fait grrrrr, tout doucement, pour me demander de ne pas bouger les pieds, et dans le silence, à travers le mur, j'entends grand-père ronfler et ça me fait rire.

« Eh, Chiccù, dit grand-mère. Sois sage. »

J'arrête. Je respire lentement moi aussi. « Qu'est-ce que tu fais ? je chuchote.

— Je dors.

— Grand-mère, j'insiste après avoir attendu une seconde. Raconte-moi quelque chose.

— Une chose que tu connais ou une nouvelle ?

— Que je connais », alors elle compte jusqu'à trois, mais dans sa tête.

« C'était un après-midi comme celui-ci », elle commence et j'ai déjà compris de quelle histoire il s'agit, je m'en souviens très bien, parce que cette histoire commence toujours ainsi, par un après-midi comme celui-ci, et comme tous les autres. Je me souviens aussi que je n'arrivais pas à dormir cette fois non plus, et à présent grand-mère me parle et je vois les images et les choses défiler devant mes yeux, comme si j'y étais.

La chambre blanche, mais obscure, sombre, telle qu'elle est maintenant, avec les mêmes meubles, et mon berceau de son côté du lit, exactement là où grand-mère m'a montré plusieurs fois, et moi dedans, et elle qui arrive de la cuisine, qui me parle.

« Dors. Couche-toi, dit-elle.

— Et moi ? je demande, parce que je veux absolument l'entendre imiter ma voix de bébé.

— *Pas coussé*, tu as dit, et c'étaient tes premiers mots.

— Et après ?

— Tu les as répétés et Mery t'a enregistré sur une cassette, on riait et tu répétais.

— Et après ?

— Après rien : tu avais neuf mois, tu t'es couché et tu as dormi. Repose-toi maintenant aussi, sois gentil. »

Dans le silence, j'entends le frigo qui fait *tac* et se lamente. Descartes se tait à son tour, grand-mère ferme les yeux, comme si elle était immergée dans l'eau qui lui fait si peur et pas comme si elle était morte. Même grand-père, je ne l'entends plus, peut-être que lui aussi nage comme un poisson, comme si notre maison était un énorme aquarium tout blanc et pas bleu ou vert ou d'une autre couleur.

« Je peux te poser une dernière question ? » Mes yeux sont encore ouverts, et je n'attends pas la réponse de grand-mère. « Gennaro, le buraliste, il est de Florence ?

— Non.

— Ses parents sont de Florence ?

— Non, Chiccù.

— Et ses grands-parents ?

— Non plus », me dit-elle, et puis rien.

« Mais alors : pourquoi Gennaro est pour la Fiorentina s'il est napolitain ? » et grand-mère garde les yeux fermés.

« Chiccù, souffle-t-elle, maintenant dors. Sois gentil. Qu'est-ce que ça peut faire ?

Celui qui est assis à côté de moi a un tatouage sur le poignet, un prénom, en lettres noires, et quand il tend le bras le tatouage apparaît et dépasse de ses vêtements, et la prof nous explique combien les idées de Georges Sorel étaient inutiles, car on ne résout rien en cassant des vitrines. Pour ne pas reproduire les erreurs qui se sont accumulées jusqu'à la générer, une protestation doit préserver la mémoire de ce qui a été, car seul le souvenir nous empêche de partir de zéro et de refaire sans cesse le même parcours, et outre le prénom, le tatouage est complété par un point d'exclamation ; la lumière qui nous entoure provient du plafond et des fenêtres, et les deux flux se confondent, n'existent plus l'un sans l'autre.

La prof boit à sa bouteille. On entend le craquement du plastique déformé qui résonne presque dans la salle clairsemée où la majeure partie des chaises sont libres. J'écoute la quinte de toux et le raclement de gorge de quelqu'un, le bout de ciel que je peux voir est d'un bleu profond et net, malgré le froid, et l'idée me traverse qu'il est peut-être si bleu parce que je le compare aux couleurs qui dominaient jusqu'il y a quelques jours.

Ici, il a tellement plu que j'ai trouvé Maria Rosaria en train d'évacuer l'eau dans la rue, avec un balai-brosse et des bottes en caoutchouc roses, comme celles des petites filles, par-dessus un jean foncé. Ici, il a tellement plu qu'on croyait que ça ne finirait jamais et qu'on allait devoir se tailler des branchies dans le cou avec un canif, et pourtant, au bout d'un moment la pluie a cessé, et le froid est arrivé.

Maria Rosaria a remplacé ses bottes en caoutchouc par un manteau noir, long jusqu'aux mollets. Quand je l'ai vue le porter, boutonné, les cheveux cachés dans le col relevé, les lèvres teintées de rouge, je lui ai dit qu'elle semblait sortie d'un film sur la Seconde Guerre mondiale, et c'était un compliment et elle l'a compris. La prof fouille dans son sac, elle explique que nous allons faire une petite pause, le temps de passer aux toilettes, et qu'ensuite nous continuerons d'une traite jusqu'à la fin du cours.

Elle sort, les chaises s'ébranlent, les dos se redressent et je rassemble mes affaires, sans réfléchir, de manière automatique. J'enfile la veste en velours avec le col en fourrure blanche que ma mère m'a offerte et je m'en vais. Je rentre à Soccavo. Les vieux sont tous à leur place, devant le bar.

Je les dépasse, l'asphalte a été rongé par les pluies. Je traverse l'avenue, tout semble répondre à des règles que je connais déjà, y compris Maria Rosaria. En effet, je la vois à travers la vitrine, penchée, elle ne fait pas attention à moi. Je lui ai prêté *Moi et Lui*, qu'elle est en train de lire.

« Qu'est-ce que tu fais là, tu ne finissais pas à 14 heures ? s'étonne-t-elle.

— Alors, le livre ? j'élude, et Maria Rosaria secoue la tête.

— Ça ne va pas. Laisse-moi le finir et après on en parle, mais je sais déjà qu'il y a quelque chose qui ne va pas. »

Je prends un bonbon. On le partage. « Comment tu vas ? » je demande, elle mastique en montrant le blanc de ses yeux, surprise, je pense, par cette question. Je lui dis que je suis juste passé la saluer et je m'apprête à partir, mais elle m'arrête.

« On déjeune ensemble, aujourd'hui, chez toi ?

— Chez moi ?

— Oui, qu'est-ce que tu nous cuisines ? »

Je me dis alors que Maria Rosaria est devenue folle, totalement et définitivement, ou qu'elle s'est droguée, et puis que je dois acheter un plat préparé.

Je cours au supermarché et prends deux portions de gratin de pommes de terre. Je range ma chambre, mets mes vêtements sales dans la machine. J'allume le four cinq minutes avant la fermeture du bureau de tabac et dix minutes plus tard Maria Rosaria franchit la porte.

J'ai déjà mis le couvert dans la cuisine, je m'assieds à ma place et elle à la place de mon père.

« Comme ça, pas de jaloux », commente-t-elle une fois que j'ai posé le gratin sur la table, puis elle mange et me raconte qu'une cliente lui a dit qu'elle ressemblait à Maria Callas, et qu'en partant elle a failli oublier ses cigarettes sur le comptoir.

Elle finit et je mets les assiettes dans l'évier. Elle me demande de lui faire visiter mon appartement et je lui réponds que c'est plutôt celui de ma mère, que mon père et moi, nous sommes seulement des invités. Elle rit. « Alors visitons son royaume », rectifie-t-elle, et elle découvre le salon, la table, les canapés et l'endroit où d'habitude on installe le sapin qui cette année restera vide, parce que nous avons décidé que nous ne pouvions pas le faire, parce que nous sommes en deuil avant l'heure.

Elle voit la chambre de mes parents, et enfin la mienne.

« Et personne ne fume, souligne-t-elle. On le sent à la légèreté de l'air », et je lui montre comment j'ouvre la fenêtre pour ne pas faire entrer la fumée, comment je place mon dos, pour me pencher le plus possible sans modifier la position des battants, ouverts mais presque fermés, et je me sens un peu ridicule en le lui expliquant.

Nous remettons nos vestes et fumons devant l'entrée de l'immeuble, sous les balcons. Maria Rosaria se serre dans son manteau et quand elle porte sa cigarette à sa bouche, ses ongles rouges semblent surgir de nulle part, d'une sorte de tanière, un endroit qu'on ne connaît pas, comme ces petits animaux nocturnes en quête de nourriture.

« À quoi sert un livre s'il n'est pas triste ? Un livre sans désespoir fait se sentir seul. Au contraire, s'il est désespéré, il te laisse penser que quelqu'un d'autre, dans le monde, a tout raté comme toi. »

Je lui demande si elle l'a terminé, elle me répond qu'il lui reste une dizaine de pages. « Donc, techniquement, tu juges un livre à sa couverture.

— Je ne te permets pas ! » lance-t-elle, l'index pointé vers le haut, et avant de me saluer elle m'invite chez elle, après le dîner, pour regarder un film, puis elle me donne juste un baiser sur la joue, pas deux. Elle attend de pouvoir traverser, immobile sur le bord du trottoir, et le bas de son manteau va et vient, bercé par l'air.

Je rentre et j'y pense.

Je dîne et j'informe mes parents que je sors. « Attention aux mauvaises rencontres ! » recommande ma mère, mais il n'y a aucun risque car la rue est droite : Maria Rosaria m'ouvre et dit qu'elle a un nouveau film, qu'il est encore en salle et qu'elle l'a acheté à la sauvette, à un Noir qui lui faisait de la peine.

Elle éteint les lumières et vient s'asseoir près de moi, dans la même position, sur le lit, les jambes tendues. Pendant un moment, l'écran est clair, la lumière filtre à travers les bas de Maria Rosaria et je devine ses ongles et ses doigts de pieds.

« On voit mal », je commente, parce que quelqu'un a dû installer une caméra dans la salle de cinéma pour pirater le film, de temps en temps on entend une voix, dans le public, et une autre qui l'invite à se taire.

La musique provient d'une caverne vaste et profonde, nos jambes se touchent, de la hanche jusqu'à la cheville, et tout me semble étrange et beau, comme si cela arrivait à quelqu'un qui n'est pas moi, comme si on avait transcrit un roman en petits caractères noirs sur un immense mur blanc et que, pour le lire, il fallait se baisser jusqu'à terre ou se hisser sur la pointe des pieds et toujours lui courir après.

Maria Rosaria bouge. Nos pieds se touchent, je voudrais fumer mais je me tais. Je voudrais carrément me lever et lui prendre la main, comme on invitait les filles à danser autrefois, et lui dire que c'est notre moment, et ce serait beau de lui sourire en glissant mon pouce sur ses doigts.

Cependant, je reste immobile, nous comprenons que le héros du film s'appelle Geremia, qu'il est tailleur et usurier, et qu'il vit seul avec sa vieille mère malade. Puis Geremia tombe amoureux d'une fille au père de laquelle il a prêté de l'argent pour qu'il puisse la marier ; le jour des noces, la fille déchire une bretelle de sa robe.

Geremia la recoud, ils font l'amour et il perd la tête. Il parle à la jeune femme, alors qu'ils sont assis dans une gondole qui vogue au milieu d'une piscine.

« Si tu me dis que tu m'aimes j'efface tout de suite la dette de ton père. Peu m'importe si tu fais semblant, je veux juste que tu me le dises. »

Elle se retourne. « Comment devient-on aussi désespéré que toi ? lui demande-t-elle.

— En passant une enfance heureuse », réplique-t-il.

Et la gondole défile sur l'écran.

La fille a les cheveux blonds, la tête appuyée sur sa main et le coude sur son genou. Geremia continue à la regarder et Maria Rosaria et moi cessons de nous toucher, parce qu'elle se lève d'un bond. Elle ouvre la porte et sort, précipitamment, et la porte reste ouverte.

Je me lève, la ferme et arrête le film. Je me rassieds sur le lit. Je me sens stupide, là, tout seul, alors je vais fumer sur le balcon.

J'aspire et me demande si chez Maria Rosaria ils ne font toujours pas de sapin et combien d'années ont passé depuis la mort de son père, et enfin quel sens cela aurait de décorer une maison vide, sans personne pour en profiter. Moi aussi j'ai senti la réplique du film résonner dans ma poitrine, pourtant seule Maria Rosaria a réagi.

Je me dis que c'est sans doute Noël, plus la perspective du retour de son frère, mais que ce qui est arrivé arrive encore.

Je pense, fume et ne sais plus quoi penser quand Maria Rosaria me rejoint, elle aussi avec une cigarette. Elle pose ses bras sur la balustrade, comme moi, et un pied sur le fer de la traverse inférieure et elle n'a pas de pantoufles.

Je la regarde et son visage brille. Elle s'est démaquillée, ses yeux sont encore rouges.

« Je vais te rendre ton livre. Il ne m'a vraiment pas plu. » Elle le prend, et me le tend.

« Tu vas bien ? » je demande, et elle regarde par terre. La porte d'entrée est ouverte et je suis déjà dehors, sur le palier.

Elle ne me répond pas.

Maria Rosaria m'embrasse, lentement, comme cédant à la fatigue. Sur les deux joues, la bouche fermée, puis elle ferme la porte, les yeux baissés et l'air accablé, avant d'écouter ma voix ou de me permettre quoi que ce soit.

Je descends les escaliers et tout est éteint, moi le premier, et le fruit est sur l'arbre, mais les bras ne sont pas assez longs pour l'attraper ni assez agiles pour grimper. Il ne reste qu'à espérer qu'il tombe avant de se gâter et pourrir.

Évidemment, je suis le fruit.

Il ne m'a pas téléphoné pour aller répéter. J'ai attendu le week-end, pour voir s'il appellerait, pour qu'on passe un moment, lui et moi, mais il ne l'a pas fait. Alors j'ai compté les jours et suis arrivé à huit.

Je pense : peut-être qu'il m'en veut.

Le lundi suivant, après le déjeuner, j'ai appelé et écouté les sonneries se répéter jusqu'à leur interruption, brutale, par la voix du répondeur. Je téléphone chez lui et sa mère décroche. Elle me dit qu'Angelo est parti à Londres, voir son oncle, et qu'il rentrera bientôt, avant les fêtes, et on raccroche. Je pianote pour revenir à son nom, puis je me bloque. Je change d'avis et appelle Micio.

« Oui, je le savais », avoue-t-il, et la suite de ses paroles ne compte pas, car j'essaie de comprendre et je suis déçu.

Il me parle d'un événement, d'un fait qui n'a rien à voir avec nous et je m'interroge sur la véritable nature du problème d'Angelo, je repense à la fille de Bari, à la bagarre, et je me demande pourquoi, à la fin, il ne m'a rien dit, à moi qui étais présent. Pourquoi partir en cachette, comme un voleur ?

Je précise ma pensée : pourquoi partir à mon insu ?

Je révise et, pendant le dîner, ma mère dit qu'il faut fermer la fenêtre de la cuisine, elle se lève la première en ajoutant que c'est impossible de manger avec cette odeur de poubelles brûlées. Elle débarrasse et je descends la nôtre.

Je fume et ce qui sort de ma bouche se mêle à ce que je perçois dans l'air, mais que je ne peux pas voir. J'appelle Angelo, les briques des HLM s'empilent devant moi et ça sonne encore jusqu'au déclenchement du répondeur. Je remonte à la maison et le rappelle. J'entends tout de suite la voix enregistrée qui m'avertit que mon correspondant est indisponible ou déjà en ligne.

La nuit passe. Je vais à l'université puis de là, chez mes grands-parents et ma mère vient m'ouvrir.

Elle m'informe qu'aujourd'hui grand-mère ne veut pas se lever ; je vais la voir, elle m'embrasse et glisse une main derrière mon cou, sans me parler, les fenêtres fermées et la couverture sous le menton. Je sors, maman me donne des billets que je n'ai pas le temps de compter.

« Va chercher un petit sapin, un de ceux qui sont déjà décorés », m'ordonne-t-elle, et l'avenue est sombre, parcourue de ribambelles de lumières. Les vitrines palpitent et je l'achète à un marchand ambulant.

C'est le seul qui est allumé, les autres sont éteints et silencieux. Ses ampoules bleues piquettent l'asphalte et le visage du vendeur, et de sa base s'échappe une mélodie aiguë et légère.

Je marche jusqu'à la maison, nos lumières aussi sont allumées. Mon grand-père est rentré. Il m'ouvre et retourne dans sa chambre, où les voix arrivent étouffées et ne peuvent le déranger. La chambre de grand-mère est grande ouverte, le lit vide et fait, et avant que je puisse imaginer quoi que ce soit, ma mère pointe la tête hors du salon et me dit de venir, vite, sur un ton joyeux.

Je regarde par terre, un petit chien blanc sautille sur le carrelage, titube comme s'il était aveugle. Quand il se sent perdu, sur l'étendue vaste et claire, il s'arrête et aboie. Pour s'amuser, Jaja lui donne une tape sur le derrière, sur la queue, du bout des doigts, et elle rit. Maman rit aussi, elle s'assied près de grand-mère. « Elle est folle », lâche-t-elle, et grand-mère se masse une main avec l'autre.

Je m'accroupis.

« Il s'appelle Micky », me dit Jaja.

Je pose mon sac pour le caresser. Il mord et tire mes lacets. Je retiens son museau dans ma paume, sans serrer, il tente de se libérer et on rit encore. Jaja le soulève, le met sur les genoux de grand-mère, et je donne le sac avec le sapin à ma mère. Grand-mère passe un doigt sur sa tête, à rebrousse-poil, et maman sort le sapin, se lève et l'installe sur la télévision.

Je prends sa place à côté de grand-mère, qui me regarde et sourit.

Je ne me demande pas depuis combien de temps je ne l'ai pas vue comme ça, les rides happées par une grimace de joie, car je cherche à profiter de cet instant, et maman observe la scène de loin, attentive, avec Jaja à genoux devant nous.

« Il a déjà fait trois pipis par terre. File, toi, me dit-elle, ou ton père va dîner tout seul. »

Je prends les trains. Nous mangeons deux pizzas en parlant du chiot de Jaja et des actualités que nous venons de regarder. Puis je descends et Maria Rosaria m'emmène sur son scooter. Nous nous asseyons dans un café et regardons la rue déserte ; nous sommes les seuls clients et, derrière son comptoir, le serveur nous fixe les bras croisés.

Je lui dis que je suis contrarié parce qu'Angelo est parti sans me prévenir, que je l'ai appelé trois fois et qu'il ne répond pas. Maria Rosaria éteint sa cigarette et me suggère d'essayer une quatrième fois.

« Quand on retrouve les vieux morts chez eux depuis longtemps, en décomposition, ce sont leurs enfants qui ont fauté », ajoute-t-elle, et je pense que c'est facile de donner des conseils, de briller à propos de choses qui ne nous concernent pas, pourtant elle m'a embrassé, de manière innocente, puis elle s'est tue, effaçant la naïveté contenue dans ce geste, le compliquant, et j'ai fait pareil, alors elle n'est pas plus à l'aise que moi.

« C'est ton ami ? insiste-t-elle.

— Je croyais.

— Alors appelle-le. Appelle et demande-lui pourquoi il ne t'a rien dit. Fâche-toi si tu veux, mais appelle-le. »

À la maison, avant de dormir, je réfléchis aux paroles de Maria Rosaria, et pour la première fois je me dis qu'Angelo aussi est peut-être blessé.

Parce qu'après ce qui s'est passé au bar à concert, j'ai disparu ; je n'ai pas pris de ses nouvelles, je ne suis pas resté près de lui en sachant qu'il allait mal, alors je me mets à sa place et je me demande quel ami je suis, quelle personne je suis pour me comporter ainsi, comme coupé du monde par un océan ou une succession de chaînes montagneuses. Je suis prêt à m'excuser, sincèrement. Je tends la main et le rappelle.

Rien. Son téléphone est éteint.

Je réessaie le lendemain matin, toujours rien.

Ça suffit, je me dis, et je m'habitue presque à l'idée, mais je suis contraint de faire un pas en arrière. Le vendredi, je lis un numéro étrange, aberrant, jamais vu auparavant.

Je réponds et j'entends sa voix.

Je lui demande comment il va, ce qu'il fait là-bas, s'il s'amuse bien, et Angelo me dit que oui, ça va, que tout est beau et intéressant, parce que nouveau.

« Tu rentres quand ? » j'enchaîne et il m'explique que justement, c'est la question, qu'il n'a pas pris de billet retour et que même ses parents ne savent rien. Qu'au départ le projet était simplement de ne pas passer Noël à Naples, d'éviter tout ce bordel, les gens et l'obligation d'être heureux, mais qu'à force d'y penser, les choses se sont embrouillées et qu'il va peut-être rester à Londres. Il pourrait vivre un peu chez son oncle, puis se trouver un boulot et une chambre quelque part, parce que la ville est pleine de magasins de musique et qu'il y a un vrai intérêt, qu'il est déjà allé à un concert dans une petite salle, sous terre, et que c'est une tout autre histoire.

« Les gens prennent ça au sérieux, même s'ils ont aussi envie de s'amuser, et c'est exactement ce qu'il faut faire », me dit-il, et alors que fait-il à Naples, lui, qu'est-ce qui le retient ici ?

Il va démissionner, de toute façon la boutique est là, à sa disposition s'il devait rentrer, mais il espère que ce ne sera pas le cas, il l'espère de toutes ses forces parce que ça ne lui semble pas suffisant. Parce qu'il a l'impression que son futur a déjà été planifié et qu'il n'a rien décidé de ce qui est censé lui arriver. Il voudrait renverser la situation, rebattre les cartes, pour comprendre quelle personne il pourrait devenir s'il n'était pas le fils de ses parents, car qui dit que dans la vie il ne pourrait pas être musicien, qui dit qu'il est né pour être opticien.

Il ajoute qu'on a vingt ans et qu'on devrait s'éclater, faire des expériences, voir le monde et moi, pendant qu'il continue à parler, je suis de plus en plus convaincu que, précisément, je n'ai rien compris d'Angelo.

Je n'ai fait qu'effleurer sa personnalité, ses doutes, ses pensées, sans vraiment les connaître.

Sans les regarder en face, mais en les survolant ou en les voyant flou, sans contours. Je ne savais pas grand-chose de son inquiétude, je la devinais seulement, quand il aurait fallu l'explorer tel un spéléologue qui découvre une grotte et cherche à atteindre le fond. Et la preuve, c'est qu'Angelo est parti sans rien me dire, peut-être même en oubliant de le faire.

Parce que je me comporte avec lui comme un parmi d'autres. Parce que je le traite comme un parmi d'autres.

Je m'en veux.

Je tente quelque chose.

« Tu penses encore à la fille de Bari ? »

Angelo se tait, pour reprendre son souffle ou réfléchir à ce qu'il va dire.

« C'est du passé », me répond-il avant d'apprivoiser un autre bref silence, qu'il met à profit pour tenter de rendre ces mots crédibles. « Enregistre ce numéro. C'est celui de mon téléphone anglais.

— Tu n'as pas l'impression que c'est un peu tôt pour avoir un nouveau numéro ? » et c'est probablement mon envie qui parle, qui a brisé ses chaînes et s'est soulevée.

« Frère », réplique-t-il en la prenant par le cou pour l'étrangler, mon envie, « je reviendrai à Naples dans un cercueil. Pas avant. »

Elle frotte sa semelle sur le rocher, la toile de la chaussure se déforme et semble presque immaculée au contact de la pierre. Puis son buste s'allonge, sa main glisse entre les plis de son large pantalon noir et gratte sa cheville, la caresse, derrière nous il y a les gens qui se promènent, calmes, et devant nous les remparts du Castel dell'Ovo, calmes également, et la mer noire, avec les lueurs tremblantes de quelques bateaux qui avancent puis disparaissent.

L'air me pique le visage et Anna m'a demandé de lui raconter une chose belle.

Sans hésiter, je lui ai parlé de quand mon père est revenu à Naples, que maman venait me chercher après le travail et que nous ne restions plus à Bagnoli pour la nuit.

Elle montait, saluait grand-mère, récupérait les quelques

commissions faites pour nous durant la journée, et nous nous asseyions dans sa voiture. Elle conduisait à travers les rues étroites, puis le long de la grande avenue et partout, sur les trottoirs aux abords du stade, entre des barils en métal d'où pointaient des flammes, il y avait ces dames vêtues de noir, jambes nues, qui bougeaient sur place près de ma vitre.

« Qu'est-ce qu'elles font ? lui ai-je demandé.

— Elles attendent le bus », m'a répondu maman, tout de suite, comme si elle n'avait pas eu besoin de réfléchir, et Anna a ri, et j'ai continué.

Je lui ai raconté la période où nous rentrions toujours à la maison sous la pluie, et où une fois maman a grillé un feu rouge. Un véhicule de police a déboulé immédiatement, sirène hurlante, et nous a contraints à nous garer, alors maman s'est empressée d'incliner mon siège et m'a dit de faire semblant.

Les policiers l'ont appelée madame, elle a tourné les yeux vers moi puis vers eux. « Il ne se sent pas bien », elle a dit, et j'ai dû continuer à faire semblant, allongé sur mon siège, comme un idiot, parce qu'ils nous ont escortés jusqu'aux urgences.

Une vague se brise sur un rocher et Anna rit à nouveau.

« Une autre, s'il te plaît », lance-t-elle.

Je souffle un peu.

« Ma grand-mère et mon grand-père se disputaient tout le temps, je reprends, et lors d'un de ces accrochages, mon grand-père a fait savoir qu'il ne se sentait pas bien. »

Grand-mère ne l'a pas cru et la discussion a dévié, changé de teneur : le sujet initial ne comptait plus, il était désormais question de la santé, de l'amour et d'aller ou non chercher

Mario, notre voisin du dessus, pour qu'il nous accompagne à l'hôpital en voiture.

Je suis allé le chercher et durant le trajet nous étions tous silencieux. Nous sommes arrivés, Mario est allé se garer et les urgences étaient bondées.

Nous nous sommes assis ; sans un mot ni une explication, grand-père s'est éclipsé puis est revenu au bout de quelques minutes, en poussant un brancard. Il l'a positionné près de l'entrée et s'est allongé dessus. Il a sorti sa chemise de son pantalon, l'a déboutonnée, avec grand-mère nous l'observions de notre banc. Il a ouvert la bouche et fermé les yeux, et à ce moment-là, deux brancardiers sont passés, ils se sont demandé qui était cet homme, qui l'avait abandonné dans cet état et, sans réponses, ils ont poussé le brancard à l'intérieur.

« Et figure-toi que mon grand-père a également failli se faire amputer d'un pied, je poursuis, parce qu'il ne voulait plus travailler et visait la pension d'invalidité. En coupant une poutrelle, il a eu l'idée de glisser son pied dessous. »

Anna serre les dents et les yeux.

« Et maintenant ? me demande-t-elle.

— Maintenant quoi ?

— Ça va ? Il peut marcher ?

— Mais oui, bien sûr », et Anna se masse le nez, change de position.

Elle m'a appelé pour me proposer d'aller au bord de la mer, en me disant qu'il n'y avait pas de vent et que nous n'aurions pas froid. J'ai retrouvé Anna à l'angle de la via Toledo, enveloppée dans une pèlerine qui cachait ses mains. Puis nous avons simplement suivi la rue, je lui ai souri, tandis que nous filions entre les magasins, et elle m'a répondu en disant qu'on peut toujours aller au bord de la mer, peu importe la saison, que tout dépend uniquement de ce qu'on va y faire. Et là, après que nous nous sommes arrêtés au milieu des rochers, elle m'a demandé de lui raconter à mon tour une chose belle – je lui avais posé cette même question alors nous n'avions pas encore dépassé la piazza del Plebiscito.

Anna a répondu Procida.

Parce que la mer y est la plus belle, même si on ne le croirait pas. Parce que le sable est sombre, alors l'eau ne paraît pas limpide, mais si on se déplace, si on cherche, si on s'aventure, comme au phare, où tout n'est que rochers et ce n'est pas simple ni de plonger ni de remonter, où quand passent les bateaux se soulèvent des vagues qui nous emportent, là, au phare, l'eau est cristalline, exactement comme celle des Caraïbes. Et aussi pour les chats sauvages qui s'étendent, la nuit, dans les ruelles, le dos contre une maison inconnue, pour les façades rongées par le sel, et pour les virées au large de Vivara où, avec un masque, on voit le monde entier.

« Tu y es déjà allé ? m'a-t-elle demandé.

— Non. Mais j'ai lu *L'Île d'Arturo*. Un chef-d'œuvre. Tu l'as lu ?

— J'ai une maison là-bas. Un de ces jours, si tu es sympa, je t'y emmènerai », elle a dit et après, après que nous avions dépassé le château et enjambé la rambarde, après avoir choisi le rocher, après avoir complètement éludé ma question, elle m'a demandé de lui raconter, à mon tour, une chose belle.

« On y va ? » me dit-elle maintenant. « Là, le long de la mer », et elle se tourne pour indiquer la via Partenope ou la via Caracciolo, et peu importe, pour elle, si le long de la mer, on y est déjà.

Nous nous levons.

Sous sa cape elle a sa veste et son sac, elle porte des chaussures d'été, sans chaussettes, et moi j'ai froid, c'est l'heure du dîner et d'ici peu je raterai le dernier train, mais Anna s'en moque. De ça comme des heures infernales qui m'attendent, à m'engueuler avec les clochards, à attendre les bus de nuit qui, si encore tu as la chance de les croiser, te déposent au mieux trois kilomètres avant ou après Soccavo.

À côté de nous, très proche, un couple marche enlacé, son visage à elle disparaît presque sous son bras à lui. Je lui demande où nous allons, elle pointe le nez dans le vague.

« Là, à Posillipo. Pourquoi ? »

Je tente de la dissuader.

« Ce n'est pas à côté », et elle tourne sur elle-même, comme pour se démarquer.

« Au bout de la Villa comunale j'appelle un taxi », me dit-elle, c'est sûrement sa cape qui l'entrave un peu et dont elle cherche à se libérer, mais elle n'arrête pas de gesticuler en marchant, comme une possédée. Ses mains volettent et, au contact des lumières, le métal autour de ses doigts et de ses poignets semble émettre des étincelles, comme quand on utilise certains outils tranchants, peut-être justement comme faisait la poutrelle avec laquelle mon grand-père espérait se briser un pied.

« Tu vois celui-là, le mien sera comme ça », et elle m'indique un bateau en bois nu, tandis que nous venons de dépasser la Villa comunale.

Je le lui fais observer.

« Tu es déjà fatigué ? » répond-elle, et la circulation qui était proche de nous est à présent distante, lente, les bruits des voitures qui passent sont plus espacés. « On n'arrête pas de se dire "un jour viendra, quand le jour viendra", au risque de l'oublier ou de se tromper.

— Oui.

— Et si c'était toujours le jour ? Penses-y. »

La route bifurque, nous choisissons le côté de la mer, des bateaux amarrés, de l'humidité qui colle à la peau et entre les doigts, et je ne pense presque à rien. Il y a un bar, une camionnette surmontée d'une étoile filante avec des chaises en plastique rouge autour, et personne assis dessus.

« On n'arrivera jamais en fait, c'est ça ? je lui demande.

— Mais tu ne sais même pas où on va. »

Et le dos courbé, nous attaquons l'ascension de Posillipo.

« Allonge ta foulée, regarde-moi, dis-je, et je plante les pieds dans le sol.

— Une fois, en marchant comme ça, comme une folle, j'ai perdu mon téléphone.

— Tu étais bourrée, sans doute.

— Je n'étais pas bourrée, juste détendue », et nous observons un chien fourrager autour d'une poubelle. « On va dans le plus bel endroit de Naples. Peu de gens le connaissent. Si tu y ramènes une fille, je le saurai », m'avertit-elle, et la mer disparaît derrière un bâtiment rouge puis reparaît estampillée d'une balustrade.

Au loin le Palazzo Donn'Anna s'avance sur l'eau, telle une petite île, un réacteur, une forteresse volante. Elle regarde les numéros. « Encore trois cent trente villas, plus ou moins », et je fais mine de m'évanouir.

Le trottoir se rétrécit, elle me précède et parle, à haute voix, comme si personne ne pouvait l'entendre. Elle dit qu'elle préfère les chats aux chiens, parce que les chiens ont tous l'air stupide. Elle dit qu'on vieillit en un éclair, si on ne fait pas attention, puis elle dit qu'un jour elle s'achètera une de ces grosses voitures tape-à-l'œil, qui consomment trop d'essence, et qu'elle la choisira blanche, comme ça on ne pourra pas dire si elle est de mauvais goût ou non.

Soudain, elle accélère brièvement et se tourne vers moi. « On est arrivés. Tout à l'heure, je blaguais. »

Je regarde et vois un portail vert, des bouches d'égout, des canalisations. Nous descendons des marches longues et étroites, taillées dans la pierre, et au lieu de se raréfier, les habitations se multiplient, s'amassent irrégulières, et les lampadaires sont fixés aux murs, en verre, avec une grille de protection derrière laquelle on aperçoit l'ampoule.

Anna se presse et m'attend. Elle fait des moulinets avec sa main pour me dire de me dépêcher, puis elle va et vient, pour m'intimer de ne pas faire de bruit. Elle semble excitée et heureuse. Elle s'arrête et met une main sur ma poitrine. « Maintenant, tu dois juste ouvrir grand les yeux », murmure-t-elle, nous sommes immobiles dans ce couloir en pente, dans les reflets jaunes de la roche, et plus bas devant moi, elle semble toute petite, on dirait une gamine avec son rouge à lèvres qui a un peu débordé, comme une plaisanterie, et ses cheveux qui courent sur son front. Et parmi toutes ces choses, au milieu et à l'intérieur, s'insinue le bruit de la mer, qui chahute et assaille tout.

De la main elle m'invite à passer le premier et je fais oui de la tête.

Je finis la descente. À gauche il y a l'eau, impossible à distinguer du ciel, car tout est noir, profond, et au loin, une traînée de lumière dorée nous retient en surface, ne nous laisse pas tomber, je sais que c'est Naples. Ses lumières voguent jusqu'à moi, jusqu'à nous, déformées par l'onde qui les porte et les pousse, mais elles résistent avec calme, harmonie, comme si tout était à sa place et nécessaire à la vie. Au-dessus, paré d'une brume légèrement plus claire avant de céder à l'obscurité absolue, se dessine le profil du Vésuve, qui observe et juge tout et tout le monde de haut, sans répondre à personne.

Anna se glisse sous mon bras. Nous nous asseyons chacun sur une pierre et fumons.

« Maintenant ne te mets pas en tête de m'embrasser ou une chose du genre », me dit-elle.

Je me lève et m'approche de l'eau. « Comment tu as découvert cet endroit ?

— J'ai lu une description quelque part.

— Tu y as amené beaucoup de personnes ?

— Une.

— Qui ?

— Toi. »

Silence.

« Vraiment ?

— Non.

— Tu es une menteuse.

— Non, corrige-t-elle. Je récris tout simplement les choses au propre, telles qu'elles devraient être », et je regarde les vagues se déchirer sur le rocher devant nous.

Je pense que sous la surface se cachent sûrement beaucoup d'autres rochers, et qui sait l'été, s'il y a de l'ombre, à quelle heure le soleil disparaît, et qui vient ici, observer les bateaux passer, les goélands planer et descendre en piqué. Je me demande à quel point tout cela change à la lumière du jour, et si Anna le sait. « Tiens-t'en à ça », conclut-elle, et elle fait un signe avec les mains pour me dire stop, de ne pas aller plus loin.

Nous remontons.

« Merci », je lui dis en posant une main entre ses épaules, et elle allonge le pas, comme je lui ai conseillé un peu avant.

Elle appelle un taxi, elle paie, nous descendons piazza Dante.

« Je t'accompagne jusqu'à ta porte et je vais prendre le bus », je propose mais Anna refuse.

Pourquoi, quel est le problème, on n'est pas en guerre? Dors ici. Il n'y a personne et tu peux te mettre sur le canapé », proteste-t-elle tandis que nous sommes déjà via Port'Alba.

Les librairies sont fermées, un bar s'anime encore. Des jeunes sont assis piazza Bellini, autour de la statue. Nous passons via San Sebastiano, je lève les yeux. Les volets sont ouverts, la lumière est allumée, la fille de Bari doit être dans sa chambre et j'espère que ça va pour Angelo à Londres. Je pense que sans doute, quand tout est fini, au-delà des personnes, on regrette aussi les lieux où on les a connues.

« La fille pour qui Angelo s'est battu habite ici. » Anna se tourne et ne répond rien. Sans les voir, j'entends ses mains chercher dans son sac puis le tintement de ses clés.

Elle ouvre la porte de l'immeuble. Les marches se succèdent et en montant, on ne sent plus le froid. L'appartement est en ordre. Dehors, sur la terrasse, les cloches de l'église nous observent.

Anna revient avec deux vodkas pures et je m'allume une cigarette.

« Plutôt qu'une voiture, je voudrais acheter un bateau. Pas seulement pour le plaisir de l'avoir, mais par nécessité, pour dire que je vis dans un endroit où il n'y a que la mer. »

Elle me prend deux bouffées et semble trembler.

« Tu as froid ?

— Jamais », fait-elle, et je sens la fatigue des kilomètres que nous avons parcourus, j'ai envie de dormir et de clore la journée, pour la terminer d'une belle manière, qui ne changera jamais, et en même temps je souhaite la laisser continuer la route qu'elle a commencée pour voir où elle mène.

« Qu'est-ce qu'on fait ? je lui demande.

— Rien, on va danser. »

Nous rentrons. Elle allume une petite lampe dans le salon et éteint les autres lumières. Elle me tend un coussin et une couverture. « Elle est un peu légère. Tu vas peut-être avoir froid. »

Elle en cherche une autre et n'en trouve pas, et elle évolue toujours à trois pas de moi, inapprochable, comme pour se défendre, comme si j'étais contagieux, comme si elle avait besoin d'espace pour étudier mes actions et, éventuellement, fuir à temps, j'ai l'impression.

Elle pose un verre d'eau sur la table près du canapé, à côté de la lampe.

« Je te laisse. Bonne nuit. » Elle ferme la porte de sa chambre à clé, puis la rouvre. « Si tu vas aux toilettes, ne tire pas la chasse d'eau s'il te plaît. Bonne nuit. »

J'enlève mes chaussures et m'allonge avec mes vêtements. Le canapé est dur et, malgré les rideaux, la lumière entre par la porte-fenêtre de la terrasse, et je pense que je me réveillerai dès qu'il fera jour, et que je serai peut-être le premier réveillé dans toute la ville.

Si c'est le cas, je sortirai de chez Anna pour voir Naples vide, et peu à peu se remplir telle une clepsydre.

Je me tourne, j'essaie sur le côté, puis à plat ventre et trouve ma position, mais j'ai froid.

Je me lève et prends ma veste. Je l'étends sur la couverture et sur moi.

Longtemps nous avons uni la table de la cuisine à celle du salon, parce que nous étions nombreux, et il fallait des mois pour décider du menu et organiser les courses ; qui achetait quoi et où, de quel type et à quel prix. Les préparatifs se multipliaient et semblaient sans fin. L'attente grandissait, les semaines passaient ; grand-mère accrochait des étoiles colorées aux fenêtres, elle choisissait les cadeaux et nous allions les chercher, puis elle changeait d'avis et nous filions vers d'autres magasins. Elle semait des lumières partout dans la maison, installait une petite crèche en bois sur le meuble du salon, les vacances arrivaient et tout cela devenait une grande et unique préoccupation. Je me perdais entre les jambes des adultes, dans la frénésie et la répétition interminable de gestes réalisés à la hâte. Je ne savais plus ce qui venait avant ou après, mais je comprenais que nous touchions au but quand maman rentrait du travail avec sa mise en plis. C'était comme le silence qui tombe entre deux chansons, et cela signifiait, immanquablement, qu'elle était allée chez le coiffeur et que le lendemain ce serait la veille de Noël.

Une fois à l'intérieur, la porte d'entrée fermée, l'appartement tout entier était envahi de dizaines de fumées différentes, qui semblaient se dissiper mais qui se nichaient en réalité aux coins des plafonds, comme des araignées.

Grand-mère restait derrière ses fourneaux, un torchon blanc roulé autour du cou, pour empêcher la sueur de couler de ses cheveux à son dos, et moi, je tournais en rond en attendant que l'interphone sonne pour dévaler les escaliers, suivre ceux qui étaient arrivés jusqu'à leur voiture et les aider à porter cadeaux et victuailles.

Parfois, quand l'atmosphère devenait trop oppressante, l'après-midi je sortais sur l'avenue faire le tour des marchands de livres d'occasion avec Mery, mes cousines et mon oncle. Ce dernier ramenait de ses missions en mer des fruits exotiques et des jambons entiers. Il se lavait les mains et se chargeait de les découper, tandis que mon père cachait les cadeaux dans l'armoire et que maman me répétait d'être sage.

Une année, Jaja a ouvert ses cadeaux et a enfilé par-dessus son jean la culotte rouge que quelqu'un lui avait offerte. Puis elle s'est mise à danser autour de mon grand-père, en faisant des grimaces et en poussant des cris, et ça l'a tellement énervé qu'il est sorti et n'est revenu que plusieurs heures après, tétanisé de froid mais à temps pour les antipasti. Il siégeait en bout de table, et grand-mère là où c'était le plus pratique pour se lever et se rendre à la cuisine. Moi, j'étais toujours près de grand-mère ou de Jaja et, quelquefois seulement, à côté de ma mère.

Debout, devant la télé, je récitais une poésie et me rasseyais. Je ne mangeais pas comme eux, j'avais droit à un menu spécial. Puis Mery rassemblait les assiettes sales, Jaja changeait les fourchettes et maman retournait en cuisine avec grand-mère, pendant que les hommes parlaient fort, de politique, mais c'était toute une comédie, parce qu'au fond ils partageaient les mêmes idées. Je changeais de chaîne jusqu'à trouver des dessins animés et, au bout de quelques-uns, nous nous enfermions dans la chambre de grand-mère. Puis nous sortions et les cadeaux étaient par terre. Nous mangions les plats principaux et je me taisais, en attendant impatiemment l'étape suivante, celle des fruits secs, parce qu'après, les coques cassées nous servaient de jetons pour jouer au loto et au Sinco. Et quand ce serait le tour de grand-père d'annoncer les numéros, maman se plaindrait qu'elle ne comprend rien, et ça ferait rire tout le monde.

Une fois, j'ai gagné beaucoup de sous.

« Mais quel cul tu as ! » me dit Mery, sa voix était étouffée par les commentaires et mes cris de joie, et seulement maintenant, alors qu'il est trop tard, qu'on n'a plus le temps, je pense à l'atmosphère de cette maison, parce que je ne m'en aperçois que maintenant et, évidemment, parce que j'ai toujours été ainsi.

Nous étions si nombreux à remplir ces pièces et il y avait tellement de choses à dire et à écouter que je n'ai jamais fait attention au froid. Il était là, j'en suis sûr, comme une brume qui nous enveloppait, pourtant je m'en aperçois seulement maintenant, quand Jaja ferme la porte et descend les escaliers. Maintenant que grand-mère et moi, nous sommes dans le salon, une scène vidée de ses décors, de ses acteurs et de leurs histoires, et que je glisse ses mains glacées sous la couverture posée sur ses genoux.

Maman cuisine, mon père est allé faire une course et grand-père est en vadrouille.

Mery est passée ce matin, avec les filles, et mon oncle n'a pas réussi à rentrer. Alors je nous observe, nous et nos mouvements présents, et leur absence, ceux qui manquent, avec derrière le souvenir et ses ramifications qui montrent ce que nous avons été, et c'est comme de mettre un pied dans une empreinte laissée des années, des siècles plus tôt, et de découvrir que le pied d'aujourd'hui ne l'embrasse pas, ne la chevauche pas, parce qu'il est plus petit que le pied d'hier.

Nous n'ajoutons pas de branches, mais nous en perdons. Nous ne devenons pas plus grands, ne savons pas plus de choses, ne vivons pas plus longtemps, aussi ai-je l'impression que nous sommes les fantômes de nous-mêmes ; entrer dans une maison abandonnée et trouver les murs effondrés, d'accord, mais si dans cette maison, morte, on trouve encore entre les ruines des personnes bien vivantes, pas d'accord. Car les regarder, c'est comme poser les yeux sur une ombre ou un esprit, qui vit peut-être, mais dans un autre monde, une autre dimension. Et les joues de grand-mère sont tellement creusées qu'il n'y a plus de mots pour les décrire, et la peau, sur son front, ressemble à une feuille de papier que les os sont près de déchirer.

J'ai peur de parler, depuis longtemps, et à présent j'ai peur de la toucher. Quoique je lui dise, je crains que ce soit toujours une futilité, pour elle qui sait et a vécu déjà tout. Parce que tout ça, dans un coin que je ne parviens pas à localiser, est un spectacle qu'elle a déjà vu. Et j'ai peur, si je la touche, de lui faire encore plus mal.

Maman nous rejoint. « Arrangeons un peu ces cheveux », lui dit-elle, et je lui fais de la place.

Elle lui met une serviette sur les épaules, comme le veut désormais le rituel, et accompagne chaque passage du peigne d'une parole prononcée joyeusement, car ma mère a peur des coups de feu, mais pas de la guerre.

« Je nous prépare un bouillon, on mange tous la même chose », lui glisse-t-elle, et les cheveux les plus fragiles se détachent de sa tête. « Va chercher le poêle », me demande ma mère, et je le pousse de la chambre au salon ; la bombonne de gaz est bleue et le tuyau de raccordement aussi.

Elles me voient m'affairer. Je tourne la molette, déclenche l'étincelle, le déclic retentit mais ça ne chauffe pas.

Elles m'entendent pester, sous leur nez, et grand-mère rit.

« Laisse tomber. Ton père va pas tarder », dit maman ; la télé est allumée, le petit sapin au-dessus est allumé, et les lumières semblent dessiner des fleurs sur le mur.

Je laisse tomber. Je m'assieds dans le fauteuil. « Tu l'as remercié pour l'argent qu'il t'a offert ? enchaîne-t-elle.

— Trois fois, même », intervient grand-mère, et je les écoute parler.

Grand-mère lui dit qu'il fait froid, mais qu'à Noël c'est normal. Que là où elle a grandi, il neigeait carrément, et la neige atteignait le premier étage. Maman insiste.

« Et alors ? Parce que tu t'y es habituée, tu dois continuer à avoir froid tout le reste de ta vie ? » lance-t-elle, car une des choses qu'elle préfère en ce monde, c'est sentir la tiédeur des radiateurs en rentrant du travail le soir, à Soccavo.

« Alors c'est supportable, maintient grand-mère.

— Je crois que tu n'as pas compris. Tu ne dois supporter absolument rien. Tu dois juste te reposer, point. »

Elle détache les cheveux piégés entre les dents du peigne. La télé veille. On frappe à la porte et c'est mon père. « Vous ne voulez pas que j'allume un peu le radiateur ? » propose-t-il et je me lève, comme si j'avais déjà vécu cette scène.

Je dis que je vais faire un tour, et c'est sombre, mon souffle se condense, les gens accélèrent.

Je regarde les livres, sur les stands, le délai de trois mois pour Paul Nizan est passé, et je n'y suis pas retourné, je me le confesse, en silence, car je n'ai plus envie de lire, du tout, et je le regrette. Cela me donne la sensation de gâcher ma vie, car ma vie, seule, ne suffit pas. Cependant, comme je l'ai toujours fait, je lis les titres et, parfois, les premières pages. Je me penche et sens contre ma jambe le contact de l'appareil photo numérique que nous avons obtenu avec les points des pleins d'essence. Il est dans la poche de mon blouson, je sais pourquoi je l'ai pris, mais je n'ai pas envie de m'en souvenir.

Je retourne vers la maison. À l'angle de la via Acate je ne m'arrête pas et continue jusqu'au métro, et je n'arrive pas à imaginer ce qu'Anna peut faire en ce moment, depuis trois jours chez ses parents. Je m'assieds et concernant Maria Rosaria, en revanche, je ne me pose pas de questions parce que je pourrais vraiment réussir à deviner.

Du banc où je suis, si je me tourne face à la descente, je vois toute l'avenue et les voitures qui se suivent, immobiles, et les minuscules feuilles des arbres qui reflètent les lumières des lampadaires. Et devant moi, au-delà du grillage, j'ai ce qui a été un terrain de basket, désormais abandonné, et je ne me rappelle pas ce qu'il y avait là avant, ni quand il a été aménagé, en quelle année, pourtant j'ai parfaitement à l'esprit la sensation de joie et de surprise que j'ai éprouvée en le découvrant, comme s'il était sorti de terre en une nuit, comme un cadeau trouvé au pied du lit en se réveillant.

Grand-mère était assise sur ce banc, d'un côté il y avait les murets, puis le mur qui séparait le terrain de la station de métro, et de l'autre, en regardant vers le ciel, le dos contre le grillage, on voyait le dernier étage de la base Nato, et ses fenêtres qui brillaient au soleil.

J'ai tiré un penalty et grand-mère m'a dit de ne pas recommencer. J'ai tiré à nouveau, encore plus fort, et le ballon est revenu crevé. Alors j'ai pleuré, on en a acheté un autre et, au lieu de tirer vers l'avant, j'ai essayé d'envoyer le ballon le plus haut possible. Je le serrais entre mes mains, le lâchais puis le frappais par en dessous alors qu'il descendait, et il remontait comme une flèche.

Grand-mère m'a dit qu'elle n'était pas d'accord pour ça non plus, et j'ai dû simplement l'ignorer, puis réessayer. La dernière fois le ballon a dévié et disparu dans les buissons qu'on voit de la station et auxquels je ne pouvais pas accéder.

J'ai pleuré, grand-mère s'est approchée, m'a pris la main, et j'ai envie d'appeler Maria Rosaria. De lui demander si elle aussi peine à se rappeler les choses, comment elles commencent et comment elles finissent, les livres par exemple, deviennent-ils confus pour elle aussi après quelques mois, se souvient-elle au moins des émotions qu'elle éprouvait en les lisant, comme on se souvient des sensations liées à certains moments de notre vie, même si ces derniers deviennent imprécis.

Je me lève et rentre. Si le terrain n'était pas fermé, je serais capable, là, de le traverser et de m'aventurer dans les buissons pour voir si je retrouve mon ballon, je pense.

Je monte les escaliers et on m'ouvre la porte.

Je m'assieds et nous remplissons difficilement une seule table. Papa et grand-père parlent de Berlusconi, maman leur dit d'arrêter et de changer de sujet, que c'est Noël. Grand-mère est en face de moi, devant la télévision, et je ne peux pas faire comme si elle n'existait pas.

Maman lui a noué un torchon blanc autour du cou et elle fixe son assiette en essayant sans doute de se donner du courage. Elle lève sa cuillère, et à l'arrivée celle-ci est pratiquement vide.

« Je vais t'aider », dit maman, et elle lui prend sa cuillère. Grand-mère avale et me fait un clin d'œil. Je lui en fais un aussi. Grand-père a déjà fini, il déchire son pain et fait rouler la mie entre ses paumes.

« Vous savez quoi ? lâche-t-il. Ma grande satisfaction serait de voir Berlusconi mourir avant moi.

— C'est Noël, tu ne veux pas comprendre que c'est Noël ? lui crie maman, et grand-mère rit en fermant les yeux.

— Basta, je n'en peux plus, souffle-t-elle.

— C'est pas possible, tu as mangé à peine une demi-assiette », lui répond maman.

Puis elle lui demande si elle préfère rester à table ou s'installer sur le canapé et grand-mère décide de ne pas bouger, et je voudrais vraiment avoir un téléobjectif pour nous observer du haut d'une montagne et parier sur ce que nous sommes devenus.

Grand-père sort fumer sur le balcon. Maman prépare les plats suivants avec papa. Les cheveux blancs de grand-mère sont colorés par les lumières du sapin, elle regarde en bas. Je vais au portemanteau et reviens avec l'appareil photo. Je me rassieds et je ne veux pas qu'elle le sache, je voudrais qu'elle ne s'en aperçoive pas, et je l'allume et on entend le bruit de l'objectif qui s'ouvre. Grand-mère lève la tête et la tourne vers la cuisine, où mes parents discutent. Derrière elle il y a le meuble, pas de crèche, mais un pot avec une plante longue et verte, à droite le sapin et la télévision.

J'approche le viseur de mon œil, rapidement. Elle est au centre de l'image.

Elle me voit, détourne le regard comme si elle n'avait rien remarqué, pour faire semblant, et, à l'instant où ses yeux se ferment, j'appuie.

Je remets l'appareil entre mes jambes. Je crains de l'avoir blessée. Je me sens méchant, irrespectueux, injuste, imprudent. Je regrette, mais selon les calculs des médecins il reste moins d'un mois et je voudrais lui faire comprendre que tout ce que nous vivons, à côté d'elle, est devenu une urgence.

J'ai mal à l'estomac et elle me regarde dans les yeux.

« Nonnì, je fais.

— Chiccù. »

J'ouvre la bouche, pour mieux respirer. « Nonnì, je n'arrive pas à me rappeler ce qu'il y avait à la place du terrain de basket près du métro.

— Il n'y avait rien.

— C'est comme si je l'avais découvert une fois fini, sans voir les travaux, comme s'il avait été installé en quelques secondes. »

Grand-mère baisse les yeux, puis me fixe à nouveau. « Ils avaient mis des palissades, pendant les travaux. On ne pouvait pas savoir ce qui se trouvait derrière. »

Grand-père revient et nous ne sommes plus seuls. Maman apporte les plats, nous recommençons, et grand-mère nous regarde manger.

Elle n'a plus faim, ni sommeil, et je réfléchis.

Si je n'étais pas dans cette maison, si je nous observais, tous, de loin, à un pas de distance ou un kilomètre, du balcon d'en face ou de n'importe quel autre endroit sur cette planète, je ne penserais pas que nous sommes des esprits, mais plutôt ceux qui restent quand la fête est finie et qu'il n'y a rien d'autre à faire que nettoyer et se remémorer.

Nous, nous mettons de l'ordre.

Parce que nous sommes contraints à faire toujours de notre mieux, parce que les cartes que la vie nous a données, seules, ne sont pas assez.

Nous ne pouvons pas déraper.

Je sens le froid sur mes mains, dans mon dos.

Un

1er janvier

Le bus s'arrête alors qu'il est encore sur le fleuve. Angelo et son oncle descendent, prennent les escaliers et marchent au bord de l'eau, jusqu'au musée. Là, ils flânent en parlant à voix basse, en regardant les tableaux et quelquefois seulement, ils lisent les explications. Ils vont au café et à travers la vitre il y a le flot marron de la rivière, juste en dessous, et tout le reste de la ville, et aussi un pont, très fin, et une coupole, des gratte-ciel.

Ils sortent et l'oncle propose d'aller dîner dans le pub d'un de ses amis de Tarente, pas très loin, le ciel est blanc, comme s'il était de marbre ou de poussière, et l'air est froid.

Ils entrent et Angelo perçoit, nettement, l'odeur de la bière qui sèche depuis des années, chaque jour un peu plus, sur le sol en bois. Ils font appeler l'ami par la serveuse et attendent. Ils regardent les bouteilles posées sur les étagères, derrière le comptoir, puis font un tour à l'étage, tandis qu'une musique de Noël s'échappe des enceintes. L'ami vient s'asseoir avec eux, à leur table, il commande lui aussi quelque chose à manger, cet homme et l'oncle d'Angelo sont amis depuis longtemps, vraiment amis, depuis leur arrivée à Londres il y a plus de dix ans. Ils boivent des bières, plusieurs, et l'homme explique qu'après les festivités de Noël, le pub a retrouvé son calme, qu'il ne reste plus que la tornade du Nouvel An.

Alors son oncle prononce son prénom et Angelo fait oui de la tête.

« Il pourrait pas donner un coup main ? » glisse-t-il, et Angelo lit son numéro de téléphone, qu'il ne connaît pas encore par cœur, et plus tard l'homme le rappelle.

À 19 heures il entre dans le pub et enlève son blouson. On lui présente le reste du personnel et une fille lui indique des bouteilles d'alcool fort, encore fermées, à leurs pieds, elle lui dit que c'est pour eux, pour l'équipe. On lui montre comment servir une bière pression et changer les fûts. On l'informe qu'il sera chargé de récupérer les verres vides sur les tables et de les passer au lave-vaisselle, et que seuls les verres à vin doivent être essuyés avec un torchon. On lui explique le fonctionnement de la caisse et des machines à carte bancaire. On lui dit de ne pas hésiter à demander conseil ou de l'aide et Angelo répond OK à tout, sans réfléchir, jusqu'à 21 h 30 la situation reste tranquille, calme, juste quelques touristes, et Angelo achemine principalement les commandes de nourriture de la cuisine vers les tables.

Après, de plus en plus de gens arrivent, mais pour Angelo c'est comme s'ils étaient tous arrivés en même temps, comme s'ils s'étaient donné rendez-vous, et cela devient étrange de s'affairer derrière le comptoir, de travailler avec ces yeux pointés sur soi, d'essayer d'être à la fois rapide et gentil, devant des personnes qui veulent simplement commander puis continuer leur vie.

Ils se démènent.

Chacun d'eux est le membre d'un corps agile et discipliné. Ils sont fatigués et dix minutes avant minuit, ils arrêtent de servir et toute l'équipe monte sur le toit, en file indienne, avec des verres et une bouteille de prosecco, tandis que les clients restent assis à l'intérieur sous le contrôle des videurs.

Ils regardent le feu d'artifice colorer le ciel, se déployer comme s'il était tout proche, comme s'il pleuvait sur eux, et Angelo se sent bien, parce qu'il a bu trois rhum-coca et que pour se procurer de l'herbe, ici, il n'a pas eu de problème. Les fusées montent et explosent le long de la rivière, ils échangent leurs vœux et, à minuit dix, ils redescendent.

À l'intérieur, ils retrouvent les mêmes personnes, mais à peine une demi-heure plus tard ils ont l'impression d'assister à une guerre.

Les gens envahissent les rues, si nombreux que même sans courir, ils semblent fuir quelque chose, et c'est partout comme ça et ça ne faiblit pas. Dans le pub la musique a cédé la place aux voix des clients, qui trinquent et s'embrassent, puis on augmente le volume des enceintes et ils se mettent à danser, et maintenant Angelo ne cesse d'aller et venir, de courir dans tous les coins du pub, entre les cris et les bousculades, et il doit le faire en portant des piles de verres.

Angelo lance le lave-vaisselle. Il s'arrête pour l'observer. Il pose les mains sur ses hanches, étire ses épaules en arrière, et on lui dit de se bouger, d'aller aux toilettes nettoyer une flaque de vomi et Angelo ne comprend pas.

On lui met le seau rouge et le balai serpillière dans les mains et on lui crie le mot *toilettes* en indiquant cette direction, alors Angelo comprend ce qu'il y a à comprendre. Il revient et recommence à pousser et se démener pour récupérer les verres. Il se faufile entre les dos des personnes, dit *sorry* des millions de fois et ça continue jusqu'à 4 heures du matin, quand enfin les clients commencent à partir, et à 5 heures, quand ils arrêtent pour de bon de les servir, les toilettes sont HS, complètement bouchées, peut-être de manière définitive.

Ils nettoient le comptoir, les tables, remplacent les bouteilles vides et passent la serpillière par terre.

« C'est fini ! » lance l'ami de Tarente, il leur serre la main et, mettant de côté l'épuisement, ils boivent une bière tous ensemble. La pinte défatigante, la définit le patron, et une autre suit, parce qu'ils ont trouvé le rythme, et Angelo est ivre et épuisé, comme tout le reste de l'équipe, et ils parlent du travail, de tout et de rien, et Angelo a la certitude d'être en paix, il voit quelque chose de poétique dans la folle nuit qu'il vient de traverser.

Il remet son blouson et sort tandis que l'aube blanchit le ciel. Il ne croise personne dans la rue à part un type qui dort dans une cabine téléphonique, les jambes pliées et serrées entre ses bras. Il s'arrête sur le pont et fume en attendant le bus, le regard tourné vers la grande roue panoramique. Il tape des pieds par terre, souffle dans ses mains et, une fois monté, il s'assied au fond et roule un joint en observant les petits éclats de ville défiler derrière la vitre.

Il descend et fume sur le trajet qui le sépare encore du sommeil, il se réveille dix heures plus tard, affamé, et se sent comme il ne s'est jamais senti auparavant : fatigué, mais pas vide. Plus lent que d'habitude, mais pour une bonne raison, et il pense qu'il n'a pas de quoi se plaindre ni rien à cacher.

« Et toi ? Qu'est-ce que tu as fait ? me demande-t-il.

— Moi ? » Presque surpris, je ne sais pas trop quoi répondre. Que j'ai fixé un point jusqu'à en oublier le monde entier ? Que je me suis concentré sur un détail jusqu'à ne plus rien voir du reste de la scène ?

Moi, j'ai attendu que les pétards et autres coups de feu cessent pour me mettre au lit, avec une inquiétude étrange que je n'arrivais pas identifier et dont je ne comprenais pas l'origine. Lumières éteintes, j'ai regardé deux films, juste pour faire quelque chose, en attendant. Je suis allé au bout du premier et j'ai commencé le second parce que mon corps n'était pas assez fatigué, seule ma tête l'était. Puis je me suis demandé ce que j'attendais et finalement, sans motif réel, je me suis endormi, par inertie.

« Moi… tout va bien », ai-je dit.

4 janvier

« Les Napolitains sont en sucre. Dès qu'il pleut, ils s'enfuient parce qu'ils ont peur de fondre », me dit-elle et je ne suis pas sûr de comprendre, parce qu'il y a des nuages, oui, épars, qui cachent parfois le soleil, mais il ne pleut pas et je ne crois pas que ce soit près d'arriver.

Elle secoue la tête, et Anna est tout en noir et je me demande si je l'ai déjà vue habillée d'une autre couleur. Elle a payé les billets, avant que je puisse proposer de le faire, et nous fumons devant la mer, menaçante, qui s'agite dans le port comme enfermée dans une cellule. Elle porte des gants en laine qui laissent apparaître le bout de ses doigts et aucune bague. Nous entendons le bruit d'un avion qui passe, mais nous ne nous tournons pas et ne levons pas la tête pour l'observer.

« Mais qu'est-ce qui pue comme ça ? » je demande et elle rit en me traitant de débile, deux fois, et elle me répond que c'est la mer, que c'est l'odeur de la mer. Puis elle pointe un doigt et nous voyons notre ferry approcher, et de là à l'ouverture de la rampe et à la montée à bord entre les cris des matelots, c'est une question d'instants.

Je pose mon sac à dos. Je m'assieds près du hublot et Anna dit qu'elle doit aller aux toilettes. Le ferry vibre, nous partons, je vois les crêtes des grues et des immeubles qui, si j'entrouvre les yeux, semblent reliés entre eux comme s'ils n'étaient qu'un, et pourtant je sais qu'ils sont des millions. Je me tourne et Anna est debout devant le bar. Je regarde à nouveau dehors, comme si je ne l'avais pas cherchée et elle arrive. « Qu'est-ce que tu fais ? dit-elle tout haut, sur un ton grave. On sort, dépêche-toi ! » m'ordonne-t-elle et je la suis et dehors, le vent qui était léger et insignifiant sur la terre ferme semble vouloir lui arracher les cheveux de la tête et nous propulser. Anna prend une écharpe dans son sac et l'enroule autour de son cou, couvrant aussi sa bouche.

Nous nous penchons et l'eau file en dessous. Nous dépassons le Vésuve et de ce point de vue, sous cet angle, on ne croirait pas que la ville a été construite autour, mais que tout a jailli et coulé de sa bouche et que nous ne sommes rien d'autre que le fruit de sa création. Je pense que c'est bien qu'il fasse froid, que la gorge nous gratte quand on fume, car on a l'impression d'être partout et pas seulement ici, et je pense aussi que c'est la faute de personne si la vie n'est pas toujours rose, la faute de personne si les couleurs qui étaient en nous s'enfuient en emportant nos pensées et qu'après il n'y a plus grand-chose à dire.

« Ça te plaît ? me demande-t-elle, la voix étouffée par le tissu.

— Oui. Forcément », et je m'aperçois que nous tremblons tous les deux. Les vagues déferlent sur la coque, sans éclats, la mer est désormais noire, de mauvaise humeur, et des gouttes volent jusqu'à nous.

Nous rentrons. Anna retire son écharpe et sa veste. Elle commence à me raconter que les petites îles sont des lieux magiques, enchantés, auxquels le reste du monde n'a pas accès, que ces îles deviennent l'autre monde. Qu'elles sont belles l'été et pas l'hiver, pourtant elles continuent à l'être à leur façon, parce qu'elles deviennent immobiles, encore plus lointaines et reculées. Que Procida est la plus petite de toutes et que c'est seulement une des raisons pour lesquelles elle la préfère. « Et c'est absurde, non, qu'en à peine une heure de ferry on débarque dans une autre galaxie ? » elle m'interpelle et je réponds oui, toujours oui et ensuite, quand nous la voyons affleurer à l'horizon, nous sortons à nouveau sur le pont.

Anna se hisse, les pieds sur la rambarde. Je mets une main au-dessus de ses épaules, pour pallier le danger, et elle ne réagit pas. Nous entrons dans le port, nous tournons sur nous-mêmes en même temps que le ferry, et devant nous apparaissent des barques de pêche, des petites maisons accrochées les unes au-dessus des autres, colorées et rongées par le sel, avec des fenêtres étroites et sombres, et c'est exactement comme de regarder l'intérieur d'une crèche. Et je ne sais pas pourquoi, mais ma pensée va à Bagnoli, à certains angles ou vues que j'ai connus à un moment de ma vie, avec les mêmes sensations que maintenant, et auxquels je n'avais pas pensé ainsi, avec cette tranquillité, depuis des siècles.

Nous descendons. Anna me dit de me préparer psychologiquement, qu'elle ne veut pas entendre de plaintes, parce qu'il va falloir marcher.

Et nous marchons lentement, dans l'air qui sent bon la mer et plein d'autres choses. Devant une église avec des petits vieux assis sur les bancs, nous grimpons à gauche, dans une pente droite comme un os. Nous tournons encore, et je voudrais exprimer un désir juste pour voir ce qui se passe. Immobile, une Vespa est garée près d'un rideau métallique rouillé, à demi relevé, sur une façade sans couleur. Derrière, il y a une voiture avec une couverture jetée sur le capot et un chat étendu dessus, qui dort.

D'un coup, sous la lumière complice, tous les immeubles deviennent jaunes ou roses et nous sommes éblouis.

Anna dit que c'est normal, la première fois.

« La première fois ça te fait trembler », je réplique et elle me fixe comme si elle n'avait pas saisi la référence à la chanson, et elle me plaît aussi pour ça.

« Tu sais comment est née Procida ? enchaîne-t-elle.

— Non », alors je ne tarde pas à apprendre qu'après s'être battu contre deux titans, Zeus les a punis en les enterrant sous des rochers, et qu'un des rochers était Procida, l'autre

Ischia. Et que les Grecs expliquaient ainsi la nature volcanique de ces îles.

« J'ai fait le lycée classique, conclut-elle, et nous rions.

— J'aimerais moi aussi avoir cette passion pour la mer, comme toi », je lui confie quelques pas plus loin, et elle me chambre, et il y a des pierres par terre et j'écoute les gens qu'on croise, qui s'expriment dans un dialecte plus traînant et fermé que le mien. Anna m'explique que nous ne passerons pas chez elle, parce qu'elle n'a pas les clés.

« Quand tu étais petit, tu répondais quoi si on te demandait ce que tu voulais faire plus tard ? » et je souris en imaginant l'expression qui traversera son visage d'ici quelques secondes.

« Tireur d'élite. Pour me poster en haut d'un clocher sans personne pour m'emmerder », et Anna me répond avant que je puisse lui retourner la question, peut-être sans avoir prêté attention aux paroles à peine échappées de ma bouche.

« Moi, pompiste. Quand mon père les payait, ils sortaient une liasse de billets de leur poche », dit-elle, et une dame apparaît devant nous, elle ferme la porte de chez elle, nous fait un signe de tête et passe. Anna se tourne pour la regarder. Elle reprend son chemin et le fil de ses pensées. « Ça me semble impossible de devenir adulte, d'avoir une maison, des enfants, peut-être que ça arrive sans qu'on s'en aperçoive.

— Si je le deviens avant toi, je t'appellerai pour te prévenir », je réponds, et à travers un portail en fer, vert, nous devinons le profil silencieux d'une église.

Nous la rejoignons et de là, je contemple à nouveau la mer, sur la petite place avec sa statue, et en face se dresse un immeuble rouge vif, avec tous les volets fermés. La pente devient plus raide. « C'est mieux que la salle de sport », lance-t-elle en se donnant une tape sur la fesse. « On va passer devant une chose spectaculaire, mais ce n'est pas ça que je veux te montrer, alors n'y fais pas trop attention », et quelques secondes après le mur ocre devient un muret au-delà duquel la vue est toujours la même, mais plus étendue, et je me trompe. « Non ! crie-t-elle. Viens, avance encore », et j'ignore la flèche qui indique Corricella.

Nous continuons à grimper et l'immeuble se réduit à un mur de tuf, et Anna me prend la main pour m'empêcher de ralentir. La peau de ses doigts est fraîche et en remontant il y a la mitaine, et elle s'obstine à me tenir la main même s'il n'y a plus de risque que je m'arrête. Je me tourne légèrement vers la mer, puis vers Anna. Elle accélère, m'entraîne, et elle a des mèches de cheveux derrière les oreilles.

« C'est de là qu'il faut regarder », dit-elle, et quand nous arrivons à ce petit belvédère où deux canons pointent vers la mer, avec une bonne partie de l'île étendue devant nous, ces parois de roche brune piquetées de touffes vertes qui plongent dans l'eau de très haut, et un voilier qui file droit et léger dans la baie, Anna lâche ma main et je sens le froid l'envelopper de part et d'autre.

« Alors ?

— Tu avais raison », et dans la mosaïque de maisons je reconnais le toit de l'église et celui de l'immeuble rouge. « Tu as faim ? » je hasarde, pour ne pas renoncer à la proximité établie, ne pas la gâcher, et Anna me fixe étonnée.

« Jamais.

— La fille qui ne sentait ni le froid ni la faim, je commente et elle fait oui de la tête.

— Manger à midi c'est pour les paresseux, parce qu'après on a sommeil et on est ralenti», alors je lui dis que moi, en revanche, j'aime bien m'allonger un peu l'après-midi, pour couper la journée en deux et recharger les batteries. «J'en étais sûre», réplique-t-elle.

Nous nous taisons. Assis sur ce banc très étroit, nous nous touchons de manière involontaire. J'ai deux sandwichs et une bouteille d'eau pétillante dans mon sac à dos, mon estomac me fait mal, grogne, et je ne parle pas. Anna cligne les yeux, plusieurs fois, puis elle cesse.

«À plus de quatre-vingts, quatre-vingt-cinq ans, reprend-elle, Roberto Murolo continuait à chanter d'un mariage à l'autre, à donner des concerts, telle une toupie infatigable qui ne semblait pas vouloir s'arrêter. Quelqu'un lui a demandé : "Maestro, mais comment vous faites, à votre âge, quel est votre secret ?" et tu sais ce que Murolo a répondu ? "Je dors un peu l'après-midi." »

Elle se lève et je me demande : mais pourquoi quand on est ensemble on ne fait que marcher, sans jamais s'arrêter, comme deux désespérés en quête de quelque chose dont ils ne se rappellent ni la forme ni les traits ?

Nous passons sous une petite grotte, minuscule comme la fente d'une paupière. Et pourquoi Anna ne sait qu'aller de l'avant, je pense, telle une marathonienne qui oublie tout et se concentre sur le parcours qu'il lui reste à faire ?

Je mets les mains dans mes poches, certain qu'elle n'a pas l'intention de les prendre. Anna dit qu'elle veut me montrer la prison et je suis sans doute déjà fatigué et je n'en ai rien à faire.

Un scooter passe et nous sépare ; nous continuons chacun d'un côté de la route. Elle me décrit la disposition des lits à l'intérieur des cellules, certains en long et d'autres tête contre le mur, derrière des grilles rouillées, dans ce qui avait été le palais des gouverneurs, soit un château transformé en prison. Nous traversons le bourg et le vent souffle, fouette nos dents et nos oreilles. « On y est ! » s'exclame-t-elle et ses battements de mains me parviennent éteints, et le portail est fermé.

Anna le pousse, fort, inutilement. Au-dessus, dans le marbre blanc, est gravé ISTITUTO DI PENA, et s'il vous plaît, il y a quelqu'un, aidez-nous, crie Anna, et j'ai envie de rire. « Ouvrez ! » lance-t-elle à la cour vide, et elle s'obstine et je me demande quand elle va se rendre.

« Trop dommage, râle-t-elle en fouillant dans son sac. Je voulais vraiment te la faire visiter », et j'approche mes mains des siennes, touche ses gants et non sa peau, pour l'aider à protéger et allumer sa cigarette.

« Pourquoi ? je lui demande.

— Pour te poser une question. Le pire, selon toi, c'est d'être enfermé dans une cellule où tu ne vois rien à part des murs, ou dans une de laquelle, à travers les barreaux, tu vois la mer ?

— Peut-être que si tu observes la mer pendant des années, sans pouvoir la toucher, une fois dehors tu feras tout pour l'éviter, je réponds tandis que nous revenons sur nos pas.

— Qui sait… » Elle cherche à nouveau dans son sac. Elle en sort son téléphone. « J'appelle un taxi et on va voir ma plage préférée », et j'imagine qu'à la lettre T de son répertoire, Anna a probablement un tas de numéros de taxis, de villes différentes, et j'insiste pour que cette fois au moins elle me laisse payer.

« Qui a parlé de payer ? » réplique-t-elle avec un rire de petite fille espiègle, les yeux pétillants et plissés par ses joues.

Elle téléphone. Le taxi arrive et l'appelle mademoiselle. Anna lui dit qu'on a trouvé la prison fermée et vraiment répète l'homme plusieurs fois, et c'est étrange, et Anna le vouvoie et lui fait pareil avec elle.

Ils échangent un comment allez-vous et conviennent que l'hiver est une tragédie, alors le chauffeur cherche à savoir ce qu'on fait là. Anna lui explique que je n'étais jamais venu à Procida et il me regarde dans le rétroviseur et ne m'adresse pas la parole. Puis ils parlent du temps, froid mais agréable, et le chauffage bourdonne dans la voiture.

« Vous allez à l'université ? » demande-t-il et Anna répond oui, hélas, et l'homme rit.

« Combien je vous dois ? dit-elle enfin, et pas moyen de le payer. Il fait demi-tour, baisse sa vitre et nous salue de la main.

« Tu es la princesse de l'île ? je lui glisse.

— C'est toujours un plaisir. »

Nous suivons un chemin en pente, le long d'un cimetière.

Les lumières sur les tombes s'évaporent dans celle de l'après-midi, et maman voudrait faire incinérer grand-mère et à Naples ils se disputent, peut-être en ce moment même. Mery veut l'enterrer et je suis d'accord avec elle, car dans ce cas, à la différence de la crémation, nous aurons un lieu où lui rendre visite, où nous réunir, d'une manière horrible, dans un monde de merde, mais nous aurons au moins ça. Et puis l'idée du corps de grand-mère qui brûle et n'existe vraiment plus me fait horreur. Moi aussi je veux être enterré, quelque part, pour que quelque chose résiste, et cette pensée est sans doute stupide. Elle disparaît, heureusement, parce que la mer dévore tout.

Les vagues battent et rebattent le rivage et certains rochers, le bar est fermé, le sable est noir. Le vent vient de l'eau, d'en bas, il déplace le sable qui semble émigrer ou se balader à petits pas, comme Anna et moi.

Nous nous y asseyons, et je fume.

« Pourquoi c'est ta plage préférée ?

— Ici, je suis tombée amoureuse pour la première et la dernière fois de ma vie.

— Comment sais-tu que c'est la dernière ?

— Parce que c'était un grand amour, et il ne pourra jamais se répéter.

— Raconte-moi.

— Même pas pour tout l'or du monde. »

Alors je réfléchis, je fais quelques calculs et deviens nerveux. Parce qu'Anna, comme chacun de nous, vit en poursuivant des événements qui se sont déjà produits et va au-devant de nouveaux uniquement pour les juger et en dire tout le mal possible, pour libérer sa colère, aigrie par les années et la succession de choses ordinaires, sans aucun relief, qui n'ont l'air de rien et pourtant, mises bout à bout, se transforment en un monstre qui ne nous dévore pas, mais nous avale et nous retient dans son estomac. Je sors les sandwichs de mon sac, parce que j'ai faim et que plus rien ne m'importe ; nous perdons notre temps, ensemble, mais nous le perdons de toute façon.

Je veux m'en aller.

Je veux rentrer chez moi, prendre une douche et oublier.

«Tu en veux un?» je lui propose et Anna se tait et je me tais aussi, parce qu'elle préférerait probablement être ici avec quelqu'un d'autre et cette attitude me semble le seul moyen de conserver un tant soit peu de dignité.

Je mange et elle dessine un papillon avec une brindille, puis des rectangles et des cercles.

Je bois et mange l'autre sandwich et je me demande s'il existe des tombes face à la mer et dans quelle position le mort se trouve à l'intérieur, s'il parvient à voir la plage, et ma colère déborde, sans raison précise, et je me dis que je devrais être en train de réviser chez moi, de tout faire sauf tenir compagnie à Anna, car c'est de compagnie qu'il s'agit et rien d'autre. Je pense qu'elle m'a assujetti, peu à peu, que c'est pour ça qu'elle m'a embrassé au coin de la bouche, là où je saignais, pour me faire effleurer ce que ça pourrait être, et puis qu'elle a tout arrêté, en gardant la situation sous contrôle, derrière une barrière, en me jetant des morceaux de viande sans jamais se donner elle, parce que je dois être là, mais pas d'une manière différente, plus profonde. Parce qu'elle a peur, qu'elle est seule et veut pouvoir dire à quelqu'un qui l'écoute les choses qui lui passent par la tête, pour combattre la solitude. Je me demande si je ressemble à un petit chien blanc comme celui de Jaja, et pourquoi Anna ne s'en achète pas un, au lieu de traîner avec moi? Je n'éprouve plus de bienveillance à l'égard de tout ce qu'elle boit et de tout ce qu'elle ne mange pas. Car il ne s'agit pas de vivre mais d'attendre la mort au meilleur endroit, il me semble, et je perds également la sympathie et le respect que j'ai pour elle.

Je remballe la moitié du sandwich dans son papier et me lève. « J'ai froid, rentrons. »

Elle me rejoint et glisse un bras sous le mien. Je ne bronche pas et elle parle.

« Tu as vu le cimetière, là ? Avec ce fameux ami, on voulait faire un bain de minuit, mais on est passés devant et repartis en courant parce que les tombes étaient éclairées.

— Elles sont toujours éclairées. Nuit et jour », je précise et deux goélands se posent près de nous, l'un tend le cou et hurle vers les falaises surplombantes.

« Alors on a dépassé le camping et on est allés sur une autre plage, reprend-elle. Il y avait de la musique qui provenait de quelques restaurants et on est restés là mais on ne s'est pas baignés, parce qu'on n'en avait plus envie et que même cette simple chose nous semblait impossible.

Je me tourne vers elle. Je regarde par terre, j'évite les pierres.

J'admets au fond de moi éprouver de la tendresse pour elle, malgré tout, pour cette fille aussi légère que lourde.

J'inspire, j'expire et le bras d'Anna me serre encore, et en silence, je m'explique une chose que j'ai lue et qui m'intéressait sans que je sache pourquoi.

En clair, que certaines espèces de fourmis peuvent soulever jusqu'à cent fois leur poids.

Je voudrais être une de ces fourmis-là, et je voudrais qu'il en soit de même pour Anna.

7 janvier

Comme une pièce de monnaie qui tombe et rebondit d'innombrables fois sur le carrelage nu d'une salle vaste et vide. Le son plane, par la force des choses, et se transforme, se distord, se trahit lui-même, jusqu'à égarer totalement qui a écouté la chute et ses conséquences. Ensuite, quand on revient à la normalité, au silence, on doute, car le silence n'est pas silence, mais l'incertitude de ce qu'on a entendu.

Ainsi, on reste dans l'attente, et l'absence d'autres sons ne fait qu'entretenir le souvenir de ce qui s'est passé, en le détournant, et en nous réduisant à le chercher, nous, dans son intégralité, ailleurs. Alors, les situations et les lieux se confondent, la brume et la fumée inévitablement avancent, offusquent la vue et la confirmation de ce qu'on croit avoir perçu. On cherche des preuves là où il ne peut plus y en avoir et ce faisant, on reste ancré dans le passé, accroché à l'idée de pouvoir revenir en arrière et ramasser ce qu'on serrait dans sa main, naïvement, peu de temps auparavant ; de rebrousser chemin, trouver l'élément manquant puis repartir. Mais si je ne l'ai pas vu tomber, si je ne suis pas sûr, si je ne suis pas en mesure de le raconter et de le documenter, un arbre qui s'affaisse dans une forêt, avec moi comme unique spectateur, s'est-il vraiment affaissé ?

Je ne sais plus où, en quel point de notre histoire, mais maman m'a dit que quand on parle de morphine, ça veut dire que la fin est proche, qu'elle arrive à voiles déployées et que rien ne pourra l'éloigner. Et maintenant que je possède seulement ces paroles, de manière confuse, avec le raisonnement qui les contenait, sans me rappeler l'expression de son visage, ni comment elle était habillée, où nous étions, je ne parviens pas à les contextualiser dans le déroulement des faits.

Elles sont simplement passées, comme le message sur le panneau lumineux au bord de la route que je vois à la dernière seconde et qui laisse une traînée dans mon cerveau, tandis que la voiture continue à rouler.

Aujourd'hui je suis allé à Bagnoli et avec une ordonnance, à la pharmacie, j'ai pris ce médicament sans considérer ce que je faisais comme une chose importante ou dont je devrais me souvenir toujours. Et maintenant il me manque des morceaux, encore des éléments manquants, qui augmentent au lieu de diminuer, et mes sensations, qui n'étaient pas liées à ce qui se passait mais aux autres choses, sont presque toutes inutiles. J'ai récupéré les boîtes sur le comptoir, enveloppées dans un sac en plastique blanc, et je suis remonté.

J'ai tendu le sac à ma mère, dans la cuisine, et elle l'a attrapé.

« La morphine », a-t-elle dit sans répéter l'idée qu'elle avait déjà exprimée, mais en y pensant à nouveau, je crois, et en me tournant le dos, comme pour se protéger de moi également, dans cette circonstance où les paroles cessaient d'être une considération et devenaient un fait réel.

Alors c'est ça, la fin, ça ressemble à ça, j'ai pensé, pendant qu'elle sortait les boîtes et ouvrait le placard pour les ranger. Et quand elle l'a refermé je n'ai pas eu la sensation d'avoir acheté ou vécu l'instant à partir duquel la vie de ma grand-mère cessera officiellement d'avancer, de se développer, car pour moi c'était une minute quelconque, car je ne savais pas ce qui se passait en réalité. Un moment que je revivrai tant et tant de fois, toujours de cette manière, sans comprendre ce qui arrive et ce que j'éprouve, parce que occupé à ressasser des événements qui en réalité ne sont pas arrivés. Parce qu'en saisissant ce sac, je n'ai pas acheté de la morphine pour ma grand-mère, mais un médicament quelconque. Et vue comme ça, de cette manière-là, la vie fait très peur.

12 janvier

Je suis chez grand-mère pour lui raconter mon examen. Elle est assise sur le canapé et avec elle, à la maison, il y a Mery, et grand-mère est jaune et ébouriffée, comme un drap après une nuit de sommeil. En pyjama, les jambes serrées, elle regarde la télévision et elle est complètement jaune, comme si un voile de mercurochrome terni recouvrait sa peau, ou comme l'index et le majeur de mon grand-père, les doigts des fumeurs jaunis par les cigarettes et la nicotine. L'annonce de ma note, vingt-six sur trente, semble l'arracher à ses pensées. « Bravo », soupire-t-elle, sans grande conviction, et j'essaie de lui expliquer que j'aurais pu faire mieux, mais que j'ai été interrompu deux fois, et déconcentré, d'abord par le gars qui a apporté son café au professeur, puis par un responsable de la faculté qui est venu lui dire quelque chose, et je ne lui dis pas que dans la salle flottait une odeur de fleurs fanées et que je voulais briller parce que ce serait peut-être la dernière note qu'elle entendrait. Mes paroles arrivent à ses oreilles et pas au cerveau ; je l'imagine dans un cube en plexiglas, scellé, comme les vitrines des musées, et grand-mère regarde un mauvais feuilleton, avec des acteurs aux coiffures ringardes, et elle semble absorbée par les images. Puis elle rit, sans aucune raison, ni réplique ni situation comique, je l'impute à la morphine et c'est dur quand les personnes qu'on aime deviennent inaccessibles bien qu'on se trouve auprès d'elles. Mery étend le linge sur le balcon et chaque fois qu'elle le faisait, grand-mère me racontait que quand l'usine tournait encore, elle devait se coordonner avec les coulées de métal. Elle observait les cheminées qui crachaient du noir et attendait le bon moment, parce que si on se trompait et que les draps restaient dehors pendant la coulée, après on devait les relaver, parce que la fumée arrivait jusqu'à nous, se déposait en myriades de petits grains et ils étaient plus sales qu'avant. Je l'embrasse, elle ferme les yeux et les rouvre. Elle les pose sur moi une seconde, puis les redirige vers la télévision et Mery me demande quel est le prochain examen. Je lui réponds histoire contemporaine. « Bien », dit-elle, et alors je pense que je ne suis pas sûr de réussir à le préparer, parce que nous arrivons au bout et je n'ai pas la tête à ça, parce qu'il y aura les funérailles et leurs conséquences même si pour l'heure je n'ose les envisager. « Oui, la seule difficulté, ce sont les dates. Il y en a beaucoup et il faut toutes se les rappeler », j'explique et nous parlons en couvrant les dialogues du feuilleton, ce qui nous confirme à tous les deux, sans avoir à le souligner, que grand-mère le regarde sans comprendre et ça, c'est une autre chose terrible. « Tu dois les écrire, remplir des pages, ça aide à mémoriser », me conseille Mery. Puis viennent les publicités, une émission de téléachat consacrée aux appareils pour faire de la musculation à la maison. « Tu veux boire, tu veux un peu d'eau ? » lui demande-t-elle, et grand-mère dit oui. Mery revient avec le verre et l'approche de sa bouche. De l'autre main elle relève le bavoir que grand-mère garde autour du cou, et ce geste est bien pire que d'avoir vu un paquet de couches pour adultes dans sa chambre, comme c'est arrivé il y a peu. Ce n'est pas juste, je me dis, sans doute naïvement. Grand-mère a connu les grèves, les manifestations, le chômage, les soucis d'argent, les ménages chez les gens et dans les cages d'escalier, et maintenant que tous ses enfants vont bien et travaillent, que nous vivons mieux, maintenant qu'elle n'est pas encore trop vieille et qu'elle n'a plus à se préoccuper de rien, son corps et son destin la trahissent, la tuent, et Mery lui essuie les lèvres. Elle lui pince la joue et grand-mère, je pense, à la fin, ne saura jamais que j'obtiendrai mon diplôme, et de même pour le reste, elle ne saura plus rien de nous et à quoi bon faire les choses, dès lors, essayer d'avancer, et l'émission de télé-achat est terminée : on n'a rien acheté et une fois, quand j'étais petit, on a appelé une émission, et Mery m'a soufflé la réponse. J'ai gagné un jeu vidéo et on est allés le retirer avec grand-père, à l'autre bout de Naples, et il n'a pas arrêté de pester parce qu'on allait à l'autre bout de Naples, et au fond je crois que le mauvais côté de l'hiver ce n'est pas le froid mais la lumière qui s'en va trop vite ; quand on regarde les vitres, on ne voit plus le monde mais le reflet de notre intérieur, sous un autre angle, qui dévoile les dos et ce qui habituellement passe inaperçu, qu'on ne voit pas de cette manière et j'ai peur de tout ce que je n'ai pas l'habitude de faire. Je n'aime pas les nouveautés : j'aime les choses qui se répètent. Parce que si on fait en sorte qu'elles se répètent, c'est qu'elles sont belles, comme l'amour. On tombe facilement amoureux, mais en amour on accepte la répétition, cela ne nous effraie pas, car tout ce qu'on fait, on voudrait toujours le faire avec cette personne, celle qu'on aime. Grand-mère renifle et Mery l'aide à se moucher. Grand-mère souffle puis repousse sa main. « Elle est capricieuse, ce soir », dit Mery en l'air, et grand-mère me regarde et dans ses yeux il y a l'ennui, la douleur, le non-sens et une patine jaune, car même ses yeux sont devenus ainsi, de jade. Mery me confie que dernièrement, elle lit surtout de la poésie, et je lui réponds que moi, en revanche, je ne lis rien. « Dommage. Lire occupe une grande partie du cerveau. Quand tu lis, tu ne penses à rien, tu te distrais, et c'est relaxant », explique-t-elle et grand-mère bâille. Elle lève le bras mais ne parvient à couvrir sa bouche qu'à la fin. Elle se tourne. « Tu veux un sandwich ? » me lance-t-elle, et sa voix me surprend. « Je n'ai pas faim », je réponds et grand-mère dit à Mery de me donner un sandwich. Mery revient et je le mange en me demandant ce que pensent les commerçants chez qui grand-mère a fait ses courses pendant cinquante ans maintenant qu'ils ne la voient plus. Sont-ils inquiets ? Que savent-ils ? Se sentent-ils étranges, eux aussi, les commerçants de Bagnoli ? « Nonnì, j'y vais », je lui glisse et elle fait oui de la tête. Je l'embrasse, mais avant je retiens ma respiration, parce que je ne sais pas quand et comment on lui fait sa toilette et je ne veux pas sentir son odeur, je veux conserver celle dont je me souviens, immuable et immortelle. Celle du savon pour les mains qui imprégnait ses vêtements, parce que grand-mère en mettait des morceaux dans tous ses tiroirs et au fond de son armoire, et ses chemises avaient cette odeur et qui sait si après tout ça, chaque fois que je me laverai les mains, en la sentant, je penserai à elle. Je lui donne plusieurs baisers. J'embrasse Mery, je prends le premier train et à Montesanto je ne prends pas le second. Je sors de la gare, les lumières pointillent les rues et les murs et Naples est vraiment belle à cette heure-ci, avec les gens qui marchent la tête rentrée dans les épaules, vers chez eux ou ailleurs. Je traverse la piazza Dante et, dans le calme, j'entends le bruit de mes pas. Et je retente ma chance, car les trois mois sont passés depuis longtemps, quelques jours, des semaines, je ne sais pas précisément. « Je reviens pour le livre de Paul Nizan », et l'homme à la barbe noire et blanche m'observe attentivement de ses yeux verts. « Je n'ai rien trouvé de Paul Nizan », fait-il et alors j'entre dans une autre librairie, plus grande, et je pense finalement que je ne dois pas chercher un livre qui commence comme ça, parce que je n'ai pas envie d'être d'accord, accompagné, réconforté, je veux, fermement, qu'on me pousse, qu'on me fasse avancer d'une manière ou d'une autre, j'en lirai donc un autre. Je parcours les rayonnages. Je lis plusieurs premières pages, jusqu'à ce que je découvre ses caractères noirs imprimés sur son dos blanc : *Voyage au bout de la nuit*, et je l'ouvre.

« Ça a débuté comme ça. Moi, j'avais jamais rien dit. Rien. »

15 janvier

Maria Rosaria avance avec ses cheveux longs et fins qui ondulent sur son dos, et je prends à boire au bar. Je la rejoins et elle est assise dans un petit fauteuil face à notre piste pour enfiler les chaussures ridicules qu'on nous a données. Sur le visage, elle a une expression qui ressemble à du dégoût et à côté de nous jouent trois hommes, grands, à l'air averti, et je doute que pour eux aussi ce soit la première fois.

« Tu penses à tous ceux qui les ont portées avant toi, pas vrai ? », et je fais un signe de tête en direction de ses pieds.

« Pas le choix », affirme-t-elle, et nous sommes là parce qu'après avoir acheté le livre, je suis rentré chez moi et lui ai signifié que de temps en temps nous devons faire des choses nouvelles, stop les films et les heures enfermés, et j'étais le premier étonné de ce que je disais.

Maria Rosaria a sifflé le mot bowling. Nous avons pris le scooter et nous sommes partis. Elle n'y était jamais allée et je n'ai pas dit que j'y avais déjà joué, parce que je ne voulais pas qu'elle cesse de croire que nous faisions une chose extraordinaire.

Je me suis caché derrière son corps, sur la route, pour tenter de me protéger, et à la hauteur de la Mostra d'Oltremare j'ai fait *brrr* à son oreille en simulant des frissons que Maria Rosaria a commentés en disant qu'il ne faisait pas si froid. Ensuite, viale Kennedy, je lui ai indiqué les vitrines, en partie masquées par les arbres, de ce qui avait été mon magasin de jouets préféré, alors elle s'est rangée, s'est assurée que personne n'arrivait et a fait demi-tour. Nous sommes montés avec le scooter sur le trottoir et les avons regardées en écoutant le bruit du pot d'échappement et en nous rendant compte, encore une fois, comme s'il en était besoin, que nous n'étions plus des enfants, parce que nous ne savions rien des jouets d'aujourd'hui, des dessins animés et de leurs personnages emblématiques.

Nous avons rejoint le bowling seulement après, et debout, nous observons ces grands types jouer à côté de nous et on est un peu comme ceux qui, avant de se jeter à l'eau, restent plantés sur la rive à fixer l'horizon pour se convaincre de vouloir le faire vraiment. À tour de rôle, nos voisins renversent toutes les quilles, sans effusion, afin de signifier au monde que la chose est facile pour eux, et dès qu'ils lancent la boule, ils se tournent car c'est seulement au bruit qu'ils savent si elle roule bien, avant la confirmation du fracas final.

Je commence et fais tomber trois quilles, puis deux, et je lui dis qu'elle s'est fourrée dans un sacré pétrin. Elle choisit une boule rose et en se penchant pour la lancer, elle retient son pull dans son dos, pour éviter qu'il remonte ; elle en fait tomber zéro, et après cinq. Elle m'envoie un baiser avec la main et j'en fais tomber trois au total, et elle sept, alors elle dit qu'elle a enfin trouvé le sens de sa vie. Je vais chercher d'autres bières.

« Tu essaies de conjurer la défaite en me faisant boire ? » fanfaronne-t-elle et je m'applique, mais elle continue de gagner, et à présent, avant de se pencher vers la piste, Maria Rosaria ramène tous ses cheveux d'un côté, en les calant sur son épaule. Elle exulte, fait des pirouettes et des petits pas de danse et en la voyant comme ça, je suis sûr de m'être trompé, ce n'est pas la tristesse qui la rend élégante, parce qu'elle l'est aussi quand elle s'amuse.

« On refait une partie ? dit-elle.

— Allons fumer d'abord », et nous fumons devant une porte de service et dehors il pleut.

« J'espère que le scooter… », murmure-t-elle en observant la pluie, et elle me sourit. « Essaie de te concentrer, sinon c'est pas drôle », me provoque-t-elle quand nous retrouvons notre piste, et je veux absolument gagner, l'humilier, et malheureusement je perds et Maria Rosaria devient le moustique qui m'embête toute la nuit, qui ne me laisse pas de répit, celui qu'on voudrait anéantir, qu'on chasse et qui revient sans cesse nous voler autour, jusqu'à nous réveiller pour de bon.

« Avant je te trouvais sympa », et elle m'invite à me taire.

Je perds encore et nous allons remettre nos chaussures et Maria Rosaria son manteau. La pluie s'est calmée, il ne tombe plus que quelques gouttes mais elle préfère attendre que ça s'arrête complètement.

« Marchons un peu, plutôt », suggère-t-elle.

Nous sortons du parking et allons nous réfugier sous l'auvent du zoo qui n'est pas loin.

On fume, je lui demande pourquoi les Napolitains ont si peur de la pluie, et pourquoi on reste là, en sachant que quand ça s'arrêtera, de toute façon, les rues resteront mouillées un bout de temps, au moins jusqu'au matin.

Elle ne me répond pas. « Le zoo est fermé ? Enfin, il y a encore des animaux ? » Elle essaie de regarder à l'intérieur, mais tout est noir.

« Aucune idée, je réponds.

— Tu as entendu ce bruit ?

— Lequel ?

— Écoute. »

Silence. « C'est peut-être un lion en cage », et je rugis, doucement, la tête basse, pour que le son paraisse lointain, et elle me fixe du coin de l'œil.

« Idiot », lâche-t-elle et je continue, je recommence.

Elle me donne une tape sur l'épaule, son regard est lascif et lent, elle est ivre, je fais le compte de ce que nous avons bu et ça me semble impossible.

« Toi, avec cette tête, tu serais un lion ? » Elle ne me regarde plus dans les yeux, mais elle s'approche, et ses chaussures sont devant les miennes et dansent sur l'asphalte, elles prennent de l'élan, puis hésite. Elles disent oui et se ravisent, tandis que les miennes restent immobiles. Elle attrape avec douceur le col de mon blouson et les lions, s'ils sont là, dormaient bercés par le bruit de la pluie, qui a désormais cessé et ni moi ni elle n'avons rien dit. À présent les lions sont réveillés, ils vont et viennent dans leur cage comme les chaussures de Maria Rosaria.

« Ça va ? » je demande et avant de réussir à finir, elle pose la tête sur ma poitrine et la relève. Elle est aveugle, elle ne sait pas ce qu'elle fait, et les coups de ceux qui ne peuvent pas voir sont leur façon de connaître et de rencontrer le monde.

Ses yeux fermés, nous nous embrassons.

Je me penche et vois son front, la naissance de ses cheveux et fugitivement ses lèvres ; juste le temps de viser. Les miennes touchent les siennes, je ne comprends pas qui a embrassé qui et il me semble que nous n'avons pas commencé là, mais avant, à un moment indéterminé, et que la langue de Maria Rosaria se comporte comme le gecko qui vivait l'été dans le trou près de l'entrée de mon immeuble et qui se cachait dès que la porte s'ouvrait.

Nous perdons l'équilibre, nos hanches contre les barreaux de la grille et je ne suis pas troublé, mais apaisé. Maria Rosaria a une main derrière mon cou et l'autre dans mon dos, les miennes glissent sur son manteau humide, et parfois on désire tellement de choses que cela revient à n'en désirer aucune.

Elle s'arrête et repose la tête sur ma poitrine, comme s'il ne s'était jamais rien passé.

Je l'imite. « Ça va ? » je lui demande, à nouveau, et j'embrasse la ligne de peau d'où semblent partir tous ses cheveux.

« Montre-moi où tu as grandi à Bagnoli, fait-elle. Juste de l'extérieur, on passe devant en scooter. »

Elle démarre, et on se sent plus légers sur la route mouillée qui nous laisse libres et ne nous retient pas, qui reflète les lumières des lampadaires comme si elle était de glace. À la faveur du temps et de l'heure, nous sommes seuls et je me demande quelle chanson il faudrait, quelle bande originale choisir si tout cela était un film.

Au feu je lui indique la rue qui est large et semble infinie. Le scooter accélère, puis nous entrons dans le quartier et Maria Rosaria ralentit.

Nous nous garons au coin de l'avenue et de là, je lui montre nos balcons et lui explique la disposition des pièces, ma chambre, celle de ma grand-mère et le reste. Les lumières sont éteintes, je lui parle et rate le moment où l'une d'elles, celle du salon, s'allume. Maria Rosaria met une main sur ma bouche pour que j'arrête de parler, et fait pression pour que je tourne la tête. Nous regardons la vitre d'où la lumière s'échappe en nous attendant à ce que le noir revienne d'un moment à l'autre.

Ce n'est pas le cas.

Quelques minutes passent. Mery doit être en train de lire ses poésies, je pense, et nous partons en laissant la lumière derrière nous.

« Allons voir la mer, on n'est pas loin », dit-elle, mais la mer est noire et on ne voit rien ; on l'entend seulement. Puis elle conduit et je ne sais plus comment me mettre, si je peux poser mes mains sur ses hanches ou ma tête contre son dos, et qu'importe si j'ai envisagé cette chose plusieurs fois, en me la représentant de façons très disparates, elle et moi, sur son scooter, après un baiser, après s'être enfin dit ou démontré que nous nous aimions, parce que je continue à ne pas savoir.

En bas de chez moi nous nous embrassons encore, et je ne me rappelais pas que c'était comme ça quand une fille te plaît et quand tu sens que tu lui plais, comme si le monde devenait affrontable, comme si toutes les choses se remettaient d'aplomb, bien droites, dans l'attente que tu les saisisses. Je glisse une main sous son menton, le caresse, et Maria Rosaria ne bouge pas du scooter.

Ainsi, dès que j'ai fini, elle disparaît en une seconde, et je sais que je devrais la revoir le lendemain. Me présenter devant elle, embarrassé et heureux, avec l'envie de bien faire et la volonté de mettre de l'ordre, et cependant j'ai passé la journée au lit, à lire et à fumer, les jambes croisées l'une sur l'autre, sous la couverture qui se soulevait et n'atteignait pas ma poitrine. Par la fenêtre ouverte entrent l'air et l'hiver, et je me réjouis d'avoir la possibilité, si je veux, de ne voir personne, y compris Maria Rosaria.

Elle ne se manifeste pas non plus et cela a trait à notre façon de voir le monde, de l'imaginer comme un endroit où tu sors de chez toi pour acheter des cigarettes, et où après dix mètres se produit une tragédie. Je m'impose de l'appeler, mais l'idée me dérange, je me demande pourquoi ce serait à moi de le faire, et je pense à mille choses en lisant. J'arrive page vingt-sept, là où il dit que quand on n'a pas d'imagination, mourir c'est peu de chose, et quand on en a, mourir c'est trop, et je reviens en arrière, je reprends du début, et c'est le soir quand je repense à Maria Rosaria, car page cent dix-neuf il est écrit que la répulsion qu'inspirent les commerçants à ceux qui les approchent et savent, est une des très rares consolations qu'éprouvent dans leur pauvreté ceux qui ne vendent rien. Et c'est comme s'il parlait d'elle et moi, sauf que nous, plus qu'être pauvres, nous vivons pauvrement.

Je descends les poubelles, je remonte et je m'en veux davantage pour le baiser et ce qui suivra que de ne pas l'avoir rappelée, et elle ressent peut-être la même chose et cela explique pourquoi elle n'est pas venue me chercher. Et maintenant que nous savons qu'il s'agissait d'un feu follet, que va-t-il nous arriver ? Nous allons nous perdre, tout va s'écrouler sur nous, je suppose.

En effet, je me réveille, je n'ai plus de cigarettes et au lieu d'aller chez elle, je résiste et me retiens de fumer. Pris de nausées, je finis par en acheter au gars près de la gare, qui ne me salue pas et ne me regarde pas. Je prends le train et vais chez grand-mère, je retourne à la pharmacie chercher de la morphine, sans penser à rien. Jaja m'ouvre et grand-mère n'est pas sortie de son lit, je le comprends en découvrant l'appartement sombre et vide avec Jaja au milieu, tel un manège abandonné.

« Tu ne vas pas lui dire bonjour ? » me demande-t-elle et, instinctivement, j'ai peur. Je réponds qu'elle doit dormir et que je ne veux pas la déranger. J'ai l'impression que mon cerveau a décidé de ne plus rien éprouver, de s'éteindre, et Jaja a les yeux brillants et tristes quand elle me le dit. « Aujourd'hui, elle ne m'a pas reconnue. »

Grand-mère l'a fixée, sans parler, et Jaja a senti qu'il manquait quelque chose dans son regard. Elle l'a accompagnée aux toilettes et en revenant vers sa chambre, au milieu de la cuisine, grand-mère s'est arrêtée, immobile. « Où sont mes filles ? » elle a fait, et ensuite Jaja a pleuré assise sur les cabinets.

Je l'embrasse et, en la serrant, je me promets de quitter cet endroit avant d'être effacé à mon tour.

Je pars et j'attends le train.

Je rentre et me dispute avec ma mère, parce que Jaja lui a raconté ce qui s'est passé et dans la cuisine, elle peste contre la morphine et répète que la crémation est la meilleure solution mais personne ne lui prête attention, et çà et là pointent quelques allusions à son travail alors je lui demande si au moins une fois, une fois seulement, il serait possible de dîner comme tout le monde, en oubliant un peu les tragédies vécues durant la journée et si au lieu de les amplifier systématiquement, de les rendre énormes, on pourrait essayer de les apprivoiser, de les adoucir.

Mon père prend sa défense.

Il dit que c'est la vie : en cas de coup dur, on en parle et on décide ensemble ce qu'il faut faire. « Quand vas-tu apprendre à te comporter dignement ? » lance-t-il, et moi, je pense à Maria Rosaria.

Demain, je me dis.

Je plonge les yeux dans mon assiette. Je regrette. Je ne dors pas et prends conscience pour la première fois que grand-mère n'arrivera pas à mon anniversaire, qu'elle mourra avant.

Je me lève, j'ouvre la fenêtre et n'ai pas le temps de penser à Maria Rosaria, et le faire me semble vil et cruel. J'entends les voitures passer sur le pont du périphérique mais ne les vois pas. Je dors et rêve que je joue au foot.

À l'heure du déjeuner, quand je sais que le bureau de tabac va bientôt fermer, je sors. Je trouve Maria Rosaria les bras croisés, elle ne lit pas et fixe un point indéfini sur le mur devant elle, sans rien faire.

Je la salue, j'essaie de parler mais elle n'ouvre pas la bouche et sa mauvaise humeur avance, implacable, telle une avalanche, à moins que ce soit moi qui skie sur la mauvaise pente. En m'efforçant de comprendre, je lui exprime des choses et Maria Rosaria perd toute inhibition.

« Je te croyais plus intelligent que ça, siffle-t-elle. En fait, tu ne comprends rien.

— Que veux-tu dire ?

— Tu m'embrasses, tu disparais et puis tu reviens en pensant pouvoir faire comme si de rien n'était, et quand est-ce qu'on parle de ce qui s'est passé, selon toi ? Ou tu as l'intention de repartir d'un peu avant, de l'épisode précédent ? »

Je lui explique que je suis là pour en parler, calmement, qu'il n'y a pas mort d'homme, alors elle décroise les bras et passe une main devant elle comme sur une vitre embuée, pour mieux voir et me faire taire.

Son visage est de marbre, ses yeux plantés dans les miens me font mal. Elle parle comme si elle me connaissait.

« La vérité, c'est que tu n'as envie de rien, affirme-t-elle.

— Qu'est-ce qui a changé par rapport à il y a quelques jours ? » je lui demande et tout ça me semble absurde, et je ne tiens plus vraiment à rester là, à chercher de nouvelles raisons de me sentir stupide, à me justifier tandis que tout se racornit. « Pourquoi serais-je venu, dans ce cas ?

— Parce que tu es comme ça. Tu dois avoir la confirmation de ce que tu penses. »

Je tente de réagir, de m'opposer, mais je suis désormais certain de ce qu'elle représente dans ma tête et dans mon corps, et de ce qu'elle ne sera jamais. Je voudrais qu'elle me plaise au point d'en tomber amoureux, et je voudrais qu'elle m'aime au point de me contraindre à l'aimer en retour, et qu'on oublie le reste, de façon à devenir une seule personne, une personne intouchable comme la pire bande de criminels, mais parfois on désire tellement que c'est impossible même simplement de commencer.

Il faut plus de temps, pour tout, pour chaque chose.

« Maria Rosaria, je..., et elle m'interrompt.

— Tu tires sur les gens juste pour les voir mourir. »

Puis elle n'a plus rien dit, parce que je suis parti.

J'ai dû compter jusqu'à six.

« Pardon », j'ai soupiré avant de rentrer chez moi, lire encore.

Micio m'a téléphoné.

« Tu es au courant pour Angelo ?

— Non. Quoi ?

— Il a une copine, une Polonaise. »

Anna m'appelle.

« On va manger une glace ?

— Là ?

— Eh, oui, pourquoi ? »

23 janvier

Je descends l'avenue sans m'arrêter, parce que ça va arriver, je le sens, tout me le crie, en plein visage, et ma tête me dit d'y aller et mon cœur de rentrer.

J'ai ouvert les yeux et devant moi c'était l'agitation, en violet noir. J'ai ouvert la bouche et ç'a été comme d'ouvrir la porte d'un avion en vol. L'air m'a happé, avec le reste, pulvérisant toute forme de considération, et je me suis mis à ne pas comprendre, à faire galoper mon cœur, trembler mes jambes.

J'ai pensé qu'appeler ma mère était la seule chose qui avait un sens. Je l'ai fait. J'ai imaginé que sa voix me ferait du bien, qu'elle ramènerait les choses là où nous les laissons d'habitude, parce que je croyais la trouver en voiture, se rendant au travail, or elle était encore chez grand-mère, où elle avait déjà passé la nuit, et sa voix faisait exactement comme mes jambes. Dès sa première respiration elle m'a semblé embarrassée, déconcertée, elle me parlait et pensait à d'autres choses, la conduite à tenir, le comportement à adopter, et c'est ce qui m'a fait peur.

« Mery est avec moi, m'a-t-elle informé. Et Jaja arrive. Le médecin vient de partir, il dit qu'on y est. »

J'ai raccroché. Tant bien que mal j'ai réussi à arrêter de pleurer. Je suis sorti de la maison et j'ai pris le train comme si j'étais une personne normale. Puis je suis arrivé, et me voilà terrorisé à la simple idée de tourner la tête et de voir la porte de l'immeuble, ouverte, car lui aussi pourrait m'aspirer.

Alors je continue à descendre.

Je ne sais pas vraiment où je vais. Un peu comme ces petits bateaux qui voguent au gré du vent.

Je prends le passage souterrain car dans un coin de ma tête, j'ai pensé aller fumer une cigarette à l'endroit où, avec Maria Rosaria, nous avons regardé la mer sans rien voir, et à présent je suis simplement cette idée, sans me poser de questions. Mes pas ont toujours la même fréquence, jamais plus rapide ou plus lente. Les gens autour de moi marchent chacun pour soi, les magasins sont ouverts et dans une vitrine, à côté des appâts qui ressemblent à des poissons, il y a un de ces couteaux dont la lame sort automatiquement, au manche rouge.

Je l'achète et reprends mon chemin, les mains dans mes poches et dans une, la droite, je serre le couteau.

Au moins je suis armé, je pense.

L'amour c'est l'infini mis à la portée des caniches, je pense encore, et je ne me répète pas la suite de cette phrase, telle qu'elle est écrite et que je l'ai lue, parce que j'aime les caniches, leur air énervé et inoffensif, et Maria Rosaria a eu beaucoup de chance qu'on n'ait rien vu quand on est venus ici, parce que ça, ce n'est pas la mer. C'est la lie de toutes les mers. Elle est marron, elle pue et chaque vague sonne comme un reproche, et quand on venait avec grand-mère, elle me disait de garder mes pantoufles, sans m'expliquer pourquoi, mais je savais qu'elle avait peur des seringues, et après on rentrait à la maison et elle devait me frotter la peau avec de l'huile pour enlever le goudron.

J'avale la fumée de travers et le sable est criblé de millions de cotons-tiges.

Je me tourne.

Je reprends le passage souterrain.

J'espère juste être suffisamment fort pour ne pas devenir une autre des préoccupations qui se pressent et s'affolent derrière les yeux de ma mère, et soudain, comme si je venais de trouver cette pensée dans la rue, comme on ramasse un billet perdu par un inconnu, je me dis que pour grand-mère j'aurai toujours vingt ans. Je n'existerai pas sous d'autres formes. Je ne revêtirai pas d'autres apparences et quand je serai devenu un homme, quand je serai diplômé, que j'aurai un travail et une famille, quand elle pourrait être fière de moi, pour grand-mère, je serai encore celui que je suis aujourd'hui et que j'ai été jusqu'ici.

Je remonte l'avenue les yeux presque fermés. Je grimpe les escaliers et Mery m'ouvre la porte. Maman entend ma voix et sort de la chambre.

« Mais tu es fou, je t'ai appelé mille fois », lance-t-elle et je lui réponds que je suis désolé, que je ne m'étais pas aperçu que mon téléphone était éteint, puis elle continue.

Grand-mère s'est sentie très mal. Elle a gémi et s'est contorsionnée toute la nuit, elle s'est endormie à l'aube et le médecin dit que c'est fini, qu'elle est en train de mourir.

Elle m'énumère ces choses pendant que j'enlève mon blouson et mes chaussures, comme pour se rebeller ou se libérer d'un poids, et Jaja s'approche, me prend la main et m'escorte jusqu'à la chambre.

J'observe et grand-mère est immobile, les draps se soulèvent et s'abaissent au rythme de sa respiration, qui est lente et poussive. Je pleure, la tête posée sur l'épaule de Jaja qui serre ma main dans son dos, et je sais que maman est derrière moi, qu'elle me regarde puis regarde sa mère et qu'elle pleure aussi. Jaja nous dit de nous calmer, elle me parle à l'oreille et m'emmène dans le salon, mais maman s'assied sur le lit, près de grand-mère, où elle a sûrement passé toute la nuit.

Je suis dans le fauteuil et Jaja sur le canapé. Mery nous rejoint et son visage est un accident de la route qui se répète un million de fois par seconde. Jaja essaie de me convaincre que maintenant grand-mère va bien, qu'elle ne sent rien, qu'elle va rester un peu comme ça et que je ne dois pas m'imaginer quoi que ce soit.

Je l'écoute et les instants se confondent, se succèdent et se superposent.

Mery cuisine pour grand-père et moi, maman et Jaja sont dans la chambre, porte fermée. Grand-père demande si je me laisse pousser la barbe et je lui réponds non, que j'ai juste oublié de me raser, alors il ajoute que je peux utiliser la même lame plusieurs fois et que ça permet de faire des économies.

Puis il va s'enfermer dans sa chambre, et moi aux toilettes pour fumer.

Je pense : personne n'a encore eu le courage de le lui dire, et grand-père n'a pas encore eu le courage de comprendre ce qui est en train d'arriver.

J'allume la télé, la regarde et de temps en temps quelqu'un vient s'asseoir près de moi. Je retourne plusieurs fois dans la chambre et grand-mère est toujours pareille. Je cherche parmi les journaux que mon grand-père conserve et ne trouve rien qui m'intéresse. Je rejoins ma mère au chevet de grand-mère. Mery est assise sur une chaise d'un côté, et Jaja de l'autre.

Je suis là, avec elles, en silence, et parfois, entre deux respirations, si lentes qu'on commence à croire que la suivante ne viendra pas, grand-mère se plaint, doucement, d'une voix qui n'est plus la sienne, devenue un râle métallique suspendu dans le vide et lointain, comme un écho.

Mery descend faire des courses et ma mère s'éloigne. Grand-mère ouvre les yeux, Jaja lui demande si elle veut boire, grand-mère ne répond pas et Jaja va quand même à la cuisine.

Ses yeux restent ouverts.

Je la regarde et elle regarde dans le vide. Le plafond, la suspension éteinte, le rayon de lumière qui arrive du couloir et s'insinue à travers la porte.

Elle se tourne.

« Et toi ? dit-elle.

— Moi, je vais bien, ne t'inquiète pas.

— Toi, qui es-tu ? »

Je me tais. Ma gorge se serre, pour tout retenir.

Je l'embrasse et caresse sa joue, les yeux fermés. Jaja revient et je me lève et fais comme elle : je m'assieds sur les cabinets, et je pense que c'est sans doute le seul endroit qu'il nous reste quand on ne peut pas s'échapper ni être avec les autres.

Maman devine. Elle frappe.

« Tout va bien ? » murmure-t-elle et je dis oui et mon père sort du travail, il se gare et monte. J'ai l'impression que des années ont passé depuis que je suis entré, moi, par la porte qu'il s'apprête à franchir.

Maman lui demande de me ramener à la maison et je dis non, que je resterai sur le canapé, que je ne veux pas m'en aller, que je dois rester. « Fais pas d'histoires ! » soupire-t-elle avec une expression qui signifie qu'à un autre moment elle aurait crié, et papa est de son côté.

Elle se dirige vers la porte et l'ouvre.

Mery et Jaja nous observent de la cuisine, debout, sans intervenir.

Mon père me pousse avec douceur, gentillesse, la main à plat contre mon dos et quand nous sommes sur le palier, maman va prendre mon blouson sur le portemanteau. Elle le passe à mon père qui se tient entre moi et la porte, pour parer tout geste ou revirement, et j'attends, une jambe sur la dernière marche et l'autre plus bas.

Je l'enfile et avec mon père on ne se dit rien, ni en voiture ni à table. Je ne lui en veux pas, je sais qu'il a bien fait, que j'aurais été un problème ajouté à un problème bien plus grand qui ne peut supporter davantage de complications. Je n'ai rien à dire, simplement. Je ne sais plus m'exprimer, je sème des phrases éparses qui émanent de pensées invisibles, cachées dans le noir, et je laisse également le couteau au fond d'un tiroir. Nous regardons la télévision, moi dans ma chambre et lui dans le salon. Vient l'heure d'aller dormir et il frappe à ma porte.

« Tu veux une camomille ? C'est utile les soirs comme celui-ci.

— Non, merci.

— Et pourtant », me répond-il, puis je l'entends s'affairer dans la cuisine, ouvrir et fermer les placards, allumer le gaz. Il m'appelle quand l'eau bout et dans la tasse il jette trois sachets.

Je bois et il me regarde boire.

Je m'allonge et fixe le plafond.

Je ferme les yeux et j'espère que Dieu existe, qu'il ait pitié de nous et de grand-mère et qu'il mette fin à tout ça, pour toujours. Qu'il la prenne et la tue carrément, assez, qu'on en finisse, parce que c'est impossible, parce que c'est plus douloureux que la douleur elle-même d'être confondu avec le reste du monde par la personne qui t'a appris à vivre en ce monde. Et je me dégoûte, je considère cette requête comme la énième preuve de ma lâcheté, je voudrais me cogner la tête contre le robinet du lavabo et remplacer la douleur invisible par une plaie avec du sang qui jaillit et qui gicle, pourtant je sais que grand-mère, pas la personne que la maladie a générée mais celle qui me racontait les choses, elle, prierait avec moi pour sa mort, pour cesser de mourir à petit feu et de nous tuer, de nous effacer de ses souvenirs, chaque jour un peu plus.

Je m'endors tout de suite. Je me réveille, surpris de m'être endormi.

Je suis dans mon lit et le téléphone sonne.

« Viens immédiatement, grand-mère n'en a plus pour longtemps », me dit maman, et elle pleure.

Je me lave les dents en évitant mon reflet dans le miroir. Je m'habille le plus vite possible, descends et file à la gare. Je prends un train, puis l'autre qui s'arrête à Campi Flegrei et je ne sais pas ce que je pense ou ce que j'éprouve, je veux juste faire vite. J'attends la correspondance et c'est impossible ; la terre brûle et il me semble que la peur de la lutte existe jusqu'à ce que la lutte commence.

Je sors de la gare, je cours et j'ai le souffle coupé. Je mets un pied devant l'autre et essaie de ne pas tomber, je regarde au loin en espérant que mon cerveau trouve, seul, le meilleur chemin parce que moi, maintenant, je n'en suis pas capable ; il palpite comme s'il était mon cœur, et mon cœur sent comme s'il était mon cerveau. Je cours le long d'une station-service, de murs couverts d'inscriptions, sous les arbres.

Je retire ma veste, je dépasse le magasin de jouets, l'avenue qui mène au bowling, l'entrée du zoo et Fuorigrotta, comme le vent qui vient de loin et se glisse par les interstices des fenêtres ou sous les jupes des filles, effleurant leur culotte, et moi, je n'ai jamais vu et ne verrai jamais Maria Rosaria en jupe.

Je traverse les rues, les voitures sonnent et je ne les vois pas, car je n'arrive à regarder qu'une seule chose à la fois. La sueur coule sur mes tempes. J'enlève mon sweat, l'air froid transperce ma sueur et je la sens cristalliser sur ma peau. Je monte et le cinéma est éteint, mort, et la piscine qui se trouvait avant à sa place est morte également ; je faisais semblant d'aller en cours et sautais du plongeoir, parce que le collège c'était facile, je me repliais sur moi-même comme un caillou et en un rien de temps j'avalais les cinq mètres et sentais l'eau gifler et piquer ma peau.

Et je descends vers Bagnoli, et ce n'est pas comme si j'avais couru jusque-là, mais comme si d'un coup, le quartier apparaissait devant moi.

Je marche et tente de respirer.

Maman m'ouvre la porte, ses yeux sont petits et gonflés comme ceux d'une grenouille.

« C'est pour aujourd'hui », dit-elle, et elle ajoute que mon oncle est déjà en route, qu'il brûle les cinq cents kilomètres qui nous séparent. « Tu es en nage ! » et elle prend un tee-shirt blanc, en coton, dans le tiroir de mon grand-père, puis elle me tire par la main jusqu'à la salle de bains en m'empêchant de m'arrêter devant la chambre.

Pendant que je me lave, grand-père fait les cent pas dans le couloir en se giflant le visage et il demande ce qu'il y a, ce qu'il se passe, et Jaja lui répond de baisser d'un ton et que s'il continue, les gifles, c'est elle qui va les lui donner. Je m'essuie et grand-père serre les poings, fait mine de se frapper et, au dernier moment, il les mord avec les dents qu'il n'a pas et qu'il n'a jamais eues.

J'ai remis mon sweat et je la regarde.

Grand-mère est allongée de son côté du lit, droite, les yeux ouverts sur le vide et la pénombre de la pièce. Ses respirations sont des râles qui adviennent et se perdent dans le temps. Mery est assise sur la même chaise qu'hier, la tête entre les mains, les coudes sur les genoux. Maman a les mains sur les lèvres et Jaja, avec ses mains, voudrait lancer ou casser n'importe quoi.

« Va la saluer », dit maman, et je le fais. Je me penche vers elle et grand-mère continue à fixer le vide, ses yeux ne bougent pas, elle ne s'aperçoit peut-être pas que je la touche. J'entends grand-père jurer et je pense qu'aujourd'hui je l'ai vu pleurer et que ça n'était jamais arrivé. Je l'ai vu faire un tas de choses, mais jamais pleurer. Puis je laisse grand-mère seule, flotter à fleur d'eau sur le matelas et le drap, sous les couvertures, et je me positionne entre Jaja et grand-père. Je suis la barrière qui les sépare, eux et leurs douleurs respectives, et qui les unit aussi.

« Maintenant tu te rends compte, seulement maintenant », souffle ma mère à son père, et je lui intime de se taire.

« Regarde devant », je lui réponds, et nous restons là, dans la chambre, à veiller un corps qui s'éteint comme une bougie sous une cloche de verre, et nous espérons que mon oncle arrive à temps, tandis que grand-père arpente le couloir, jusqu'à ne plus en pouvoir, jusqu'à transpirer toute sa peine. Mon vingtième anniversaire est dans un mois exactement et grand-mère meurt aujourd'hui. La seule question que je parviens à me poser est si vraiment la vie se réduit à cela.

Nous nous taisons. Elle parle. Elle délivre des paroles dénuées de sens, en désordre, que personne ne comprend.

« Qu'est-ce qu'il y a ? » lui demande maman en passant une main sur son front. Jaja s'empresse d'humidifier ses lèvres avec un mouchoir imprégné d'eau et Mery reste immobile dans son coin, elle n'arrive pas à faire autrement. Sur le meuble où avant il y avait nos photos, s'empilent à présent les boîtes de médicaments, et la voix de grand-mère, ou ce qu'il en reste, est rauque, et le temps semble s'écouler à la fois lentement et rapidement, parce que le temps n'existe pas, parce que nous sommes le temps.

Le téléphone sonne et c'est mon oncle qui est ralenti par un accident. Maman émiette ses ongles avec ses dents et soudain, grand-mère parle, nous observe.

« L'eau sur le feu », dit-elle et je contrôle et c'est l'heure du déjeuner, et de l'îlot de carrelage dont je suis prisonnier, je vois une larme plus grosse que les autres briller et fendre la joue de ma mère.

Je pense : qu'attendons-nous quand nous ne savons plus quoi désirer ?

Qu'espérer si plus rien ne nous sépare de la fin ?

Sous les couvertures, son pied tressaille. Elle pense peut-être au serpent qui l'a mordue quand elle était petite, ou à cette fois où j'ai trouvé une plume sur le balcon et l'ai réveillée en lui faisant des chatouilles, et qu'elle, au lieu de s'énerver, s'est mise à rire. Peut-être sommes-nous et resterons-nous ceux que nous avons toujours été, pour notre bonheur ou notre malheur, malgré tout.

Nous attendons.

Nous reprisons, déchirons et reprisons encore la toile que quelqu'un d'autre a tissée pour nous.

Grand-mère ouvre à nouveau les yeux, elle les bouge puis les ferme. De sa bouche sort un son qui est un rocher énorme et acéré. Nous la croyons morte, un autre suit toutefois, et après le silence.

« C'est fini ? demande Jaja en larmes.

— Comment faire pour en être sûr ? répond maman, qui pleure aussi.

— Appelons une ambulance », dit Mery, mais je sais, moi, comment faire.

Je vais de l'autre côté du lit.

Je monte, à genoux sur le matelas, et ce sont mes dernières forces. Je pourrais lui mettre simplement deux doigts sur la carotide et tâter jusqu'à sentir ou ne pas sentir la pulsation, mais je glisse plutôt un bras sous son dos et la tire vers moi.

Son visage n'est pas loin du mien et sa tête repose sur mon épaule. Je pars des petits os d'oiseau à la base du cou et je remonte, et plus que de ne pas le sentir j'ai l'impression de ne pas le voir. Enfin, je le perçois. Une épingle qui tombe par terre, dans le noir, au cœur de la nuit. Elle soulève un instant les paupières, d'un millimètre, un frémissement. Elle vomit sur son sein, du sang dense, sombre, et elle est dans mes bras.

Grand-mère meurt et je le dis.

Les pleurs deviennent cris. Les cris deviennent gifles. Grand-père se gifle tout seul et personne n'a le courage de l'arrêter et, son tour passé, les gifles redeviennent pleurs.

Je ne comprends plus ce que nous faisons. Je sais seulement qu'il est à peu près 14 heures, je sais aussi que mon oncle frappe à la porte, que quelqu'un lui ouvre et qu'il ne pose pas de questions.

Il se précipite dans le couloir et laisse tomber son imperméable. Il entre dans la chambre, s'agenouille au chevet de grand-mère et met sa tête sur la sienne, ses yeux dans les siens désormais clos.

« Je t'avais demandé de m'attendre, sanglote-t-il. Je t'avais demandé de m'attendre », il répète et Jaja est celle qui pleure le plus fort, en respirant le moins, cherchant l'air dans l'eau, et nous la suivons, parce qu'on ne laisse pas seules les personnes qu'on aime.

Nous pleurons tous, comme si nous chantions.

Nous pleurons, chantons, nageons.

Les enfants à peine nés ne parlent pas, ils pleurent. Ils le font naturellement, jusqu'à ce qu'on leur apprenne à parler.

Mon oncle serre grand-mère et Mery le serre lui, par-derrière. Jaja tient son visage entre ses mains et maman a la tête sur son épaule. Mon grand-père s'est enfermé dans sa chambre et j'observe la scène devant moi, et j'ai peur de la quitter du regard. De détourner la tête une seconde et de ne plus la retrouver là où je l'ai laissée.

Que reste-t-il quand on ne sait plus parler, quand les mots, seuls, ne peuvent couvrir les dimensions de ce qu'on éprouve, à part pleurer ?

Rien. Il ne nous reste rien, c'est la vérité.

Zéro

Un

J'ai vu un film.

À un moment une voix dit qu'autrefois, les hommes allaient dans les bois, faisaient un trou dans l'écorce d'un arbre et y soufflaient leur secret. Après, ils se penchaient et comblaient le trou avec de la terre.

Voilà, ce qui est écrit ici n'est ni le trou ni le secret, mais la terre humide qui le protège.

À jamais.

Table

Composition : Utibi.
Achevé d'imprimer par Grafica Veneta S.p.A.
à Trebaseleghe (Pd), en septembre 2024.
Dépôt légal : septembre 2024.

ISBN 978-2-207-16682-6 / Imprimé en Italie.

548249